mundos em divisão

uma parábola para os nossos tempos

Jan Ögren

mundos em divisão

uma parábola para os nossos tempos

Jan Ögren

tradução de Dinah Azevedo

1a. edição

Editora

São Paulo

2014

Copyright 2011 (c) Jan Ögren
Todos os direitos reservados
Publicado no Brasil conforme acordo com Jan Ögren
Título original: Dividing Worlds

Nenhuma parte deste livro pode ser reproduzida ou transmitida em qualquer forma ou por qualquer meio, eletrônico ou mecânico, incluindo fotocópia, gravação ou qualquer armazenamento de informação, e sistema de cópia, sem permissão escrita do editor.

Direção editorial: Júlia Bárány
Tradução: Dinah Azevedo
Preparação: Barany Editora
Revisão: Barany Editora
Diagramação: Barany Editora
Capa: Lumiar Design

Dados Internacionais de Catalogação na Publicação (CIP)
(Elaboração: Aglaé de Lima Fierli, CRB-9/412)

029m   Ögren, Jan (1959-)
Mundos em divisão / Jan Ögren; tradução Dinah Azevedo- 1. ed.
São Paulo: Barany, 2014, 304p. 16 x 23 cm.
Do original: Dividing Worlds
ISBN: 978-85-61080-47-1

1. Psicoterapia. 2. Parábola norte-americana. I. Título. II. Azevedo, Dinah, trad.

CDD 154

ÍNDICE PARA CATÁLOGO SISTEMÁTICO
Psicoterapia   154
Parábola : Literatura norte-americana   813.7

Todos os direitos desta publicação reservados à Barany Editora (c) 2014
contato@baranyeditora.com.br
www.baranyeditora.com.br

Todos os acontecimentos, personagens e locais apresentados neste livro são fictícios, mas os conceitos e ideias são reais.

DEDICATÓRIA

A todos aqueles que acreditam

na realidade

de uma mudança de consciência global.

SUMÁRIO

1 – A Companhia Farmacêutica do Futuro — 11
2 – Chris e Mirau — 35
3 – Um buraco no alto do morro — 43
4 – Um diploma de Berkeley — 63
5 – Clínica de repouso Vida Integral — 67
6 – O azar de Mirau — 85
7 – Vizinhos maldosos — 93
8 – Uma visita da ursa — 115
9 – A viagem de Mirau — 123
10 – O urso vai acampar — 137
11 – A física ursística — 153
12 – Sacrifícios — 175
13 – O conselho de Adnarim — 189
14 – Notícias do urso — 197
15 – Aberturas — 199
16 – O lobo vai ao Colorado — 215
17 – Um jantar interrompido — 219
18 – Fogo e biscoitos — 231
19 – Sônia e a ursa — 255
20 – Mundos divididos — 269
21 – Ser um — 291
Glossários — 299

Prólogo

Rede do Céu espiava os seres humanos reunidos enquanto flutuava a quase dois metros de altura, por cima de um lindo bosque de cedros. Durante os vinte últimos séculos, ficou observando e esperando, a paciência vagando por sua essência como uma nuvem de chuva sobre um deserto. Dando um profundo suspiro, ela notou que uma neblina espessa obscurecera cada nova chegada, como se uma criança tivesse pegado todas as cores da palheta, misturado bem e depois passado a mistura em todas as pessoas. Um casulo metálico de cor azul, deslizando sobre as quatro rodas por uma trilha de pedras negras fundidas desviou sua atenção dos seres humanos. O casulo parou perto de uma figueira solitária e um ser humano saiu de rastros lá de dentro, o corpo claramente visível, envolto por arcos-íris de cores suaves, só com algumas manchas indistintas em volta da cabeça e do pescoço. Rede do Céu sentiu o alívio percorrendo-lhe a essência. Sua forma ficou mais compacta e ela começou a descer à terra, chamando as outras guardiãs, dizendo-lhes que havia encontrado alguém que talvez ouvisse.

1

A COMPANHIA FARMACÊUTICA DO FUTURO

Miranda olhava atentamente para a velha figueira que se elevava muito acima de seu carro elétrico azul-céu. Um aroma fresco e revigorante envolveu-a enquanto seus olhos viajavam pelo tronco acima e acompanhavam as formas dos galhos até a rede esmeralda de agulhas.

Atrás dela, uma lufada de vento fez uma placa bater no seu suporte. *2020: a década para dominar o comportamento com neurofármacos.* Acima desta, havia o nome *Companhia Farmacêutica do Futuro*, e uma seta vermelha apontava para uma maciça estrutura cinzenta que lembrava uma torre sobre a entrada de concreto. Ela examinou os outros prédios do complexo; todos eles tinham seu próprio conjunto de guardas em posição de sentido com aqueles uniformes sarapintados que usavam como camuflagem.

Miranda hesitou mais um minuto, olhando encantada para os traços de dourado no céu que prometiam um crepúsculo glorioso. Suspirando, virou-se e afastou-se da árvore e do céu, e seguiu as outras pessoas que marchavam para o edifício.

Pastas e maletas bateram-lhe nas pernas quando ela deslizou para dentro do centro de conferências, espremendo-se entre os que estavam na fila, esperando para se registrar. O hall de entrada, branco e muito alto, tremia com as vibrações das conversas unilaterais que pessoas com típicas roupas de negócios – fossem vestidos ou ternos – gritavam ao celular.

A fila andava devagar e as pessoas eram distraídas de suas conversas pela necessidade de pegar crachás e pacotes de informações.

Quando Miranda chegou às mesas compridas, os crachás estavam fora de ordem. Ela procurou durante vários minutos, mas chegou à conclusão de que o seu crachá devia ter ido parar em um reino mais hospitaleiro.

Ao ver uma mulher jovem com um crachá da equipe organizadora, Miranda resolveu abordá-la.

– Desculpe incomodá-la, mas não consegui achar o meu crachá.

A mulher lançou-lhe um olhar exasperado.

– Fez reserva?

– Sim, mas há quatro dias apenas. Os guardas do portão têm o meu nome.

– É claro que eles têm, senão você não estaria aqui. Nome?

Ela havia começado a dizê-lo quando sentiu um fio de voz acima dela. Olhou por cima do ombro com o rabo do olho, mas, percebendo a densidade da multidão que lotava aquele vestíbulo amplo, supôs que tivesse sido apenas o burburinho das conversas que a havia tocado.

Voltando-se para a mulher, ela disse em voz alta, tentando se fazer ouvir por cima das reverberações das conversas:

– Meu nome é Miranda Williams.

– Com que empresa você está? – gritou a mulher em resposta.

– Nenhuma. Vim sozinha.

– Ah, desculpa, por favor! Não a reconheci.

A mulher olhou mais atentamente para ela, inclinando-se na sua direção.

– Que companhia é a sua? É do ramo de alimentação ou está entre as farmacêuticas?

– Nem uma, nem outra. Não estou aqui com nenhuma empresa. Entendi que indivíduos também podiam se inscrever para assistir a essa conferência.

mundos em divisão

– Ah, sim, claro. Você precisa ir até aquela mesa lá do outro lado –. A mulher fez um gesto indicando vagamente uma direção, virou-se e foi embora.

Miranda deixou-se empurrar pela multidão até chegar ao outro lado. Percebeu que havia uma mesinha à qual estava sentado um jovem com a cabeça abaixada, mexendo em várias folhas de papel.

– Desculpe, estou tentando me registrar – como indivíduo. Não estou com nenhuma empresa. É aqui mesmo?

O homem ergueu os olhos e sorriu.

– É, sim. Por favor, qual o seu nome?

Ela disse outra vez o seu nome, mordendo o lábio e esperando mais sorte desta vez.

Enquanto ele procurava em várias listas pequenas, começou a sacudir a cabeça de um lado para o outro.

– Que estranho... Não consigo encontrar seu nome em lugar algum. Quando fez a reserva?

– Há apenas quatro dias.

– Vou verificar em outra lista.

Enquanto esperava, Miranda sentiu uma presença acima dela, como se uma nuvem presa dentro do edifício quisesse subir ao céu. Franzindo a testa e definindo muito bem seus pensamentos, ela enviou mentalmente uma pergunta para o reino além do mundo físico, onde vivia o seu espírito-guia.

:Adnarim, é você? Vim para a conferência, como você sugeriu. Poderia me dizer agora por que estou aqui?:

– Ah, até que enfim! – exclamou o jovem, brandindo com ar triunfal um envelope grande de papel pardo. – Alguém a colocou lá no fim. O seu nome estava no M, e não no W.

– Obrigada.

13

Miranda pegou o pacote pesado, sentindo-se grata por todos os sinais que pudessem confirmar que ela devia estar presente àquela conferência.

O homem não soltou o envelope, olhando atentamente para os dados de identificação da moça.

– Você trabalha num clínica de repouso?

Miranda confirmou inclinando a cabeça e tentou se afastar, mas ele se levantou, aproximando-se dela.

– Em geral não aceitamos nestas conferências pessoas que trabalham em clínica de repouso. Está aqui profissionalmente ou por interesse pessoal?

Ela hesitou, sem saber que resposta levaria ao mínimo de perguntas. Olhou à sua volta, na esperança de que alguém viesse na sua direção e o distraísse, mas todos os outros pareciam estar nas mesas de identificação das equipes das empresas.

Virando-se, ela deu de ombros e sorriu.

– Parecia interessante, só isso.

– Como ficou sabendo da conferência?

– Na Internet.

Ele sorriu para Miranda, inclinando-se um pouco mais na sua direção.

– Gostamos de ter certeza de que todos estão satisfeitos com a conferência. O que especificamente você espera conseguir neste fim de semana?

Livrar-me de você, pensou Miranda, mantendo o sorriso firmemente colado ao rosto. Deu um puxão forte no envelope, arrancando-o das mãos do homem.

– Tenho certeza de que vou gostar –, respondeu ela enquanto se afastava da mesa e desviava-se de um grupo de mulheres determinadas que passou por ela como um turbilhão.

Miranda lançou um olhar por cima do ombro e notou que o sujeito estava escrevendo alguma coisa num bloquinho de notas. Quando ergueu os olhos para ela, seu estômago revirou e ela se afastou rapidamente dali.

mundos em divisão

Procurando um lugar vazio de onde pudesse ver as pessoas reunidas, ela entrou num corredor que levava na posição oposta ao salão principal. Acabou parando na frente de um cartaz que mostrava uma mulher correndo num campo de flores. Embaixo da imagem estava o slogan, "Sua felicidade é do nosso interesse", seguido por informações sobre um novo antidepressivo.

Enquanto um bando de membros da equipe organizadora andava à sua volta como um enxame, Miranda baixou a cabeça, fingindo estar concentrada no seu pacote enquanto procurava ouvir uma resposta qualquer de Adnarim, seu fugidio espírito-guia.

Estava sentindo empurrões fortes, que mais uma vez atribuiu à densidade da multidão. Mas, de Adnarim, nada, além de um vazio que lembrava a sensação de estar sozinha numa estação ferroviária apinhada de gente e sem saber que trem pegar.

Estava sem notícia alguma de Adnarim desde que navegava na Internet cinco dias atrás, em busca de ideias sobre formas de controle ecológico de pragas de jardim. A tela ficou em branco e depois apareceu o website que anunciava essa conferência. Uma luz trêmula surgira num canto da sala, que havia tomado a forma de uma mulher alta de pele dourada com um xale cor vinho. Adnarim a aconselhara enfaticamente a inscrever-se para assistir à conferencia do fim de semana e desapareceu em meio a um redemoinho de luzes minúsculas quando Miranda tentou lhe fazer perguntas.

Apesar das várias tentativas de Miranda, seu espírito-guia não lhe deu nenhuma explicação do motivo pelo qual teria de passar o fim de semana todo longe de casa e de Chris só para ouvir umas palestras sobre neurociência. Não sabia nem mesmo se a razão para ela estar aqui tinha alguma coisa a ver com o tema da conferência.

Encostada na parede, ela se perguntava se isso não ia se tornar outra exasperante caça ao tesouro, ou mais um incidente envolvendo livros e pastas, ou ILP, o primeiro nome que Miranda lhe deu. Na maioria das vezes, ILP acabava significando Imponderável Limite da Paciência.

Quinze anos antes, quando ela começara a conversar com espíritos-guia, tentara usar a consciência extrassensorial deles para realizar objetivos práticos. Certa manhã, antes de sair do clínica de repouso, onde trabalhava no setor administrativo, perguntara a Adnarim se havia algo especial que ela tinha de se lembrar para levar consigo. Seu espírito-guia respondeu-lhe imediatamente, dizendo-lhe para levar um livro sobre estilos de comunicação que ela pegara emprestado com um membro da diretoria. Ela descartou a sugestão, informando Adnarim que a reunião da diretoria seria só dali a dois dias, e ela ainda não terminara de lê-lo. Miranda fez o mesmo pedido outra vez, perguntando se havia mais alguma coisa de que ela se lembrasse, mas Adnarim continuou enfatizando a necessidade de levar o livro, que ela não pegou. Assim que chegou ao trabalho, a enfermeira-chefe pediu a pasta que continha as inscrições para o novo cargo RN, que Miranda prometera levar naquele dia. Foi obrigada a voltar para casa para pegar a pasta, irritada com o fato de seu espírito-guia tê-la lembrado do objeto errado.

Depois de uma procura irritante, finalmente encontrou a pasta, embaixo do livro que Adnarim insistira com ela para levar. Essa primeira vez definiu o diapasão da ajuda que teria dos guias no futuro: valiosa, mas exasperantemente vaga.

Encostada na parede, Miranda olhava fixamente para o cartaz com a mulher no campo de flores. *Eu gostaria que a minha felicidade fosse do interesse de Adnarim. O que será que ela quer que eu descubra aqui? Não tenho tempo para mais um ILP!*

Resistindo ao impulso de atirar o envelope pesado no cartaz, ela o virou e começou a abri-lo.

Acho que é melhor começar a procurar pistas eu mesma, já que ela não vai ajudar. Lá dentro encontrou um crachá, a programação dos eventos, uma lista das empresas que estavam participando da conferência e um panfleto do tamanho de um livro, intitulado *2020: a década para dominar o comportamento com neurofármacos.*

Ela examinou as centenas de mulheres e homens vestidos de maneira respeitável que agora perambulavam pelo salão principal, perguntando-se

mundos em divisão

como é que cada um deles se encaixaria na programação. Alguns estavam de pé, muito rígidos, ao lado das bandejas de *hors d'oeuvres* e mesas generosamente cobertas de bebidas. Alguns conversavam entre si, mas a maioria ainda gritava ao celular. *Não é assim que vou descobrir o que quer que seja. Talvez a Visão de Gato me ajude a descobrir aquela presença que senti antes.*

Desde criança sempre ficava fascinada com a forma pela qual os cães e os gatos sabiam quando alguém estava se aproximando da casa, ou quando um membro da família estava chegando. Ela nunca descobrira nenhuma pista óbvia que os animais poderiam estar recebendo até Mirau, seu espírito-guia felino, ensiná-la a usar a Visão de Gato. Usá-la era como esquecer os próprios olhos e apontar para o mundo um telescópio que havia no seu coração. Seus sentimentos vinham como imagens integradas à cena a que estava assistindo, permitindo-lhe se dar conta da força e da direção das conexões energéticas e ter consciência de coisas mais distantes do que sua visão poderia registrar.

Apoiando-se na parede e tentando relaxar o mais possível, passeou novamente os olhos pelo salão, vendo-o como um gato o veria. Além dos objetos físicos e das pessoas, a Visão de Gato destacou uma massa de fios finíssimos que fustigavam o grande salão de conferências.

Ela conseguia enxergar linhas de energia ligeiramente mais densas que se estendiam para além das paredes físicas e que mostravam que a maioria dos participantes se concentrava em falar com outras pessoas que estavam fora do salão.

Embaixo do auditório onde eram dadas as conferências, a terra pulsava com conexões compactas e profundas, como raízes de árvore. Acima da terra, as conexões energéticas das pessoas pareciam massas de algodão-doce cinza: massas de fios finíssimos, mas sem substância. Eram tão numerosas que dificultavam a identificação de qualquer outra fonte de energia acima do solo.

O planeta está mais vivo aqui do que as pessoas. Mas isso não é de surpreender. Ela voltou às informações que recebera, folheando as páginas com dados sobre os participantes. Não reconheceu nenhum nome, mas as empresas do setor alimentício e farmacêutico que representavam eram familiares por causa dos anúncios que já vira em revistas, na TV e na Internet.

Enquanto lia rapidamente as biografias organizacionais, ainda procurando pistas que explicassem porque estava aqui, o estômago roncou. Aromas tentadores saíam das mesas de *hors d'oeuvres,* lembrando Miranda que ela havia trabalhado na hora do almoço a fim de sair mais cedo para assistir à conferência.

Com relutância, pregou na roupa o crachá que a declarava ser Miranda Williams, do Clínica de repouso Vida Integral, de Whetherton, Washington. Tinha certeza de que essa informação não significava nada para ninguém – talvez servisse apenas para informar as pessoas de que ela vivia nas proximidades.

Enquanto se dirigia para o grande salão principal, ela notou que a luz do sol poente estava pintando murais vermelhos e dourados nas paredes pintadas em creme enquanto se movia pelas janelas abertas lá em cima daquele salão circular.

Ao se aproximar das multidões, colou um sorriso no rosto e cumprimentava as pessoas acenando-lhes com a cabeça quando olhavam para ela, examinando seu crachá antes de voltar às suas conversas. Passando espremida entre elas, encheu um prato com pasteizinhos recheados e esculturas de cenouras e pepinos.

Parou diante da mesa de vinhos e pegou um copo de água mineral com gás antes de finalmente sair do outro lado da multidão. Olhando em volta, descobriu um sofá desocupado perto dos fundos do salão e foi para lá.

Instalada com o maior cuidado no canto do sofá, os braços encolhidos e a cabeça baixa, Miranda mastigava seus petiscos ao mesmo tempo em que acompanhava os movimentos de dois velhos. A mulher fazia caretas e estava agarrada ao braço do homem. O terno caía-lhe como se ele o tivesse vestido em cima da hora. Seu rosto estava franzido com linhas tensas, coroado por um tufo de cabelos brancos desgrenhados. Ambos andavam com passos inseguros: ele com as pernas arqueadas, ela com a terceira perna da bengala, enquanto terminava de atravessar o salão com o maior cuidado, olhando para o sofá como se ele fosse um bote salva-vidas à deriva num mar turbulento.

O homem sorriu para Miranda.

– Este lugar está guardado para alguém?

Ela sacudiu a cabeça para dizer que não, e foi se mudando para o outro lado do sofá, arrumando a saia, meio constrangida, tentando desaparecer no meio do tecido que forrava o móvel.

Havia se vestido com apuro: uma blusa de seda bege com saia e jaqueta marrom-claro para combinar com a sua pele morena e seus cabelos negros ondulados. Um novo par de sapatos marrons de salto aumentava-lhe um pouco a altura, ligeiramente menor que a média. Em geral, seu tamanho mediano lhe proporcionava certa invisibilidade; mas, nesta noite, ela estava se sentindo extremamente exposta.

O homem ajudou sua companheira delicada a se sentar no canto do sofá e depois, em vez de se sentar no meio, passou pela frente de Miranda e instalou-se numa poltrona ao lado dela. Depois de olhar demoradamente para ela, estendeu a mão.

– Sou Peter, e esta é Sônia, minha mulher. O que a traz a essa conferência? É palestrante ou ouvinte?

Ela aceitou a mão que Peter lhe oferecia, tentando apertá-la com firmeza, mas também com certo cuidado, a cabeça a mil enquanto criava e descartava numerosas situações que explicariam porque ela estava naquela conferência.

– Sou Miranda. Pensei em vir porque me pareceu muito interessante. Sou apenas uma ouvinte, mas sempre fui curiosa sobre a neuroquímica cerebral.

Ela se deu conta do quanto sua desculpa parecia esfarrapada, mas ainda era melhor do que admitir que não sabia o que estava fazendo ali.

Procurou disfarçar o nervosismo com um sorriso e devolveu a pergunta:

– E vocês, por que estão aqui?

Peter anuiu com a cabeça, aceitando a resposta de Miranda.

– Eu fui professor de física da Universidade Beira-Mar de Seattle. Você deve conhecer aquele velho problema de "publicar ou perecer". Ele sorriu e deu um tapinha na mão dela. – Escrevi tantos artigos que eles finalmente se deram conta de que tinham de compreender a física do cérebro, além da constituição química, se quisessem determinar as mudanças de comportamento. De modo que agora estou sendo muito procurado por todas essas empresas –. Fez um gesto amplo com o braço, indicando as pessoas que estavam no salão. – Bem, isso em relação à aposentadoria. Sônia insistiu em vir. A Companhia Farmacêutica do Futuro quer me dar um prêmio por alguma coisa.

Miranda olhou de relance para Sônia, que estava esfregando o quadril e ignorava os comentários de Peter. *Qual será o grau de importância dele? O que ele quer dizer com física e constituição química do cérebro?* Enquanto se virava, viu Peter sorrindo para ela, Miranda relaxou um pouquinho. *Talvez ele possa me ajudar a descobrir o que estou fazendo aqui.*

Puxando a lista das empresas patrocinadoras, ela fez uma pergunta ao velho:

– Entendo porque as empresas da indústria farmacêutica estão aqui, mas por que há tantas empresas do setor alimentício nessa lista?

– Ah, é aí que está o dinheiro grosso. Pense no valor de uma substância química que aumenta o apetite para uma empresa que fabrica salgadinhos. E o que dizer de uma companhia que fabrica sobremesas e pudesse produzir um aditivo que convencesse o corpo de que o açúcar não gera calorias?

Miranda engoliu seus petiscos e olhou para o prato vazio, sentindo náusea enquanto se perguntava que substâncias químicas estariam circulando no seu corpo agora.

– Mas isso não é ilegal?

Peter riu com desprezo.

mundos em divisão

– E quem é que vai fiscalizar tudo isso?

– Vai, Peter –, disse Sônia fazendo um gesto com a mão. – Você jurou que ia se comportar bem esta noite.

– Eu sempre me comporto bem –, respondeu Peter, erguendo a voz. – Só estou sendo honesto.

Miranda notou que um homem vestido impecavelmente – o terno cor de ébano combinava com sua pele bem morena – havia se separado do grupo principal e estava se aproximando dela rapidamente. Ela começou a agarrar as beiradas do sofá, preparando-se para se levantar, quando o homem abriu os braços, indicando seus companheiros.

– Peter, Sônia, que bom que vocês conseguiram vir! Quando me informaram da última cirurgia da Sônia, fiquei sem saber se os veria neste fim de semana. Inclinou-se e deu um abraço caloroso em Peter.

Quando o recém-chegado se virou para Sônia, Peter agarrou o braço de Miranda, puxando-a para mais perto da ponta do sofá e dando mais espaço para aquele homem grande se sentar entre ela e Sônia. Miranda perguntou-se que doença estaria afligindo Sônia enquanto se apertava um pouco na ponta do sofá.

– Van, esta é Miranda –. Peter fez um aceno de cabeça na direção de cada um deles.

Van sorriu para ela.

– Prazer em conhecê-la. É outra protegida de Peter? Em que ramo está?

Ela sorriu, lançando-lhe um olhar vago, sem saber ao certo o que dizer.

– Acabamos de nos conhecer –, declarou Peter. – Ainda nem descobri onde é que ela trabalha –. Estendeu o braço na frente dela e deu um tapinha no joelho de Van.

– Pus meus conhecimentos à disposição dele para a obtenção de uma bolsa com o objetivo de pesquisar os efeitos colaterais dos medicamentos psicotrópicos em adolescentes.

Miranda assentiu com um gesto da cabeça na direção de Peter, que agora estava reclinado em sua poltrona, sorrindo com orgulho.

– Que bom você ter conseguido fazer isso. Sempre os escuto fazendo listas de reações possíveis a medicamentos em seus anúncios. Miranda virou-se para Van. – Que bom saber que você os está estudando.

– Sim, tive o prazer de ganhar a bolsa. Os medicamentos podem ajudar muito, podem até salvar uma vida. Mas, às vezes, os efeitos colaterais são piores que os sintomas curados pelos remédios.

Inclinando-se e aproximando-se um pouco mais de Miranda, Van examinou o nome que estava no crachá.

– Clínica de repouso Vida Integral. Que tipo de trabalho você faz lá?

Todos olharam para ela, esperando enquanto ela hesitava, orgulhosa do trabalho que fazia, mas preocupada com a possibilidade de mais perguntas sobre os motivos de ela estar na conferência.

Saudações a você, que fala com todas as criaturas.

Miranda virou-se, rezando para descobrir uma base física para a etérea voz de contralto que tinha acabado de deixar essas palavras caírem sobre a sua cabeça de maneira tão franca. A pessoa mais próxima era uma mulher jovem que estava passando de costas por uma porta de vaivém que dava na cozinha, balançando uma bandeja de copos abandonados, mas ela não parecia uma candidata séria para a comunicação telepática que Miranda acabara de ouvir.

Examinando mais uma vez a área atrás dela, engoliu, empurrando a lava goela abaixo, esperando ardentemente que tivesse sido só a sua imaginação e que ela não teria de passar outra noite conversando com vozes desencarnadas. Franzindo a testa e escolhendo as palavras para se expressar da forma mais clara possível, ela enviou uma mensagem para a voz misteriosa que falara com ela. *O que foi que você disse?*

Quando se virou, as três pessoas estavam olhando para ela com uma expressão de perplexidade no rosto.

– Está tudo bem, minha cara? – perguntou Sônia.

– Ah, está tudo ótimo. Só pensei que havia escutado alguma coisa.

Peter fez um gesto indicando a multidão.

– Está tão barulhento aqui que você provavelmente escutou tudo. Você ia nos dizer o que é que faz no clínica de repouso.

– Ah, hummm... Sou a administradora: uma gloriosa faz-tudo, à disposição do que as pessoas precisem. Atendemos a cidade de Whetherton. Nossas instalações ficam a pouco menos de 50 quilômetros a leste de Seattle, de modo que é muito perto. Moro a apenas vinte minutos de distância daqui.

Van sorriu e assentiu com a cabeça.

– Muito prático para você. Costuma participar de eventos aqui?

Mais palavras flutuaram lentamente no ar, cutucando sua consciência. *Saudações a você, que fala com todas as criaturas. Estávamos à espera de alguém que nos ouvisse.*

– Ah... na verdade é a primeira vez que venho aqui –. Olhando para Sônia, Peter e Van, Miranda estudou o rosto deles em busca de um sinal qualquer de que eles também houvessem escutado a mensagem misteriosa. Não deram o menor indício de ter ouvido a voz etérea, de modo que ela deu um meio sorriso e acrescentou:

– Nem reparei que a fábrica da Farmacêutica do Futuro era aqui até ficar sabendo da conferência –. E então ela franziu a testa e enviou outra pergunta telepática. *Quem é você?*

Sônia examinava Van. – Nós moramos nos arredores de Whetherton, ao norte da Via Expressa da Comunidade. E você, mora onde?

:*Eu sou Rede do Céu. E nós somos as guardiãs deste lugar. Nós, que estamos esperando alguém que nos ouça há muitos ciclos terrestres.*:

O olhar de Miranda foi atraído para a janela que ficava atrás do sofá, acima da cabeça das pessoas, e revelava uma encosta que parecia uma colcha de retalhos de pedras e flores, elevando-se do pátio até o centro de conferências e chegando a um círculo de cedros que se amontavam no topo. Desejou fervorosamente que pudesse ignorar seus companheiros por tempo suficiente para usar a Visão de Gato e conseguir descobrir de quem ou do que era aquela voz.

Depois de olhar atentamente pela janela, resignou-se em enviar seus pensamentos para um reino e para seres desconhecidos que não sabia quem eram. *:Rede do Céu, por que quer falar comigo?*

– Miranda, querida, não ouvi você dizer onde mora –. Sônia estava se inclinando cada vez mais, pondo a mão em concha sobre a orelha.

– O quê? – Ah, sim, eu moro na região sudeste.

:Você nos ouve. Você, a primeira a ouvir.:

– Desculpe, lembra-se de mim?

Mirando virou-se, esperando que a voz do espírito tivesse se coagulado e que ele ia se manifestar para todos verem e ouvirem. Mas, em vez disso, viu uma mulher absolutamente material, vestida com um sarongue azul, de pé ao lado de Peter, os cabelos escuros e lisos emoldurando um sorriso simpático e os olhos cintilantes cor de canela.

A mulher estava falando com Sônia.

– Nós nos conhecemos na conferência de psicobiologia do ano passado, quando nossos maridos estavam ambos fazendo palestras.

– Kamini! – Sônia abriu os braços. – É claro que me lembro de você.

A recém-chegada passou elegantemente por Miranda e Van. Ajoelhou-se diante de Sônia, abraçou-a com cuidado e depois sentou-se em posição de lótus.

– Que bom que estão aqui! Eu temia que você não estivesse bem e não pudesse vir. Ainda está escrevendo? Está trabalhando em outro livro? Adorei o último.

Miranda examinou o crachá da mulher a seu lado.

mundos em divisão

– A senhora é Sônia Bloom! Autora de *Conversas com os espíritos!*

– Sim, minha querida, mas isso faz muito tempo. Fico surpresa de alguém ainda se lembrar deste livro.

Miranda tentou agir com naturalidade, mas a autora equivalente a Papai Noel tinha acabado de se materializar na sua frente.

– Seu livro foi para mim um presente de valor incalculável. A sua maneira de escrever sobre as conversas com outros seres como se fosse a coisa mais normal do mundo fez com que eu me sentisse menos só no mundo. Quando eu era criança, conseguia conversar com o meu gato. Depois eu cresci e os espíritos começaram a se mostrar e eu ficava ouvindo todas aquelas vozes, e tinha medo de que um dia as autoridades viessem e me levassem para um hospital de doenças mentais porque eu era louca. Eu... Eu...

Ela se interrompeu, percebendo que acabara de admitir que escutava vozes na frente de um grupo de desconhecidos, um dos quais especialista em comunicação que não era física. O coração disparou, como se ela temesse ter ofendido sem querer o seu ídolo com aquelas divagações que não ensaiara nem uma única vez, e não tinha a menor ideia do que os outros estariam pensando a seu respeito agora.

Antes de conseguir se concentrar nas possíveis reações à sua conversa fiada, a voz desconhecida continuou, fazendo as palavras rodopiarem à sua volta como folhas carregadas por um vento sensível e vivo. *:Nós, que esperamos milhares de ciclos terrestres. Esperamos um ser humano com quem pudéssemos conversar. Com quem pudéssemos estabelecer conexões. Que pudesse completar o círculo conosco.:*

Sônia olhou para ela com uma expressão interrogativa. Como Miranda não retomou a palavra, ela se adiantou:

– Fico satisfeita pelo fato do meu livro ter ajudado você a se sentir mais à vontade por conversar com espíritos.

A atenção de Miranda estava dividida entre a senhora de idade sentada a seu lado e o bosque de cedros no alto do morro. Por sorte, Kamini entabulou uma conversa animadíssima com Sônia, dando a Miranda a oportunidade de usar a Visão de Gato. Inclinando-se para trás no sofá, ela respirou fundo algumas vezes e espiou pela janela. O bosque dançava com as ondas de energia verde rodopiante, mas ela não conseguia distinguir nenhuma forma palpável que pudesse estar falando com ela.

Quando voltou a se concentrar nos companheiros, Kamini estava conversando com Peter.

– Li seu último artigo na *Psychic Physics Press*. Pareceu tão desanimador... Acha mesmo que temos tão pouca chance assim de sobreviver a essa crise ambiental?

Um vento de palavras soprou em volta de Miranda. :*O mundo está se abrindo. As oportunidades estão chegando. Os potenciais adormecidos há tanto tempo logo vão começar a desabrochar. A cura é possível.*:

Peter concordava solenemente com gestos de cabeça.

– De uma perspectiva puramente biológica, já passamos daquele ponto de onde não há volta. A evidência científica é indiscutível, mesmo que o seu reconhecimento por parte da comunidade comercial seja mais que discutível. Minha previsão é que em menos de 50 anos os seres humanos serão uma espécie em extinção.

– Por que acha isso? – perguntou Miranda, com o estômago revirando enquanto Peter expressava os seus próprios receios sobre a capacidade de sobrevivência dos seres humanos na Terra. Reagindo à esperança despertada por aquela voz que não era humana, ela franziu a testa, acrescentando uma pergunta telepática: :*O que você quer dizer com 'a cura é possível'?*:

:*Porque estamos aqui. Porque você está aqui. A cura é possível.*: As palavras chegaram como uma lufada de ar fresco numa sala isolada da natureza há muito tempo.

– Não vamos falar de destruição do mundo esta noite. Meu marido fica muito depressivo de quando em quando –, disse Sônia, fazendo um gesto na direção de Peter. – Kamini, a quantas anda seu projeto com o Futuro Financeiro das Mulheres na Índia?

mundos em divisão

– Sua atenção um minuto, por favor?

Uma luminosa voz de tenor ecoou pela sala.

Peter cutucou Miranda no braço, apontando um homem vestido com um terno marrom-bronze, de pé nas escadas que levavam ao restaurante. – É o Dr. Steven Westin, presidente da Farmacêutica do Futuro. Essa empresa queria que eu trabalhasse para ela, mas não preciso do seu dinheiro sujo de sangue, de modo que eu...

– Psiu –, Sônia estendeu o braço como se quisesse tapar a boca de Peter. – Seja um cara legal. Steven foi educadíssimo. E Bruce não acha que o projeto seja tão ruim assim.

– Bem, Bruce e eu...

– Psiu –, repetiu Sônia outra vez, apontando o dedo para o presidente. – Ele está tentando chamar a nossa atenção.

O Dr. Westin pediu silêncio de novo enquanto dava pancadinhas leves na taça de vinho, enviando um toque melodioso para toda a sala e interrompendo as discussões.

– A empresa estava interessada nas minhas descobertas biofísicas sobre neurotransmissores –, disse Peter a Miranda num sussurro alto. – A Farmacêutica do Futuro pertence à Financeira Ben Zero. Ela queria que eu a ajudasse a criar um novo comprimido da felicidade para que ninguém se preocupasse com os crimes ambientais que a FBZ está cometendo.

Sônia inclinou-se na direção de Van e cutucou Peter no joelho com a bolsa. Ele limpou a garganta ostensivamente, cruzou os braços sobre o peito e ficou em silêncio enquanto o Dr. Westin dava as boas vindas para o fim de semana.

Miranda suspirou e mergulhou mais fundo no sofá. Tinha ficado sem saber como responder a Peter. Concordava que a desconsideração da FBZ pela segurança ambiental era apavorante, mas estava mais preocupada com Sônia e com a impressão que estaria causando em sua escritora predileta. Olhando à sua direita pelo rabo do olho, percebeu que Sônia parecia inteiramente concentrada no que o Dr. Westin estava dizendo. Relaxou um pouquinho, aliviada com o fato de a atenção estar focada agora em uma pessoa, em vez de haver tantas conversas ricocheteando à sua volta.

Parecia que o presidente ia fazer um discurso, de modo que ela deixou sua atenção se concentrar no seu íntimo, permitindo que a sala a seu redor perdesse seus contornos enquanto se deixava cair em espiral, o que a ajudava a tomar consciência da terra embaixo do prédio. Extraindo energia do chão a seus pés, enviou a seu espírito-guia uma mensagem telepática com toda a força de que foi capaz. :*Adnarim, por que estou aqui? É porque Sônia Bloom está presente? E o que me diz dessas guardiãs? Quem são elas? Devo me conectar com elas?*:

Nenhuma resposta.

Miranda respirou fundo cinco vezes, depois tentou de novo. :*Adnarim! Por que você queria que eu viesse aqui? O que devo fazer?*:

Silêncio.

Miranda fez a si mesma a pergunta seguinte. *Por que será que sempre escuto vozes que não quero escutar, e nunca ouço aquelas que quero ouvir?*

Sacudiu a cabeça num gesto de resignação e irritação, mas parou de repente, com medo de que o presidente tivesse dito alguma coisa em relação à qual ela devia estar fazendo um gesto de assentimento, em vez de um gesto de discordância, e que Sônia Bloom poderia achar que era falta de educação.

Prendendo a respiração, enviou uma última mensagem ao mundo espiritual. :*Adnarim! Vamos lá, você é quem queria que eu viesse a essa reunião, onde tenho de conversar com todas essas pessoas que tem um motivo "real" para estarem aqui. O mínimo que você pode fazer é me falar o que espera de mim – afinal de contas, você é meu espírito-guia, não é?*:

Sem conseguir resultados melhores que das tentativas anteriores, e depois de verificar que o presidente ainda estava imerso no seu discurso, Miranda recentrou-se. Puxando mais energia da terra, enviou o próprio espírito para longe daquela reunião de pessoas – para o morro que se via pela janela, que chamara a sua atenção quando as guardiãs conversavam com ela. Agora em forma espiritual, Miranda sentia que o bosque de cedros emitia uma energia de atração bem distinta, como se um cartaz de sinalização rodoviária tivesse sido colocado no fundo, informando que era preciso "subir por aqui".

Afastando-se mais ainda do salão de conferências, ela se encontrou no alto do morro, de pé dentro de um círculo, de frente para o norte com três seres que assumiram forma humana.

O espírito em forma de mulher bem em frente de Miranda estava com os braços cruzados sobre o peito, segurando em cada uma das mãos um chocalho com fileiras de penas brancas e conchas marrom-bronze penduradas nos cabos. Em volta dos seus cabelos pretos e lisos, que caíam sobre seus ombros, havia um tecido branco brilhante que os afastava do rosto. Usava um vestido marrom de pele de gamo, preso na cintura por um cinto de contas cor creme. A seus pés havia uma cesta de palha trançada cheia de pedras brancas.

No meio do círculo havia uma pedra mais ou menos redonda, que lembrou Miranda da história de um rochedo que, quando erguido, revelava uma escada que levava ao centro da terra. Desviou a atenção da pedra e concentrou-a na mulher que esperava pacientemente do outro lado do círculo.

:*Bem vinda.*: Uma voz calma, terrena, cumprimentou-a. :*Nós, que somos respeitadas. Você, que veio. Que se juntou a nós.*:

Miranda fez uma pequena reverência. :*Estou muito honrada por falar com vocês. Quem são vocês?*:

:*Nós, que somos guardiãs. Nós, que somos desta terra. Nós, que estamos aqui muito tempos antes dos pálidos seres humanos. Você, que pode me chamar de Rede da Terra. Você, que pode me chamar de Avó do Norte.*:

As palavras pareciam degraus sólidos que avançavam lentamente por uma trilha.

:Estas, que são minhas irmãs. Ela, que é a Rede do Fogo, que é a Avó do Leste. Ela, que é a Rede da Água, que é a Avó do Oeste.: Os penetrantes olhos negros da Rede da Terra olhavam fixamente para Miranda, enquanto a cabeça se virava primeiro para a esquerda, depois para a direita, indicando duas criaturas espirituais que não se haviam materializado inteiramente, cada uma de um lado. Ela levantou o queixo na direção de Miranda e acrescentou: *:Ela, ela é a Rede do Céu. Ela, a primeira a falar. Que é a Avó do Sul.:*

Miranda estava perplexa, pois ela própria ocupava a parte sul do círculo. Onde estava aquela de voz etérea de contralto, que havia sido a primeira a falar com ela?

Rede da Terra continuou falando, as palavras pesadas e lentas: *:Nós, que precisamos. Nós, que esperamos tantos giros da Terra. Você, que vai....:*

– Gostaria de jantar conosco? – a moça conteve a necessidade de gritar enquanto se virava e olhava para Sônia, que pusera a mão no braço de Miranda.

– Van reservou uma das mesas centrais, mas ela tem oito lugares, de modo que vai haver espaço de sobra se você ainda não combinou nada com outra pessoa.

Miranda respirou fundo, dando a si mesma um instante para se lembrar de que estava participando de um ciclo de conferências e que tinha acabado de conhecer Sônia Bloom, a autora de *Conversas com espíritos*, que a estava convidando para jantar com ela, o marido e os amigos.

– Obrigada. Vai ser um grande prazer.

Enquanto se levantava do sofá, lançou um rápido olhar para o morro, puxada momentaneamente de volta para o círculo dos cedros. Seu corpo oscilou ligeiramente enquanto ela tentava equilibrar a necessidade de estar tanto no mundo físico, preparando-se para o jantar, quanto no mundo espiritual, terminando a conversa com as avós. *:Desculpe, você estava dizendo alguma coisa sobre o motivo pelo qual queria se comunicar comigo.:*

mundos em divisão

As palavras de Rede da Terra surgiram no campo de sua consciência com uma lentidão exasperante. :*Nós, que precisamos de um ser humano. Você, que vai conversar. Nós, que vamos conversar. Que vamos...*:

– Então, minha querida, você é administradora de um clínica de repouso?

A atenção de Miranda foi chamada novamente por Sônia, que estava com os olhos erguidos para ela.

– Ah, sim... Sou.

Miranda mordeu o lábio inferior, querendo que Sônia lhe fizesse perguntas sobre as guardiãs, mas sem saber como conseguir uma coisa dessas.

– E a senhora poderia... quer dizer... a senhora é especialista em conversas com espíritos.

– Bem, eu não diria que sou especialista. Neste momento sou apenas uma velha que não consegue sequer se levantar sozinha deste sofá –. Levantou a mão esquerda na direção de Miranda, enquanto a mão direita pegava a bengala.

Miranda notou que Peter, Van e Kamini estavam todos de costas para o sofá agora, conversando animadamente entre si, de modo que ela se inclinou e ofereceu o braço a Sônia.

Enquanto a senhora se levantava tremendo do sofá, Miranda tentou de novo entabular uma conversa sobre os guias. – Como é que a senhora consegue...

– Sônia, tudo bem? – Peter virou-se, parecendo preocupado. – Quer que eu faça um prato para você? Van pode ajudá-la a chegar à mesa –. Lançou um olhar a Miranda. – Ou prefere que a moça a ajude?

Sônia o despachou com um gesto.

– Estou ótima. Miranda vai jantar conosco. Portanto, se ela não se importa de ficar na fila comigo, eu gostaria de me servir eu mesma. E tenho certeza de que, juntas, vamos conseguir equilibrar dois pratos.

31

Enquanto se aproximavam da fila do bufê, as pessoas da frente deram um passo para o lado, deixando que Sônia lhes passasse na frente. Miranda encontrou-se num lugar de honra enquanto o Dr. Westin lhes entregava dois pratos e cedia a elas o seu lugar. Como os olhos de um especialista, os do Dr. Westin passaram rapidamente por seu crachá, enquanto ele dizia:

– Miranda Williams, que prazer nos dá por vir a essa conferência! Eu gostaria muito de saber de que modo sua exploração da neurociência se relaciona com o trabalho no clínica de repouso.

Miranda estava distraída pela voz de Rede do Céu, que flutuava à sua volta:

:Nós, que estamos esperando. Nós, que estamos falando com você, que nos escuta.:

Miranda reclamou interiormente: *Putz, por que todo mundo fala comigo ao mesmo tempo? E onde está Adnarim? Foi ela que me pôs nessa história.*

Sônia veio em seu socorro, dando-lhe um tapinha na mão.

– Será que poderia me servir de um pouco de galinha marinada, por favor? E eu adoraria uma porção de purê de batata-doce.

– Aqui, deixe-me ajudá-la.

O presidente balançou sua taça de vinho entre dois dedos e começou a servir ambas as mulheres com as diversas iguarias que estavam sobre a mesa. Ignorando os protestos de Miranda de que ela poderia voltar e servir-se, ele continuou auxiliando ambas. Carregando seus pratos, escoltou-as até uma mesa do centro. Enquanto se afastava, disse a ela:

– Vou fazer o possível para termos tempo para conversar sobre o fim de semana. Quero muito saber o porquê do seu interesse por medicamentos psicotrópicos e o que a trouxe a esta conferência.

Sônia sentou-se à mesa.

– Estou satisfeita por você ter a chance de conversar com Steven depois, ele é um amor. Espero que me perdoe, mas eu queria chegar a uma mesa antes que o meu quadril não aguentasse mais.

– Fico satisfeita pela senhora ter se manifestado. Eu não ia querer que ficasse sentindo dor enquanto eu conversava com o Dr. Westin. *E estou satisfeita por não ter tido que explicar nada para ele. Agora, é só fazer de tudo para evitá-lo até o fim da conferência. Ou até eu descobrir porque estou aqui – assim vou poder ir embora. Se ao menos as avós falassem um pouco mais depressa e com um pouco mais de clareza...*

Sônia interrompeu suas preocupações dando pancadinhas leves no prato.

– Vá em frente e comece a jantar, minha cara. Não espere o Peter. Tenho certeza de que ele vai se envolver em conversas com outras pessoas antes de vir para cá juntar-se a nós.

– Tudo bem, eu adoraria ouvir mais coisas sobre as suas conversas com os guias. Como aprendeu a falar com eles?

– Ah, essa é uma longa história, minha querida. Por que não me fala sobre o seu trabalho no clínica de repouso? Como é que as pessoas sabem quando têm de se internar? São elas mesmas que tomam a iniciativa, ou é o médico que faz a prescrição?

Miranda hesitou – queria ser educada e responder às perguntas de Sônia, mas precisava de orientação a respeito das avós, e Adnarim ainda não tinha dado o ar da graça.

– Ahhá, te encontrei! – disse Peter inclinando-se e dando um beijo no rosto de Sônia antes de colocar o prato ao lado do dela.

– Desculpe por fazê-las esperar. Eles tinham de falar comigo sobre a palestra de amanhã.

Fez um gesto de assentimento em direção a Miranda.

– Obrigado por ajudar essa minha mulher adorável.

– O prazer foi meu. Sou admiradora dela há anos.

– Este lugar está sendo guardado para alguém? – Kamini, a mulher do sarongue azul, apareceu à direita de Miranda.

– Não, não, fique à vontade –. Sônia apontou para o lugar vazio. – Junte-se a nós. Quero saber tudo sobre a sua viagem. Vai ficar muito tempo nos Estados Unidos?

Mais três pessoas se sentaram à mesa ao lado de Van, apresentando a si mesmas e também as pesquisas científicas que estavam coordenando para a Farmacêutica do Futuro. Miranda, afogada pelas conversas animadas que voavam pela mesa, fez um esforço para ouvir uma palavra que fosse das avós, mas tudo quanto foi capaz de detectar foi um vago murmúrio vindo do morro.

Apesar de estar ao lado de Sônia Bloom à mesa, sentiu-se aliviada quando o jantar finalmente terminou.

2

Chris e Mirau

A primeira noite da conferência terminou e Miranda finalmente conseguiu se enfiar no seu querido carro azul e deixar o rádio embalá-la com um jazz suave. O jantar estendera-se para além do tempo previsto e depois houve palestras e foi apresentado um vídeo com os estudos mais recentes do efeito da bioquímica sobre o comportamento.

Eram quase 10h30 quando ela entrou na garagem apertando o botão para abrir o portão e guardando o veículo lá dentro. A porta da casa se abriu e a luz suave de sua sala de visitas delineou a silhueta de Chris. Os ombros de Miranda baixaram cinco centímetros ao olhar para seu amante, que lembrava uma gazela numa vasta planície africana. Depois de estacionar, saiu do automóvel e derreteu-se nos braços de Chris. *Eu devia ir a conferências mais vezes, se é o resultado é esse.*

Erguendo-lhe delicadamente a cabeça e depois a puxando para trás, Chris deu-lhe um beijo e depois perguntou:

– Achei que você tinha dito que estaria em casa às 10h00. Fiquei prestando atenção para ver se escutava a porta da garagem abrir.

– Aquilo não acabava mais. Eu fiquei numa mesa bem no centro, de modo que não dava para sair de lá sem dar na vista.

– E aí, como foi o evento? Conheceu alguém interessante?

– Interessante é o mínimo que eu poderia dizer. Fiquei sentada ao lado de Sônia Bloom durante o jantar!

– A autora de *Conversa com os espíritos*? Você deve ter se sentido no céu. BB e Mirau gostaram de conversar com ela?

Miranda hesitou ao subir as escadas que levavam para a casa.

– Não, olha que estranho. Nem apareceram. Tentei entrar em contato com Adnarim, mas você sabe o quanto ela pode ser escorregadia. Nem pensei em BB, nem em Mirau. Ficariam extasiados se conversassem com a Sônia, mas não disseram uma única palavra durante toda a noite.

Sentiu uma presença familiar atrás dela e, ao se virar para olhar por cima do ombro, viu uma grande ursa marrom deitada na capota do seu carro. Respirou fundo, ergueu as sobrancelhas e fez uma pergunta telepática:

:O que houve? Onde é que você estava, BB?:

– Pera aí, eu sei o que essa cara significa. Quero outro abraço antes de você começar a conversar com eles e me excluir. Chris arrastou-a pelos três últimos degraus e deu-lhe um abraço de urso, que levou a um beijo demorado.

: Arff!: A exclamação tocou as costas de Miranda quando BB a cutucou telepaticamente. *: Faz-me uma pergunta e depois me ignora.:*

Miranda soltou-se dos braços de Chris e virou justo a tempo de ver BB desaparecer. Olhou com o rabo do olho para o vazio à sua frente, pensando bem depressa: *:Não vá. Desculpe. Ainda quero saber porque você não estava lá para conversar com a Sônia.:*

Chris puxou-a para o hall de entrada e fechou a porta atrás dela.

– Se você vai conversar com o meu rival invisível, ao menos fale em voz alta para eu conseguir escutar metade da conversa.

– Se você se abrisse mais, também conseguiria vê-los e falar com eles.

A boca de Chris apertou-se, formando uma linha reta enquanto eles entravam na sala de visitas.

Virando-se, Chris suspirou, olhando para Miranda com uma expressão suplicante.

– Já passamos por isso antes. Você é a pessoa mística, a pessoa mágica. Eu sou um cozinheiro mundano, um jardineiro gourmet e seu escravo sexual.

As duas últimas palavras foram acompanhadas de uma carícia no corpo de Miranda que a fez estremecer e concluir que tinha a sorte de voltar para casa todas as noites, quando uma hora antes, de tão cansada, sentira inveja dos outros participantes que iam passar a noite no centro de conferências.

Ela se jogou no sofá e abriu os braços para Chris; mas, em vez do amante, foi um gato cinza, listrado como um tigre, que apareceu no seu colo.
– Mirau!

:Você queria falar comigo?:

Miranda lançou um rápido olhar a Chris e continuou a conversa em voz alta.

– Eu estava me perguntando por que é que você não estava lá esta noite. Mas você pode me contar amanhã de manhã, quando eu estiver voltando para a conferência de carro.

Chris deu um sorriso forçado.

– Vá em frente, converse com ele agora. Eu estava justamente terminando de fazer uma coisa lá na cozinha. Chris desapareceu e depois apareceu de novo, de dedo em riste para o colo de Miranda. – Só quero que o lembre de que o quarto de dormir está fora da sua alçada e que você vai ser toda minha mais tarde.

Miranda lançou um olhar súplice para os dois, mas seu companheiro já estava desaparecendo na cozinha quando Mirau se levantou, espreguiçou-se e saiu do colo de Miranda. Encontrando no sofá um lugar a seu gosto, ele o circulou algumas vezes, acabando por se enroscar e se voltar para ela com um olhar interrogativo.

– Tudo bem, Mirau, você ouviu o Chris. Podemos conversar agora, mas nada de entrar no quarto.

O rabo cinza mexia-se para trás e para a frente, e Miranda supôs que ele estava lhe dizendo algo como, "Você não pode dizer a um gato o que fazer, principalmente quando é um espírito que pode ir a qualquer lugar." Miranda fez uma respiração abdominal profunda, concentrando-se na conexão energética cada vez mais forte com Mirau, que lhe possibilitava entrar mais completamente na dimensão material; depois estendeu o braço e lhe fez um carinho embaixo do queixo.

– Pare de mexer esse rabo e me diga o que veio dizer.

:Não vim dizer nada. Você me fez uma pergunta.:

– Tem razão. Eu estava me fazendo perguntas sobre esta noite. Por que aquelas espíritos-guardiãs dizem que estavam esperando alguém com quem conversar? Sônia estava lá. Deviam ter falado com ela. Por que escolheram a mim?

– Que espíritos-guardiãs? – perguntou Chris lá do seu canto.

– Quando eu estava na reunião desta noite, alguns espíritos – o principal deles se apresentou como Refém da Terra – não, como Rede da Terra – ou Avó do Norte, parecia estar dizendo que não tinham conseguido se comunicar com nenhum ser humano antes. Mas isso não pode ser verdade. Não tenho nada de especial.

– Pera aí, é da minha namorada que você está falando –. Chris voltou para a sala de visitas dobrando uma toalha de prato até obter um quadrado perfeito. – E por que não conversariam com você? Todos os outros invisíveis conversam.

– Não é que eu tenha ficado surpresa por falarem comigo. Mas por que justo eu? Sônia Bloom estava lá e acho que elas nem tentaram conversar com ela. Ao menos ela não disse que alguém – fosse quem fosse – estava se comunicando com ela.

A voz de Mirau ressoou na cabeça de Miranda, parecendo um professor passando um sermão num aluno idiota. *:Ela não as ouviu porque não sabe o que fazer para ouvi-las. E elas não sabem o que fazer para falar com ela.:*

mundos em divisão

– Que coisa ridícula! Ela escreveu o livro sobre conversas com espíritos.

– Como assim, ridículo? – perguntou Chris, olhando com o rabo do olho para um lugar vazio do sofá, onde o ar parecia estar rodopiando, como se uma massa diminuta de neblina cinza estivesse tentando fazer surgir orelhas e um rabo. – O que Mirau disse?

O gato bocejou e falou de novo:

:*Os espíritos não devem ter lido o livro de Sônia. Se você levar um exemplar para eles da próxima vez, talvez entendam que deviam ter falado com ela e não com você – mesmo que tenha ficado óbvio que você conseguia ouvi-los.*:

– Não faça pouco caso de Sônia. O livro dela é incrível. E fiz o papel de idiota na frente dela!

Ela se afastou de ambos, reprimindo as lágrimas que estavam lhe dificultando falar. *Por que Adnarim não me avisou que Sônia estaria lá? Sempre sonhei em conhecê-la e agora conheci e estraguei tudo com as minhas divagações cretinas.*

Com cuidado para deixar bastante espaço para Mirau, Chris espremeu-se ao lado dela, puxando-a para os seus braços.

– Tudo bem, chore um pouquinho. Deve ter sido uma noite daquelas, conhecer Sônia Bloom, depois esses espíritos escolherem você e você sem um único espírito amigo para te dar uma força.

Mirau estendeu uma pata e, colocando nela uma energia superforte, bateu no braço de Chris, provocando um sobressalto e um palavrão. Miranda relaxou, deixando-se afundar do lado do amante enquanto assistia às provocações normais entre seus leais aliados.

Mirau pisou nas pernas do rival e enroscou-se no colo de Miranda, seu ronronar um murmúrio mediúnico profundo que chegava à própria essência dela, liberando a tensão acumulada ali. :*Você é especial, sim. Quantas vezes não lhe disse que, para um ser humano, você é espantosamente aberta e inteligente. Não é de surpreender que as avós tenham querido e esperado para conversar com você.*:

– Mas tenho medo de não conseguir fazer o que elas precisam que eu faça.

– E o que foi que elas lhe pediram para fazer? – Chris estava enxugando com um lenço de papel as lágrimas que escorriam pelo rosto de Miranda.

– Não sei ao certo. Conversar com Rede do Céu foi como conversar com as árvores. Elas estão profundamente imersas na terra, sua sabedoria é imensa, mas suas palavras são lentas de forma muito deliberada e torturante... Se ao menos ela falasse mais depressa, e com mais clareza... Mas me deu realmente a impressão de que, seja o que for, é muito, muito importante. Por isso é que não entendo porque escolheram a mim. Não sou ninguém.

– Como assim, ninguém?! E todas as pessoas que vêm às suas reuniões do domingo? Elas ganham muito ouvindo você falar sobre os guias. Estão sempre tentando persuadir você a se encontrar com elas individualmente, como você fazia antes de ter a mim para voltar para casa.

– É... mas... você não tem como saber, pois nunca foi às reuniões. Estou sempre citando o livro de Sônia. Não é que eu mesma tivesse sabedoria. Além disso, só convido as pessoas para virem à noite quando você está dando as suas aulas de culinária. Foi uma surpresa quando vi a Rhonda na noite da última terça-feira.

Chris pegou-lhe a mão, fazendo uma pausa antes de responder.

– Eu não quero falar disso outra vez. Só estou tentando lembrá-la de que é especial, só isso.

– Tudo bem, desculpe. Só estou preocupada.

Chris apertou sua mão com mais força.

– Não estão te pedindo para fazer nada perigoso, estão? O que querem que você faça?

– Não sei o que querem! Este é o problema.

– Promete que não vai concordar em fazer nada que seja arriscado.

mundos em divisão

– Como poderia concordar se nem sei o que querem?

Chris respirou fundo e depois perguntou, com os dentes cerrados:

– O que especificamente *já* pediram para você fazer?

– Até agora, só me pediram que ouvisse. Na verdade, ainda não tive uma boa chance de conversar com esses espíritos. Tenho esperança de que amanhã, durante as pausas, eu consiga conversar com eles de novo.

– Vai voltar lá amanhã? Pensei que você tinha dito que era só esta noite.

– Eu disse que *esperava* que fosse só esta noite. Não fique chateado assim. Eu preferia estar com você. Mas tenho de descobrir porque Adnarim queria que eu fosse lá. E agora apareceram essas espíritos--guardiãs com umas charadas para eu decifrar. E preciso ver se consigo conversar mais um pouco com a Sônia – talvez até dizer alguma coisa inteligente dessa vez.

Desviando o olhar da expressão magoada de Chris, ela o baixou para o seu guia gato.

– Mirau, o que acha que devo fazer?

Mirau voltou os olhos verdes para ela:

:Acho que serrrriia muito mais inteligente esperar para se preocupar só depois de saber porque querem falar com você.:

Mirau saltou do colo dela e foi em direção do quarto de dormir. Enquanto passava pelo batente da porta, começou a desaparecer lentamente, primeiro o nariz rosa e os bigodes e, por fim, a ponta do rabo que se mexia pra lá e pra cá enquanto ele sumia. Miranda sorriu vagamente a essa obediência técnica ao pedido de Chris para ele não entrar no quarto de dormir dos dois.

Chris sacudiu-lhe o ombro de leve.

– O que foi que ele disse?

– Que eu devia esperar para me preocupar até eu ter alguma coisa palpável para me preocupar.

Ela estava com a sensação de que Mirau acabara de abrir uma porta no seu cérebro, expondo prateleiras apinhadas de caixas e caixas de possibilidades perniciosas, que ela guardava ali compulsivamente.

Chris pôs um braço em volta dela.

– Ótima ideia. Acho que você devia dar ouvidos a seu guia sabichão. E, se você vai ficar longe amanhã o dia todo, em vez de brigar hoje à noite seria melhor termos agora o nosso banquete de amor dos sábados à tarde.

Seu amante se levantou, puxando Miranda para o quarto de dormir, seguindo Mirau sem saber; mas, ao contrário do gato, nenhum dos dois seres humanos se dissolveu enquanto passavam correndo pelo batente da porta, rumo à cama.

3

UM BURACO NO ALTO DO MORRO

Na manhã seguinte, Miranda saiu pé ante pé do quarto, levando suas roupas na mão. Agachando-se na gelada sala de visitas, enfiou um suéter bege pela cabeça e depois entrou com o maior cuidado numa saia preta, que prendeu na cintura, acrescentando um blazer da mesma cor e um colar de ônix. Lançou um olhar de desejo para as calças jeans penduradas no encosto do sofá, mas suspirou, resignando-se a usar roupa de trabalho em pleno sábado.

Foi para a cozinha, onde a cafeteira, programada para ligar vinte minutos antes, estava soltando um aroma tentador por toda a casa. Ela acrescentou "preparar café" à sua lista de motivos pelos quais adorava viver com Chris.

Um sorriso brincou-lhe nos lábios enquanto sorvia o líquido quente ao lembrar a paixão que viveram na noite passada. Ela bocejou e, lutando contra o impulso de voltar para a cama, derramou o resto do café numa caneca com tampa, para viagem, e dirigiu-se à porta.

Ao sair da garagem, escolheu a programação com Santana no sistema de som do carro, pondo a música a uma altura ensurdecedora para manter-se acordada.

Cantarolando *Black Magic Woman*, ela se esqueceu do plano de conversar com BB e Mirau durante o percurso. Mostrou rapidamente o crachá aos guardas solenes do portão e eles a deixaram passar. Ao sair do carro no centro de conferências, voltou sua atenção ao morro com cedros no alto.

Droga, Mirau devia ter me falado o que fazer com as guardiãs. Enquanto olhava para o bosque de árvores, o homem com quem havia conversado na mesa de identificação na noite anterior a observava e veio na sua direção.

Miranda sentiu palavras flutuando à sua volta como uma brisa cálida bem vinda quando a voz etérea de Rede do Céu a cumprimentou:

:Você, que veio quando o sol estava se pondo. Você, que retornou.:

Ela fez uma daquelas respirações abdominais profundas, preparando-se para enviar uma resposta telepática, quando ouviu às suas costas o ruído de folhas pisadas.

— Dona Miranda Williams, seja bem vinda mais uma vez. Gostou das palestras do jantar de ontem à noite? — O membro da equipe coordenadora parou perto do seu carro e estendeu-lhe a mão.

Os ombros de Miranda ficaram tão tensos que subiram até as orelhas e o café gelou no seu estômago. *Ai, não, você de novo?*

:Sim, aqui estou. E a cumprimento de novo.:

— Desculpe, eu a assustei? — Ele puxou a mão, deixando-a cair ao longo do corpo, mas se inclinou ainda mais para ela.

— Aaah, eu ainda não tinha acordado de verdade. *Preciso ter cuidado com o que estou pensando.* Concentrou-se bem nos seus pensamentos, determinada a mandar ao espírito somente as palavras que escolhera.

:Avó, que alegria ouvir sua voz de novo! Obrigada por falar comigo!:

— Deixe-me escoltá-la até a mesa do café da manhã. Penso que vai achar excelente o café daqui.

Ele estendeu a mão de novo, dessa vez dando a entender que ela devia ir na frente dele, e acompanhou-a até o prédio. Miranda queria virar-se e ir até o morro, mas não queria dar a ele nenhum motivo para interrogá-la mais ainda, de modo que, fingindo alguns bocejos, ela apertou o passo, andando na frente.

mundos em divisão

Sentiu a vibração das palavras de Rede do Céu, mas só conseguiu entender "você", "ouvir" e "quem". Já dentro do edifício, ela entrou numa fila a uma mesa maravilhosa de pães, pratos com ovos e legumes, e grandes travessas de frutas frescas. Sentiu alívio quando outro membro da equipe coordenadora interceptou seu pastor indesejado, arrastando-o para outra sala.

Miranda encheu um prato com uma quantidade cinco vezes maior do que costumava se servir no café da manhã, depois procurou um lugar numa mesa com pessoas que conversavam concentradíssimas nos seus telefones celulares. *Que bom, ninguém vai me incomodar se eu tentar falar com as avós enquanto como.*

Respirou fundo, fechou os olhos e procurou se centrar. O aroma das maçãs, dos condimentos e do pão fresco entrou-lhe pelos poros, fazendo o estômago dar sinal de vida. *Fica quieto, corpo, em geral você não ganha nada tão cedo assim.*

Em vez de sua consciência formar palavras para mandar às avós, ela foi inundada por imagens de quiches, tortas e pasteizinhos de geleia de frutas e café fresco. Depois de mais algumas tentativas inúteis de se concentrar, Miranda abriu os olhos e pegou o garfo, prometendo a si mesma encontrar outra oportunidade para conversar com as avós.

A primeira palestra depois do café da manhã teve muitos slides e vídeos. Quando apagaram as luzes, Miranda respirou fundo e lentamente, várias vezes, para se centrar. Sentiu um chamado urgente do bosque de cedros que visitara na noite anterior. Acalmou a mente e deixou o espírito vagar para longe da sala de conferências. Quando chegou ao alto do morro, encontrou três das quatro avós num semicírculo no meio do bosque de cedros.

A presença inconfundível de Rede da Terra dominava a porção norte do círculo. Rede do Fogo iluminava o leste e Rede da Água fluía delicadamente para oeste, mas havia uma lacuna ao sul. Miranda procurou Rede do Céu, dando-se conta de que ainda não vira essa avó, só escutara a sua voz. A clareira ao sul tocou seu espírito e ela deslizou para aquele espaço vazio, completando o círculo.

:*Bem vinda.*: – disse Rede do Fogo. Ela segurava a base de um cachimbo na mão esquerda e, com a mão direita, acariciava o fornilho de pedra vermelha em forma de cabeça de urso. Usava um vestido de pele de gamo e seus cabelos negros estavam presos por um laço vermelho-escuro.

:*Eu, que sou a Avó do Leste. Eu, que digo os quandos. Eu, que direi agora o quando de você estar aqui. O longo tempo antes de quando.*

Miranda virou-se para a direita, atraída pela voz quente que enrolava as palavras em torno dela como se fossem um lençol. Rede do Fogo olhava para ela, os olhos negros dançando em chamas. Enquanto Miranda esperava as palavras que explicariam porque as avós estavam aqui, sua mente se precipitou adiante, imaginando a realização de cerimônias antigas no alto do morro, iluminadas pela luz das fogueiras e da lua cheia. Absorta em suas perambulações mentais, ela não ouviu as primeiras palavras que Rede do Fogo pronunciou a seguir:

:*... cada qual desejando o controle deste morro. Cada qual desejando o poder implícito da conquista...*:

: *O quê? Desculpe, perdi um pedaço do que a senhora estava dizendo. Por favor, poderia repetir?*:

Miranda repreendeu-se por estar com a cabeça cheia de seus próprios pensamentos quando estava tão ansiosa para ouvir o que as avós queriam dela. Rede do Fogo concordou com um gesto da cabeça e começou de novo sua explicação enquanto Miranda expulsava freneticamente as autocríticas da cabeça a fim de ter espaço para ouvir as palavras da avó.

:*O quando foi antes. Antes daqueles que têm sua pele pálida. Antes daqueles que vieram de longe para caminhar sobre esta terra.*: As palavras desfilavam claramente pela mente de Miranda, como velas sendo acesas, cada frase iluminando e esclarecendo melhor a imagem que Rede do Fogo estava descrevendo. :*Era um quando de guerras. Aqueles de cada tribo contra aqueles de todas as outras tribos. Lutando por este morro. Desejando a energia sol-terra daqui. Aqueles que lutavam pelo poder eram como gafanhotos em forma humana.*:

mundos em divisão

Uma imagem de velhos em círculo ao redor de uma fogueira no alto do morro resplandeceu na consciência de Miranda. *:Nós, que vimos que não existia nenhuma segurança. Nunca segurança, enquanto tantos bípedes queriam a supremacia, não a conexão. Nós, que conseguimos perceber a força da vida que existe neste lugar. Nós, que ouvimos dizer que essa força da vida guardava os raios do sol e o calor da terra que brota do alto deste morro. Construímos lugares menores de sol-terra bem longe, nas montanhas, nos rios e nas praias para atrair aqueles que desejavam o poder. Os lutadores, que desejavam a força da vida para si mesmos, foram embora. Deixaram nosso lugar em paz.:*

Miranda sentiu uma grande calma e um calor delicioso se espalharem por seu corpo enquanto Rede do Fogo descrevia a mudança dos tempos de violência para os tempos de tranquilidade. Sua mente perambulou até os pensamentos do mundo atual e das guerras que estavam acontecendo no planeta tanto contra outros seres humanos como contra a natureza.

: Obrigada por me contar tudo isso. Como é que conseguiram esconder o poder e chegar à paz?:

:Nós, que vimos a necessidade, doamos a nós mesmas, tornando-nos espíritos-guardiães deste lugar.:

Rede do Fogo fez uma pausa. Miranda sentiu as palavras da guardiã como chamas brilhantes dentro dela, iluminando o significado de sua mensagem. Formando os pensamentos da maneira mais clara possível, perguntou:

:Este lugar era tão importante para vocês que vocês morreram para protegê-lo?:

: Era um quando de mudança, não um quando de morte. Nós, que renunciamos à nossa forma física, não morremos. Nós, que um dia fomos como você é agora, estávamos esperando. Esperamos durante tantos ciclos da terra quanto há folhas numa árvore.: Uma imagem surgiu de repente no campo de consciência de Miranda – uma árvore da qual brotava uma folha por ano até ter milhares de anos de idade e estar com uma folhagem esplendorosa.

:E então nós, que estávamos observando, vigilantes, vimos aqueles que são como você, com a pele cor de areia, chegarem nessa terra matando aqueles que

viviam aqui antes. Derrubando as florestas, envenenando a água e, agora, envenenando o ar.:

Miranda estremeceu, puxando seu espírito de volta para o auditório das conferências. Momentaneamente desorientada, olhou para as pessoas à sua volta, tomando café em xicrinhas de isopor dentro de um edifício feito de terra, mas destinado apenas a alcançar objetivos humanos. Sentiu vergonha ao pensar na maneira pela qual seus ancestrais trataram a terra e que alguns de sua espécie a estavam estuprando. Não queria voltar e enfrentar as avós, mas as palavras de Rede do Fogo continuavam brilhando em sua consciência.

:Você, que veio nos escutar, que não precisa culpar pelo que outros, que tiveram outras opções, fizeram. Cada um tem seu caminho. Alguns resolvem percorrê-lo. Alguns acreditam que podem percorrer o caminho de outros. Mas nunca são substitutos do próprio caminho, nunca satisfatórios, sempre levam ao sofrimento.:

O apoio de Rede do Fogo ajudou Miranda a enviar seu espírito de volta ao círculo, que estava em silêncio enquanto Miranda tentava clarear os pensamentos.

Elas dizem que este é um lugar de poder que estão guardando há séculos incontáveis. Sacrificaram a vida para protegê-lo e ainda o estão guardando com seu espírito. Mas por que estão me falando sobre isso agora?

As divagações de Miranda devem ter sido detectadas pela Avó do Leste, ou então por pura coincidência ela começar a falar:

:Agora está perto. O quando, quando o mundo tem de mudar. Renovar-se. Você, que foi testemunha, que ajudou a fazer as raízes crescerem para este quando. Você, que ajudou um ser humano a transformar sua forma física em outra nova.:

A concentração de Miranda se desfez quando ela se deu conta de que Rede do Fogo se referia à morte de Don. Don, seu melhor amigo na época da faculdade, sua alma gêmea, seu confidente e palhaço extraordinário. Sentiu um aperto na garganta e lágrimas subiram-lhe aos olhos, trazendo seu espírito de volta para o salão de conferências.

mundos em divisão

Lutou para mandar seu espírito de volta ao círculo, mas a mente ricocheteava entre lembranças: o primeiro telefonema de Don, dando a notícia de seu câncer de pâncreas; a fibra e a esperança que mostrou, enquanto o mundo de Miranda virava de cabeça para baixo; a luta fervorosa com a quimioterapia, que terminou com duas semanas em casa com o apoio do clínica de repouso; e depois a última manhã, segurando sua mão enquanto ele esfriava lentamente.

Sua mente voltou à cena no crematório, onde fora instruída por Adnarim a ajudar a transformar a energia do corpo físico de Don, enquanto era liberada pelo fogo, numa bola de energia pura, como um planeta minúsculo à espera de nascer.

Durante os últimos seis anos, ela deixara aquelas lembranças escorregarem para o esquecimento, mas agora elas lhe invadiram os sentidos. Estava de novo no crematório, de cuja sala, dominada pelo forno imenso, saiu cambaleando rumo à capela, onde se jogou nos braços acolhedores de Chris.

Seus pensamentos rodopiavam em torno das muitas perguntas que fizera a seus amigos espirituais sobre aquela experiência, mas nenhum deles lhe deu explicação. Agora Rede do Fogo estava se referindo a ela tão serenamente quanto se estivesse recitando os alimentos que Miranda consumira no café da manhã daquele dia.

Miranda sacudiu o corpo mentalmente e tentou se concentrar de novo em Rede do Fogo, na esperança de descobrir porque a avó falara da morte de Don. Mas, enquanto tentava mandar o espírito de volta ao círculo, o pesar que se apoderara de suas vísceras continuava a puxá-la de volta. Ela se debatia, flutuando a meio caminho entre o círculo e o prédio, agarrada às palavras de Rede do Fogo, que dançavam a seu redor como vagalumes.

:Indicação... Tempo... Dividir... Quando... Quem.:

Miranda tentou abrir mais o seu espírito para receber mais mensagens e conseguiu ver mais palavras, tremeluzindo na periferia da consciência:

:O quando. Você, que vai realizar a tarefa. Saber o quando. Transformar.:

:Qual quando? Qual tarefa? O que vai acontecer?: Miranda sentiu o coração disparar, a sensação de alarme aumentar enquanto começava a perder a conexão com as avós. Lutou para acalmar o corpo, mas a cabeça estava a mil por hora, gritando para ela relaxar, construindo um muro de preocupações entre ela e o círculo, aprisionando-a dentro do corpo trêmulo, confinando-se ao auditório lotado do centro de conferências. Miranda não conseguia mais ouvir as palavras de Rede do Fogo – só a própria voz ecoava na sua cabeça. *Droga! O que foi que ela disse? Não acredito que me deixei distrair a ponto de perder o que a avó estava me dizendo. Eu não devia ficar tão nervosa assim ao falar com espíritos! Agora estraguei qualquer chance de descobrir mais coisas. Tenho de aprender a relaxar mais!*

:Sim, mocinha, e ficar se mortificando certamente vai ajudar!:

– Ai! – Miranda virou-se para a direita quando um irlandês apareceu a seu lado, usando um boné, calças com suspensórios e uma camisa de flanela cinza. *:McNally! Eu gostaria que você não me assustasse desse jeito!:* Miranda cobriu a boca com a mão, fazendo de conta que tinha acabado de tossir, em vez de soltar uma exclamação que os outros iam pensar que se dirigira a um lugar vazio no corredor. *:Ninguém mais vê ou escuta você?:* Ela lançou um olhar rápido pelo salão onde as pessoas ainda estavam ouvindo a palestra, ou conversando ao celular.

:Cê tava no seu Mundo-N? Sem ouvir o que eu queria que eles fizessem. Afinal de contas, agora que cê tá de volta pro seu mundo "normal", espíritos cumo eu certamente vão aparecer.: McNally sentou-se no meio do ar, fingindo que havia uma cadeira embaixo dele. Cruzando uma perna em cima da outra, deu uma olhada na oradora. *:Fascinante. O que que ela tá falando sobre a realidade de alterar os estados de consciência? Tá querendo dizer que já é possível uma coisa dessas?:*

Miranda contorceu-se no seu lugar, sabendo que McNally sempre a fazia se lembrar, com muito bom humor, para não levar a vida tão a sério:

– Embora o cérebro seja um órgão com uma imensa capacidade de discriminação, não sabe dizer se uma informação vem de fora ou de dentro de seu próprio sistema neurológico. Isso significa que uma substância

mundos em divisão

química introduzida na hora certa e no local certo, corresponde à mesma estimulação emocional e física que aquela provocada quando a pessoa é testemunha de um acontecimento externo. O mais importante de tudo é que isso significa que um acontecimento induzido evoca uma reação cerebral indistinguível de um evento real. Mais alguma pergunta?

Uma mulher que estava do outro lado do auditório levantou a mão:

– Com "acontecimento induzido" a senhora está se referindo a delírios pessoais ou a alucinações induzidas por drogas?

– A ambos –, respondeu a palestrante. – O cérebro não consegue discriminar a origem da informação. Mas não estamos enfocando a experiência alucinatória aqui – e sim a criação de correções para o funcionamento do cérebro –. Ela passou os olhos pelo público, averiguando se havia mais perguntas.

McNally acenou para ela:

:Cê tá incluindo fantasmas na lista de funcionamento correto do cérebro? Ou nós devemos ser apenas frustrantes delírios pessoais?:

A palestrante sacudiu a cabeça em sinal de discordância e depois lançou um olhar de esguelha para o espaço vazio entre as cadeiras ao lado de Miranda. Mcnally sorriu e acenou outra vez. A mulher tirou os óculos, sentou-se e começou a remexer na pasta. Depois de vários momentos, tirou um pano e uma garrafinha. Limpou os olhos com o maior cuidado e depois os fixou firmemente no rosto outra vez. Olhando fixamente para o lugar vazio à direita de Miranda, soltou um suspiro de alívio e depois começou a responder à pergunta seguinte, vinda dos fundos do auditório.

: Ah... fui removido com um simples piparote dado por uma reles iniciante.: McNally suspirou dramaticamente e desapareceu.

Miranda sorriu consigo mesma e notou que suas ansiedades haviam diminuído bastante enquanto prestava atenção às caretas de McNally. Ele podia ser extremamente irritante com a sua desconsideração pelo que ela achava crucial; mas, como ele a lembrava muitas e muitas vezes, todo mundo que se aventurava no mundo dos espíritos precisava de um fantasma irlandês para ajudar a manter a humildade. Agora seu coração batia serenamente no peito. Olhou rapidamente o relógio e depois verificou a programação. A palestrante dera meia hora para as perguntas; depois haveria outra palestra de uma hora antes do almoço, de modo que Miranda fechou os olhos e enviou calmamente o seu espírito de volta ao bosque de cedros ao encontro com as avós.

Miranda entrou no círculo pelo lado sul, os pés apontados para a rocha do centro, procurando com o olhar as avós no alto do morro, mas não havia ninguém lá.

Bem lá embaixo, os edifícios do centro de conferências, em vez de serem de um tom cinza sem graça, pareciam uma floresta verde a seus olhos espirituais, mas as pessoas que trabalhavam ali estavam pouco nítidas, envolvidas por uma neblina com manchas barrentas.

Miranda sentiu a atenção ser trazida de volta ao círculo, de modo que afastou os olhos imediatamente dos edifícios e dos seres humanos, esperando ver as avós, mas elas não reapareceram. Em vez disso, o olhar de Miranda foi atraído para seus pés, que agora estavam a poucos centímetros de um buraco escancarado no chão. A pedra do centro sumira, como se a boca da terra se tivesse aberto e agora a convidasse a entrar. Ela se ajoelhou estendendo os braços, e sentiu uma energia borbulhante e convidativa que emanava do buraco. Olhando mais uma vez a seu redor com o rabo do olho, mas ainda sem enxergar nenhuma das avós, Miranda deixou seu espírito entrar no túnel.

O túnel levou-a através de raízes, rochas e camadas de terra. Enquanto descia, apareceu diante dela uma abertura, até que ela entrou finalmente numa caverna oval. Sentiu os pés tocarem o chão enquanto as mãos tocavam as paredes.

:*Tem alguém aqui?*: Miranda enviou uma pergunta, mas não houve resposta.

Inclinando-se para baixo, ela passou os dedos por uma rachadura estreita que havia na pedra e percorria todo o chão, subia pela parede até bem alto e passava pelo teto que agora era todo de pedra, sem nenhuma passagem visível.

O coração de Miranda começou a disparar quando ela se deu conta de que estava completamente sepultada na rocha. *Nada de preocupações. Estou bem.* Procurou suas emoções para que elas não arrastassem seu espírito de volta ao corpo, que estava sentado no salão de conferências do Mundo-N. Ela queria descobrir mais coisas sobre o objetivo do túnel e da caverna, mas parte dela pensou que seria infinitamente mais razoável sair agora mesmo deste túmulo cavado na rocha. Para se impedir de fugir, ela se concentrou em encher o coração de imagens de Mirau e Chris e do amor de ambos por ela. *Estou bem. Não estou sozinha. Não estou aqui fisicamente, portanto, não corro perigo.*

:Não... perigo ainda... não.:

Uma voz calma e controlada entrou na câmara e Miranda virou-se, dando de cara com Rede da Água, a Avó do Oeste, à sua esquerda. Usava um vestido de pele de gamo com um xale cor de coral em volta dos ombros e segurava um tambor e uma baqueta, que tinha uma bola de pele presa na ponta por um laço cor de safira.

Miranda sentiu alívio por não estar mais sozinha na caverna; só que, como a avó aludira a um momento em que ela correria perigo, perguntou hesitante:

:E quando será esse momento?:

:Rede do Fogo, a Avó do Leste, explicou o **quando**.:

:Mas não ouvi.:

:Eu, que vou lhe mostrar o **onde** tudo vai acontecer.:

:Mas como?:

:Rede da Terra, a Avó do Norte, vai explicar o **como**.: A mensagem de Rede da Água chegou como uma neblina espessa dentro da câmara; as palavras coagularam lentamente até caírem como gotas de chuva que Miranda deveria coletar para poder beber seu significado. :*Veja. Aqui. É o seguinte.*:

Rede da Água levantou o braço esquerdo, os dedos apontando para a rachadura que atravessava a câmara e cuja trajetória Miranda estava acompanhando até o medo a distrair. O braço da avó moveu-se, seguindo a rachadura em seu caminho pelo teto, que depois descia pela parede do outro lado da câmara e voltava de novo para o chão, até o centro. Miranda sentiu como se estivesse dentro de um ovo enorme que um gigante conseguiria abrir, separando as duas metades ao longo da linha que dividia a câmara em duas de forma muito precisa. Rede da Água fez assentiu com a cabeça. *:Este é o onde.:*

:Onde o que vai acontecer? Explique, por favor! Do que está falando?: Miranda queria gritar as suas perguntas para a Avó do Oeste, mas seus anos de experiência em conversas com espíritos haviam lhe ensinado que era prudente ter paciência.

:A mudança. A transformação. A abertura. Trocar um pelo outro.: Rede da Água levantou os olhos para a linha no teto e depois movimentou a cabeça enquanto os olhos acompanhavam aquela linha fina que percorria toda a caverna. *:O onde, aqui, tem poder.:*

O espírito de Miranda formigou como se ela estivesse dentro de um transformador elétrico gigante. *:Consigo sentir o poder aqui. É ele que vocês estão acumulando? Parece um zumbido, ou uma vibração através da rocha. O que devo fazer com o poder aqui?:*

As palavras líquidas continuaram:

:A Avó do Norte vai explicar o como. A abertura. Eu vou lhe mostrar –:

– Miranda?

– O quê? – Miranda fez um movimento brusco, os olhos se abriram de repente para revelar Peter inclinando-se sobre ela.

– Que chatice, hein? Eu não a censuraria por cair no sono. Mas todos os outros já foram almoçar, de modo que Sônia me disse para procurar você e chamá-la.

Miranda passeou os olhos pela sala vazia. O relógio da parede declarava que agora era 12h30. Era apenas 10h30 quando ela saiu do Mundo-N para visitar as avós.

mundos em divisão

O que aconteceu durante todo esse tempo? Achei que tinham se passado só alguns minutos. Miranda suspirou, pensando em Rede da Água. *Espero que ela ainda não esteja lá naquela caverna oval explicando o onde, assim como a outra Avó ficou falando sobre o quando, sem perceber que eu não a estava ouvindo mais.*

– Tudo bem? Gostaria de almoçar conosco?

Miranda ergueu os olhos para Peter, que estava olhando para ela tão atentamente que franzira as sobrancelhas até juntá-las, fazendo aquelas duas linhas cobertas de pelos brancos darem a impressão de lutarem uma com a outra. Miranda baixou a cabeça para disfarçar a gargalhada e acabou tossindo desajeitadamente.

Peter colocou uma das mãos no ombro dela.

– Você está doente? Quer um lugar onde possa se deitar?

Idiota. O que estou fazendo? É na frente do marido de Sônia Bloom que estou fazendo papel de idiota.

– Estou ótima. Só com dificuldade para acordar. *O que há de errado comigo? Menti, dizendo que estava dormindo, para não parecer louca.* Miranda ergueu os olhos e deu a Peter um sorriso hesitante.

– Almoçar vai ser maravilhoso. É no mesmo salão que o café da manhã?

– É. É, sim. Deixe-me ir pegar a Sônia. Depois podemos ir todos para lá.

Enquanto Miranda observava Peter atravessar vagarosamente o salão em busca de Sônia, sua mente corria a mil por hora em direções diferentes. *Será que eu devo tentar entrar em contato com aquela avó para informá-la de que não a escuto mais?* – Não, melhor não. Todos logo estarão aqui de novo. Não vai demorar muito só para dizer-lhe que vou estar fora do ar por algum tempo. E se eu voltar lá e perder a noção do tempo? Não vou poder fingir que caí no sono em pé. Espera – Sônia não escreveu alguma coisa a respeito dessa possibilidade?* Miranda continuou com sua briga interna até os Blooms chegarem.

– Boa tarde, Miranda. Não vi você no café da manhã. Que bom que vai almoçar conosco! – Sônia estendeu o braço e apertou com firmeza a mão de Miranda.

– Obrigada por pensar em mim –. Miranda sentiu um calor lhe subir pelo braço onde Sônia a tocara. Estava agradecida àquela senhora por ela ter a bondade de não lhe perguntar nada sobre a conferência, pois era óbvio que ela não estivera prestando nenhuma atenção a ela.

Peter não teve tanta consideração.

– Você perdeu uma defesa excelente da modificação comportamental por meio da química. Que bom que eu não dormi durante a palestra! Não teria acreditado que eles usaram o GMS como exemplo positivo para justificar seus argumentos –. Virou-se e estudou o rosto de Miranda. – Sabe o que é GMS?

Miranda lançou um olhar de esguelha para Sônia, que estava examinando o salão, tentando averiguar se os comentários de Peter iam incomodar alguém. Eram os três únicos que ainda estavam no auditório, de modo que ela fez um gesto de assentimento para Miranda, como quem diz, "Vai em frente e faça-lhe a vontade."

Miranda virou-se para Peter.

– Sim, GMS significa Glutamato Monossódico. GMS é muito usado na culinária chinesa. Eu gosto do sabor –. Miranda ficou orgulhosa de saber do que se tratava.

– Não, não é verdade –, declarou Peter.

– Não é verdade o quê? – perguntou Miranda.

– Você não gosta do sabor do GMS.

– Gosto, sim.

– Não, não gosta –. Peter parecia muito certo do que estava dizendo.

Ela estava começando a se irritar. Ela e Chris discutiram muitas vezes sobre o GMS. Chris sempre preferia os restaurantes que não o usavam, mas Miranda achava que a comida que eles serviam não tinha um sabor tão bom e sempre insistia para eles irem metade das vezes nos restaurantes que usavam o aditivo.

– Vá em frente e explica pra ela, meu querido. O almoço vai esfriar se você continuar atazanando Miranda muito mais tempo. – Sônia estava apoiada na bengala, aparentemente resignada a esperar Peter terminar sua explicação antes de ir almoçar.

– Você não gosta do sabor do GMS porque ele não tem sabor –. Peter falou em voz bem alta. Miranda ficou quieta, concluindo que ele provavelmente não precisava realmente de uma resposta sua para continuar falando.

– O GMS não tem sabor porque não é um alimento. É um neurotransmissor. É uma droga.

– Uma droga? – O choque arrancou Miranda de seu estado receptivo. – Não pode ser uma droga. Sinto o gosto dele na comida. E é muito bom. Já comi muitos pratos temperados com ele.

Peter apontou o dedo para ela. – Não. Ele obriga o cérebro a convencer você de que a comida é saborosa. Mas não acrescenta sabor algum.

– Não entendo. Como é que ele pode dizer ao cérebro para sentir um sabor se ele mesmo não tem sabor nenhum?

– Existem milhares de substâncias químicas que instruem o cérebro a ter determinados comportamentos. O GMS engana as papilas gustativas, fazendo-as concluir que aquilo que você está comendo é gostoso. Se não acredita no que eu digo, experimente pôr uma pitada dele numa coisa de que você não gosta. Ou então em comida de cachorro – e eu garanto que você vai achá-la deliciosa.

Miranda voltou a pensar em suas discussões com Chris. O que lhe parecera ser esnobismo de *chef* agora estava fazendo mais sentido para ela. "Puxa, eu não tinha ideia de que isto funcionava assim." Os pensamentos de Miranda estavam a mil por hora.

Parece letal e eu andei brigando por causa disso! Afinal de contas, por que estamos conversando sobre o GMS? Eu devia estar tentando me lembrar do que a avó falava comigo. Dizia-me alguma coisa sobre um perigo com o qual vou me envolver. E qual o significado daquela linha que ela traçava na caverna?

jan ögren

Sônia pegou o braço de Peter e tomou a direção da porta.

– Bem, meu querido, agora que você já disse o que queria dizer, vamos nos reunir ao resto das pessoas? Van disse que guardaria um lugar para nós e tenho certeza de que ele vai querer ouvir sua crítica aos workshops da manhã –. Ela se virou para Miranda. – É difícil para o Peter se sentar e ouvir uma palestra depois de todos esses anos de sala de aula. Em seguida ele sempre precisa dar uma palestrazinha sua. Nunca se sente ele mesmo enquanto não o fizer. Espero que não se importe.

– Eu não *preciso* dar uma palestra. Se eles fizessem a coisa certa desde o início, eu não precisaria dizer uma única palavra.

Peter e Sônia continuaram caçoando um do outro durante todo o percurso até o almoço, permitindo que Miranda se concentrasse em se lembrar do que as avós estavam tentando lhe dizer. Tudo quanto conseguiu concluir foi que algo importante estava para acontecer. Era uma espécie de cura, poderia significar perigo e envolvia sua pessoa e aquela estranha caverna subterrânea.

Antes do almoço terminar, o Dr. Westin veio à sua mesa conversar com Peter. Ao concluir, virou-se para Miranda. – O que está achando das palestras, Sra. Williams?

– Muito interessantes –, disse ela, com esperanças de que Peter não dissesse nada sobre o fato de ela parecer estar dormindo durante uma das apresentações da manhã.

O Dr. Westin inclinou-se um pouco mais para ela.

– Estou interessado em saber porque decidiu vir a esta conferência em particular. Está aqui representando a Clínica de repouso Vida Integral ou é por um motivo particular?

– Só por curiosidade minha. *Pare de me perguntar por que estou aqui. Eu mesma ainda não sei.* Miranda sentiu um aperto no baixo ventre, que lhe revirou o estômago, cheio demais com a comida do almoço. – Desculpe,

mundos em divisão

volto num minuto –. Miranda aproveitou a oportunidade que seu corpo estava lhe dando para uma fuga rápida até o banheiro. Quando voltou, sentiu alívio ao perceber que o Dr. Westin já tinha ido embora.

Peter inclinou-se sobre Miranda quando ela se sentou.

– Não deixe o Steven incomodar você. Ele só está preocupado em saber se existe alguma coisa que ele não consegue controlar ou decifrar. E não consegue imaginar por que motivo você está aqui.

Então somos dois. – Não compreendo porque o fato de eu estar aqui o preocupa tanto. Não estou com nenhuma companhia, com ninguém – estou aqui por minha própria conta e risco.

– É exatamente por isso que ele está preocupado. Você não consta na folha de pagamentos de nenhuma empresa que ele conhece. Steven tem medo de que você esteja aqui investigando algum tipo recorrente de morte que aconteceu no seu clínica de repouso.

– O quê? Tipos recorrentes de morte? Não entendo.

– Ah, essas empresas farmacêuticas grandes sempre têm medo de que alguém descubra uma correlação qualquer entre suas drogas e uma doença fatal.

– Peter! Com que exageros você quer assustar Miranda? – Sônia tentava olhar com severidade para Peter, mas lhe parecia ser difícil controlar o riso. – Honestamente, acho que você assiste a filmes demais. Pensar que Steven está preocupado que Miranda seja algum tipo de espiã. Ele só age educadamente, pois esta é a primeira vez que ela vem aqui. Agora me ajuda a me levantar, senão vamos nos atrasar para o próximo workshop –. Sônia cutucou Peter com a bengala, encerrando a conversa.

As sessões da tarde foram barulhentas demais para Miranda continuar as conversas com as avós, de modo que, em vez das conversas, sua cabeça se encheu de preocupações conflitantes.

Como provar que não estou aqui espionando para o clínica de repouso se não posso explicar por que estou aqui realmente? – Pare de pensar na conferência e *vá descobrir o que as avós querem. É melhor que não seja nada perigoso demais, senão Chris vai ficar louco da vida. E se eu não conseguir fazer o que elas querem que eu faça? Por que não escolheram a Sônia? É ela quem sabe de tudo.*

Miranda estava mal humorada no final da tarde. Na saída do auditório, Sônia a chamou com um gesto. – Como vai, Miranda? Parece que não está gostando da conferência. Gostaria de se encontrar de novo conosco para jantar?

Eu pretendia sair daqui e ir para casa ver o Chris. Mas não posso perder uma chance de conversar com você de novo. – Estou bem, foi só um longo dia sentada ouvindo os outros falarem. Eu adoraria jantar com vocês. Obrigada por pensar em mim.

Durante o jantar, Sônia e Kamini discutiram o último livro de Sônia, *Justo eu*, uma exploração de sua trajetória de menina que adorava jardins a médium reconhecida no mundo inteiro e, depois, a uma mulher de idade que finalmente estava se encontrando. Miranda queria entrar na conversa das duas, mas Van e Peter estavam sentados entre ela e Sônia. Van foi educado ao tentar incluí-la em sua discussão acalorada sobre a exatidão dos dados apresentados nas palestras da tarde, mas ela não quis, fazendo de conta estar fascinada pela comida. *Por que me dou o incômodo de ficar? Não vou a parte alguma com a mensagem das avós. Talvez elas estejam conversando com a Sônia e ela não me contou. Afinal de contas, por que ela me contaria? Eu mesma não consegui lhe contar que as estou ouvindo.*

Enquanto as pessoas terminavam a sobremesa, o Dr. Westin apareceu e começou a dar pancadinhas leves na sua taça de vinho. – Esta tarde, temos o prazer de homenagear um líder no campo da neurofisiologia. – Miranda distraiu-se enquanto ele recitava uma longa lista de publicações e estudos científicos. Ficou surpresa quando ele terminou e anunciou: – Dr. Peter Bloom, poderia vir até aqui, por favor? – A multidão pôs-se toda de pé em meio a aplausos ensurdecedores. Miranda esforçou-se para se levantar depressa, inteiramente consciente de que todos os olhos do salão estavam concentrados em sua mesa. Peter passou por ela apertando mãos enquanto ia até o lugar no pódio ao lado do Dr. Westin.

mundos em divisão

Depois de dizer mais algumas palavras e de entregar uma placa a Peter, o Dr. Westin levantou uma taça de champanhe cheia do líquido cor de âmbar. Enquanto todos os outros presentes seguiam seu exemplo, Miranda notou que havia uma taça de champanhe diante dela. *Como foi que ela chegou aqui?* Antes que Miranda estendesse a mão para pegar um copo d'água, Van ergueu a taça de champanhe e, fazendo uma reverência elaborada, entregou-a a ela com um sorriso. – Ah, obrigada. – Miranda aceitou a taça, segurando-a longe de si, sem a menor intenção de bebê-la.

– Ao Dr. Peter Bloom –, disse o Dr. Westin e todos, exceto Miranda, levantaram suas taças e beberam.

Sônia aproximou-se, batendo na taça com a sua, fazendo tintim. – Beba, querida, é um champanhe excelente.

Miranda levantou sua taça na direção da boca, hesitando.

Ai, meu Deus! O que que eu faço? Não posso admitir para Sônia Bloom que sou alcoólatra. Ela foi muito clara em seu livro ao falar da diferença entre conversar realmente com os espíritos e ter alucinações auditivas induzidas pelo álcool.

Sônia continuava erguendo a taça para Miranda, um olhar interrogativo nos olhos bondosos. *Mais tarde eu explico para ela que sou alcoólatra. Um golinho não vai me matar. Faz oito anos que parei de beber.*

Miranda tentou sorrir enquanto tomava um golinho de champanhe. Sônia bebeu da sua taça, fez um gesto de cabeça indicando que estava bom e voltou a comemorar com os outros que estavam se levantando para aplaudir as façanhas de Peter. Outras pessoas vieram até Miranda para fazer o brinde e beber. Sua taça se esvaziou com uma velocidade surpreendente, mas ela recusou orgulhosamente mais uma e, quando viu diversas pessoas enchendo suas taças de champanhe com um líquido cintilante cor de pera, ela também se serviu alegremente de mais um pouco. *Tudo bem, mal não vai fazer.*

4

UM DIPLOMA DE BERKELEY

Miranda deixou-se cair no sofá depois de trocar as roupas de trabalho por uma calça jeans e um suéter. Era segunda-feira à noite e havia meia hora de possibilidades antes de Chris chegar em casa, de modo que ela tirou o telefone da bolsa e discou um número familiar. – E aí, Susan, como está o nosso diploma de Berkeley?

– Ainda não colei grau. E, se eu não der um jeito na porra da minha vida logo, logo, em janeiro serei uma pária social desempregada.

– Olha a língua! Berkeley foi uma influência bem pior do que eu –. Miranda sorriu, lembrando-se da adolescente subjugada e arrastada pelo pai para uma consulta com Miranda. Ele exigia que ela curasse a loucura da filha e a levasse a ser tão normal quanto as irmãs, animadíssimas e socialmente aceitáveis. Tivera êxito, se você considerar como melhora o fato que Susan, de ouvir vozes passou a conversar ativamente com espíritos-guia. – E as aulas, como estão?

– Esquece a faculdade e os cursos. O que você andou fazendo? Mirau tem levado você ultimamente para aventuras incríveis? Hipnotizou você com alguma história mística?

– Vivi algumas aventuras, não foram obra de Mirau. Lembra que eu lhe contei que ia participar de umas conferências sobre neurobiologia durante o fim de semana? E do quanto me desagradou ter de ir e o quanto Adnarim enfatizou que eu tinha de ir?

– Lembro.

– Lá eu conheci Sônia Bloom, a autora de *Conversas com os espíritos*. Também conheci alguns espíritos guardiães que se apresentaram como avós, mas foi difícil conversar com elas com tanta gente por lá.

– Sei.

Miranda ouviu um barulho em segundo plano. Imaginou Susan: o rosto sardento com a testa franzida no esforço da concentração, a cabeça inclinada para um lado, os cabelos castanhos curtos e anelados em volta do telefone celular, preso no ombro encostado à cabeça enquanto vasculhava a mesa apinhada de coisas, a peça central do apartamentinho lotado que ela usava como estúdio.

– Liguei numa hora ruim?

– Não, eu só não estou encontrando o meu caderno de ciência política. Deve estar em algum lugar daqui. Continue – me fala sobre aquela empolgante neuroconferência à qual você foi.

– Quando o coordenador da conferência dava início aos trabalhos, consegui fazer algumas viagens espirituais para me encontrar com as guardiãs. Descobri que essas avós queriam a minha ajuda, mas não sei bem o que elas precisam que eu faça. É difícil escutá-las.

– E por que você não conversa com elas agora?

– Não é fácil assim. Elas estão presas àquele lugar, parece que não conseguem ir onde bem entendem e também parece que não é possível entrar em contato com elas daqui. Elas me disseram que estão protegendo um antigo local de poder. Mas ele fica embaixo da Farmacêutica do Futuro, de modo que não posso simplesmente voltar lá sempre que eu quiser.

– Nossa, então você está dizendo que esses espíritos têm o seu próprio fabricante de remédios? Você acha que elas estão querendo produzir algumas drogas mediúnicas especiais para nós, seres humanos, em Berkeley? Diga a elas que vou adorar ser vendedora delas, em troca de uma pequena comissão, lógico.

Miranda suspirou enquanto se levantava e começava a desfazer a mala em cima da mesa. *Talvez Susan tenha adotado a postura certa. Estou ficando envolvida demais com as avós e suas mensagens.*

– E aí, o que você andou fazendo?

– Esperando que o Deputado Daniels me dê notícias do meu estágio.

– Quem?

– Daniels – você prestou atenção ao que venho te contando nas últimas semanas? Ele é o líder da legislação ambiental da Califórnia. Meu sonho em termos de carreira é trabalhar com ele.

– Você não me disse que ele faz parte de uma corporação ecológica de jovens, ou algo do gênero? Acho que eles estão sempre recrutando gente nova.

– É, é ele quem apoia a Corporação Juventude da Terra. Mas não estou a fim de fazer reforma em prédios deteriorados, nem de varrer leitos de rios... Quer dizer, não que não sejam coisas necessárias, mas... bem, você entende.

Miranda deixou as preocupações de lado e tentou se concentrar mais em Susan.

– Você quer mais.

– Exatamente! Quero estar no cerne das coisas, trabalhando com os aspectos políticos. É por isso que quero aquele estágio com a equipe jurídica dele. Esta é a minha *orientação*.

Miranda sacudiu a cabeça, afastando dos olhos os cabelos negros.

– Ainda é difícil para mim imaginar você *se* orientando na política.

Miranda gostava do termo que Susan usava para se referir ao caminho que você percorre com as instruções de um guia, um caminho iluminado. Podia ser usado como substantivo e como verbo, simplificando a necessidade de justificar quando uma ação parecia a coisa certa a fazer, quando não havia motivos racionais que justificassem a decisão.

– Alguém tem de se orientar na política, senão os horrores do caos vão se expandir mais depressa ainda; e este mundo precisa tanto de mais problemas quanto as minhas irmãs de mais namorados.

– Concordo em número, gênero e grau. Só estou me lembrando de que você pensou que sua orientação era o caminho religioso; naquela época em que você era discreta e não queria chamar atenção alguma.

– Vou chamar toda a atenção que puder agora, principalmente a de Daniels.

– Bem, se esta é realmente a sua orientação, já sabe que alguma coisa vai se materializar. Mas isso não significa que você não tem de fazer a sua parte no trabalho de criá-la.

– Muito justo, oh, orientação, guia que ilumina a minha vida. Você me instruiu com sabedoria a respeito da minha família, da religião, da faculdade – agora só preciso que me ajude a conseguir esse estágio. Deve haver um guia com o qual você pode entrar em contato que diga uma palavrinha em meu favor. E, depois de fazer isso, será hora de você começar a se estabelecer em alguma empreitada real conseguindo nos orientar para acertar os números da loteria.

Miranda entrou na brincadeira de fazer a lista habitual de coisas que fariam com o dinheiro da loteria; depois perguntou sobre os planos de Susan a respeito da volta à área de Seattle para as festas de Natal e Ano Novo. Continuaram conversando até Susan ter de sair para suas aulas.

Depois de desligar o telefone, Miranda ligou o aparelho na tomada para recarregar a bateria e depois se jogou de novo no sofá. *O que fazer em relação a essas avós-guardiãs? O que elas querem?*

5

CLÍNICA DE REPOUSO VIDA INTEGRAL

– Ei, Miranda! Temos uma chamada de Sônia Bloom na linha 7 – gritou Stephanie para o corredor ladeado de cubículos onde Miranda conferenciava com Grace, a enfermeira-chefe do clínica de repouso. Grace ergueu os olhos da mesa, dando a Miranda um sorriso amarelo.

– Estou vendo que suas conversas com Stephanie sobre etiqueta e adequação das recepcionistas foram muito produtivas –. Ambas riram.

Enquanto Miranda se virava para sair, Grace tocou no seu braço.

– Espera aí! É aquela Sônia Bloom que escreveu um livro sobre os espíritos? Onde foi que a conheceu?

– No outono do ano passado, numa conferência da qual participei. Depois te conto mais, é melhor eu ir atender essa chamada agora, antes que Stephanie me chame com outro berro.

Miranda passou pelo corredor, ignorando risos e sorrisos dos outros membros da equipe. Evitando Stephanie, ao mesmo tempo em que prometia a si mesma ter logo mais uma conversa com ela, Miranda foi para sua sala e fechou a porta.

Embora uma das paredes de sua sala fosse de vidro e ficasse de frente para o corredor dos cubículos, mesmo assim lhe dava uma sensação de privacidade, e ela não queria ser incomodada.

Por que será que Sônia está me ligando? Será que andou conversando com as avós? Faz meses que fui àquela conferência. A essas alturas, eu já devia ter encontrado uma forma de conversar com elas. Talvez tenham desistido de mim e entrado em contato com ela.

Pegou o fone e apertou o botão que estava piscando.

– Alô, Sra. Bloom. É Miranda.

– Pelo amor de Deus, querida, me chama de Sônia. Já me sinto bem velha sem isso.

– Como vai o seu quadril?

– Está ótimo. Obrigada por lembrar.

– Quando a conheci durante a conferência, você tinha acabado de fazer a cirurgia e estava usando uma bengala para caminhar.

– Finalmente tive de tirar o diploma de caminhante. Eu ficava muito desequilibrada com a bengala. E muita gente diria que sou desequilibrada de qualquer jeito –. Sônia riu. – Usar aquela coisa idiota facilita eu andar por aí. Mas é difícil não pôr a vaidade na frente da dor e encostar a bengala num canto.

– Eu jamais diria que você é desequilibrada. Foi uma grande honra conhecê-la no outono do ano passado. Recomendo os seus livros o tempo todo. *Será que devo dizer-lhe que coordeno grupos onde se discute as conversas com os espíritos? E se ela achar que não tenho condições de fazer uma coisa dessas?*

– Foi muito bom conhecer você naquela conferência. Eu temia essa chamada, mas ela fica mais fácil quando você conhece a pessoa que está do outro lado. Nas últimas semanas, os médicos andaram insistindo para eu telefonar, mas fiquei protelando. E aí o Peter escorregou no banho ontem e tive de pedir socorro a alguns amigos, pois eu não estava em condições de levantá-lo –. Sônia fez uma pausa, mas Miranda podia ouvi-la lutando para controlar a respiração.

— Sinto muitíssimo em saber disso. Vá com calma. Eu sei que é difícil falar a esse respeito. Você disse que os médicos queriam que você ligasse para o clínica de repouso? Você pode me dizer o que está havendo com o Peter?

Sônia começou a descrever a situação enquanto Miranda fazia anotações. Todo e qualquer pensamento sobre espíritos ou avós foi posto de lado enquanto Miranda assumia o seu papel profissional.

Depois do telefonema, Miranda examinou o formulário de entrada no seu estabelecimento: leito hospitalar, andador, enfermeiras para dar a medicação, auxiliares para os cuidados pessoais e apoio voluntário para dar uma folga a Sônia. Fez mais algumas anotações e preencheu dois cartões de contato com o número de telefone e o endereço de Sônia. Enquanto se dirigia para a porta, uma mulher alta, com um vestido azul brilhante entrou de repente na sua sala. Miranda virou-se para ficar de frente para a intrusa, que desapareceu na mesma hora.

:Adnarim!:

Miranda cerrou os dentes com a esperança de que ninguém a tivesse visto girar tão abruptamente em sua sala. Tentando parecer natural, Miranda fez de conta que havia se virado tão depressa porque precisava voltar à sua mesa. Sentando-se na cadeira, deu a impressão de que estava procurando um papel enquanto a cabeça fazia de tudo para se acalmar. Respirou devagar, tranquilizando o coração, lembrando a si mesma de que, quando olhava diretamente para Adnarim, ela desaparecia; um costume exasperante, porque geralmente Adnarim assumia formas fascinantes e era muito irritante a tentação de olhar para ela intensamente. Miranda não compreendia bem porque não podia olhar diretamente para sua guia, mas os motivos diziam respeito a alguma regra espiritual, segundo a qual duas expressões da mesma essência espiritual não podiam estabelecer uma conexão muito forte. Como dois ímãs que, quando aproximados, repelem um ao outro.

Adnarim fazia parte da essência espiritual de Miranda que não entrara no Mundo-N quando ela nasceu. Miranda a considerava uma gêmea encrenqueira, separada dela literalmente durante o parto. Quando Miranda não se sentia totalmente frustrada por ela, reconhecia que talvez fosse tão difícil para sua gêmea espiritual entender a realidade do Mundo-N cotidiano de Miranda quanto compreender porque Adnarim vivia separada do mundo físico.

Anos atrás, sua guia fugidia e frustrante informara Miranda que todos os seres humanos possuem uma parte de sua essência espiritual que não encarna e que a maioria das pessoas não tinha consciência de seus lados espirituais paralelos. Miranda tentava considerar-se uma pessoa de sorte pelo fato de Adnarim estar tão envolvida com a sua existência, mas tudo quanto sentia realmente era impaciência enquanto esperava que ela reaparecesse. Mexeu em outros papéis, notando a longa lista de telefonemas cruciais que precisavam ser dados antes do fim do dia.

Franzindo as sobrancelhas e, pensando em voz alta, enviou uma mensagem ao mundo espiritual.

:Tudo bem, Adnarim. Estou relaxada agora. Não vou olhar para você. Você pode voltar e me dizer a que veio. Adnarim?

Aos poucos, começou a sentir uma presença à sua esquerda. Ainda concentrada em mexer nos papéis, Miranda percebeu com o rabo do olho uma mulher alta de cabelos escuros, enrolada num xale laranja-neon e usando calças compridas verdes com estampa floral, de pé perto de sua mesa.

:Nunca vou entender porque você aparece nessas roupas esquisitas se não quer que eu olhe para você diretamente.:

Houve uma vibração no ar, como uma neblina que surgisse e se fosse, e então um homenzinho moreno, com camisa e calça cáqui, apareceu a seu lado.

:Prefere esse visual?:

:Lógico, qualquer um. Mas me fala, foi por isso que você me obrigou a ir àquela conferência sobre neurobiologia? Era para eu conhecer a Sônia lá, porque mais tarde ela ia precisar dos serviços do clínica de repouso? Foi por isso que você não

mundos em divisão

inventou uma forma mais discreta para eu conhecer as avós, em vez de ir à conferência, onde teria de justificar a minha presença para todos?:

:Sim. Sim, sim. Sim, sim.:

As respostas de Adnarim pareciam ecos de um sim ricocheteando nas paredes da sala de Miranda.

Miranda lutou entre a vontade de fazer mais perguntas sobre as avós e a necessidade de voltar a seu trabalho no Mundo-N assim que descobrisse porque Adnarim aparecera em seu escritório.

:Bem, o que você quer me dizer dessa vez? É sobre Peter e Sônia?:

:Agora é hora de entrar em contato com eles. Sim.:

:Sim o quê?:

:Sim, eu vim por causa de Sônia e Peter.:

:Isso é óbvio, você acabou de dizer isso.:

:E você perguntou se era sobre Sônia e Peter, e eu respondi que sim.:

:Certo, tem razão, eu perguntei.: Miranda baixou os ombros e relaxou as mãos conscientemente, lembrando a si mesma que, quanto mais tensa ficasse, mais difícil seria transmitir claramente seus pensamentos a Adnarim, ou ouvir suas respostas.

Formando lentamente cada palavra, tentou dirigir a conversa numa direção útil. *:Como você já foi tão boa para mim no passado, dizendo-me qual membro da equipe seria o melhor para ajudar um cliente novo, e como é evidente que você considera Sônia e Peter importantes, quem recomendaria como enfermeira para cuidar deles?:*

:Você mesma.:

:Não sou enfermeira. Eu estava pensando em Maria. Ela é muito meticulosa e boa. Acha que seria a mais indicada para eles?:

:A chamada foi para você. Faz parte do caminho que tem de percorrer – da sua orientação. De modo que, quando chegar a hora, esteja onde estiver, você estará no lugar em que deve estar. Não.:

Miranda suspirou, sem querer passar muito tempo decifrando a resposta enigmática de Adnarim, mas o "não" fora em resposta à sua pergunta a respeito de Maria ser a pessoa mais indicada, de modo que não tentou esclarecer isso. Também estava ficando cada vez mais distraída por Stephanie que, em vez de ficar em sua própria mesa, batia papo na frente da janela da sala de Miranda com John, o novo e bonito profissional de saúde da casa.

Um problema de cada vez, lembrou ela a si mesma, e depois enviou seus pensamentos para Adnarim. *:Então Maria não é a melhor enfermeira para eles? Tem alguma outra sugestão? Pois eles precisam de uma enfermeira. Sou a administradora, como você sabe, de modo que é melhor não se fazer de mística comigo. Só preciso que me ajude a encontrar a melhor pessoa para cuidar deles.:*

:Maria seria uma boa enfermeira. Não. Eles precisam de quem é a melhor pessoa para eles. Eu sei que você é a administradora. Isso não tem nada de místico. Ela chamou você. Você foi chamada. Estou ajudando você a conseguir a melhor pessoa para cuidar deles.:

O ar vibrou e, quando Miranda usou cuidadosamente a visão periférica para verificar, não havia ninguém ali.

Ela deixou um suspiro percorrer-lhe o corpo inteiro; depois levantou-se devagar e abriu a porta, perguntando-se se a sua dificuldade em conseguir cooperação dos seus guias estaria relacionada de alguma forma com sua dificuldade em controlar a recepcionista.

Saindo de sua sala, olhou direta e firmemente para Stephanie que, em vez de desaparecer e voltar para a sua mesa, continuava conversando com John.

Não estou evitando um confronto, disse Miranda a si mesma. *Só não quero constranger Stephanie na frente de John. Vou resolver isso com ela mais tarde. Eu converso com espíritos estranhos o tempo todo. Administro um estabelecimento com 135 funcionários. É claro que não vou ficar nervosa na hora de pedir a uma recepcionista explicações sobre a sua forma de trabalhar, mesmo que ela seja filha do membro mais rico da diretoria e que eu nunca devia ter concordado em contratá-la, para começo de conversa.*

mundos em divisão

Quando a diatribe interior de Miranda terminou, ela já estava de volta à mesa de Grace, que ergueu os olhos para ela e depois se virou para o corredor onde John e Stephanie ainda estavam conversando.

Antes de Grace poder fazer um comentário, Miranda entregou-lhe o formulário de entrada.

– Você poderia acompanhar esse caso? Sônia ligou por causa do marido Peter, cujo câncer de pulmão levou a metástases até no osso. É um casal muito dedicado um ao outro, são casados há 61 anos. Sônia tem lutado, tentando cuidar dele, mas ela também tem seus problemas médicos e está sobrecarregada ao extremo, tanto física quanto emocionalmente. – Colocou os papéis em cima da mesa de Grace e acrescentou:

– Vamos tentar a Maria, acho que ela tem condições de cuidar bem deles.

– Tudo bem, vou verificar a agenda dela, em geral os seus palpites dão certo.

Alguém chamou Grace ao telefone antes que ela pudesse dizer mais alguma coisa, de modo que Miranda tomou à esquerda no corredor dos cubículos à procura de Lídia, a coordenadora dos voluntários que, por acaso, também estava ao telefone.

Enquanto Miranda esperava calmamente, examinou um cartaz pendurado atrás da mesa de Lídia, que mostrava um gatinho suspenso num galho de árvore. Em vez do familiar "Pendure-se aqui", estava escrito "Tudo quanto você precisa é de uma mãozinha dos seus amigos." Miranda sorriu. *Seja quem for que tiver criado este cartaz, aposto que não estava pensando em espíritos-guias enigmáticos e fugidios quando o concebeu.*

Lídia desligou o telefone, ergueu os olhos e perguntou:

– A que devo o prazer de sua companhia, minha bela amiga?

Seus olhos estava faiscando, mas teriam saltado para fora das órbitas se ela tivesse visto o irlandês de camisa cinza, suspensórios e calções presos logo abaixo dos joelhos que se materializou ao lado de Miranda.

: *Puisentão, tai alguém que sabe cumprimentar uma pessoa!*:

73

:McNally! O que está fazendo aqui?: Miranda enviou uma pergunta mental ao fantasma enquanto fazia de conta que só punha os pensamentos em ordem antes de responder a Lídia.

:Uma bela amiga chama e estou a sirviço dela.: McNally tirou o gorro da cabeça, deu um passo para trás e fez uma reverência. O efeito dramático perdeu-se quando uma enfermeira entrou no corredor e passou pelo lugar que ele estava ocupando, fazendo com que o irlandês desaparecesse. A enfermeira pulou para um lado, depois olhou à sua volta. Ao ver Miranda, endireitou o corpo, acenou nervosamente com a cabeça, como quem diz que está entendendo, e continuou andando.

– Estou me perguntando o que significa tudo isso, – disse Lídia, acompanhando com o olhar a enfermeira que ainda estava no corredor.

– Não tenho a menor ideia. Desculpe por incomodar você, Lídia, mas acabo de receber um telefonema de uma nova cliente que se beneficiaria se um voluntário pudesse lhe dar uma folga. Ela está cuidando do marido, que tem câncer avançado, e está sobrecarregada tentando fazer tudo agora. Ainda não deram entrada realmente, mas eu queria falar sobre isso com você para você poder começar a procurar alguém.

Lídia pegou a folha do cadastro, examinando-a com o maior cuidado. – Letra da chefia, deve ser um caso especial. Alguma ideia de quem poderia ser?

– Na verdade, eu estava pensando em mim mesma –. A perplexidade estampada nos olhos de Lídia não foi menor que a da própria Miranda quando se deu conta do que acabara de verbalizar.

– Ouvi dizer que você se apresentava como voluntária de vez em quando na época em que o estabelecimento era pequeno, mas não sabia que ainda fazia isso. Tem certeza de ter o tempo de que precisa? Seria fácil eu conseguir alguém, pois acabamos de terminar aquela nova rodada de treinamento de voluntários. – Miranda ficou em silêncio, tentando descobrir se daria conta do recado, quando e com que frequência. Lídia examinou a folha com mais cuidado ainda. – Você mencionou aqui que ela gostaria de ter alguém três ou quatro vezes por semana. Talvez você pudesse vir uma ou duas vezes à noite, ou num fim de semana, e eu poderia encontrar outra pessoa para vir de dia algumas vezes por semana.

– Que sugestão boa! Eu não tinha certeza sobre a forma de administrar isso. Mas gostaria de me envolver com esse caso... quer dizer, como voluntária –. Miranda corou enquanto tropeçava nas palavras. – Chris trabalha até tarde nas quintas-feiras, de modo que eu poderia vir depois do expediente, e vir de novo no sábado de manhã, por algumas horas.

– Tudo bem, vou ligar para ela. Ou prefere ligar você mesma? Ou já combinou isso com ela ao telefone? – Lídia ergueu os olhos à espera de uma decisão que Miranda ainda não havia tomado.

– Hummm, por que você não liga? Não, eu ligo, porque aí já posso combinar de vir amanhã... mas seria melhor você tomar providências para conseguir mais um voluntário. Espera, não sei nem se ela e Peter se sentiriam à vontade comigo se eu me apresentar como voluntária. Não falei sobre isso quando conversamos.

Lídia estendeu a mão e tocou o braço de Miranda enquanto tentava copiar da folha o endereço e o número de telefone. – Como é que conheceu este casal? Tem certeza de que é uma boa decisão apresentar-se a eles como voluntária?

Miranda tentou voltar para a sua identidade de administradora, mas se distraiu quando uma forma começou a aparecer ao seu lado, um pouco para trás, usando uma capa rosa e uma cartola púrpura. *:Adnarim! Agora não, estou tentando descobrir de que forma administrar esse caso.:*

A voz de Adnarim fez-se ouvir claramente na mente de Miranda. *:Não se trata de um caso. É sua orientação caminhar agora ao lado de Sônia e Peter.:*

:Mas os voluntários não devem participar de um caso quando conhecem as pessoas envolvidas. Há um conflito de interesses.: Miranda estava vivendo um conflito de interesses muito intenso ao tentar discutir com Adnarim e responder às perguntas de Lídia.

Sua gêmea constrangedora continuava falando calma e confiante.

jan ögren

:O interesse deve ser formar um par perfeito com a pessoa com quem deve estar; o conflito seria ignorar o que você deve fazer.:

:Não é tão simples assim, temos regras no Mundo-N, temos de –:

– Miranda? – Você precisa de algum tempo para pensar nisso? – Lídia interrompeu a discussão telepática. – Posso ligar para ela e começar a trabalhar no sentido de conseguir um voluntário para atendê-los, de modo que eles tenham um voluntário principal; depois você telefona e se oferece para fazer algumas visitas extras se houver necessidade.

– Parece perfeito –. Miranda soltou a respiração que estava prendendo, aliviada por Lídia ter encontrado uma solução que não exigia explicação alguma de sua parte.

Miranda conseguiu ligar para Sônia e planejou as coisas de tal forma que, ao sair do trabalho na quinta-feira, em vez de ir direto para casa, tomou a direção do lar dos Blooms. Teve de parar num sinal vermelho e aproveitou a pausa para fazer um pedido telepático.

:Tudo bem, Adnarim, estou indo para a casa de Sônia e Peter. Agora você vai me dizer por que devo fazer isso? Um menino de shorts e camiseta tingida com todas as cores do arco-íris, segurando o que parecia uma bola e uma luva de beisebol, materializou-se no banco ao lado dela. Miranda manteve os olhos fixos no semáforo, evitando olhar diretamente para Adnarim, o que a faria desaparecer.

A voz de Adnarim ressoou com o entusiasmo e o tom agudo de um menino.

:Vai ser divertido conversar com eles. Peter é físico, pode explicar o universo para mim.:

:Você não vai discutir com ele, vai? Afinal de contas, ele está morrendo...:

:Não. Que hora melhor para conversar sobre a vida, a morte e todo o resto? Esta deve ser a melhor oportunidade do mundo para ele tomar consciência de seu próprio lado espiritual-paralelo.:

mundos em divisão

Com o rabo do olho, Miranda via Adnarim jogando a bola para cima, que desaparecia no topo de um arco, depois reaparecia na luva, pronta para ser jogada para cima outra vez.

:É exatamente disso que ele precisa – de seu próprio gêmeo constrangedor. Não se esqueça, Adnarim, que Sônia é especialista em conversar com os guias. Ela já deve ter ajudado Peter a se conectar com seu lado espiritual-paralelo e com todos os outros guias que vão ajudá-lo a fazer a transição.:

: Muito bem, amiga, eles estarão me esperando.:

Miranda ergueu os olhos para o céu em desagrado ao sentir a presença de McNally no banco de trás. *:NÃO, não vão. Vou lá para dar uma força para a Sônia. Tem a ver com TRABALHO. Ela telefonou, pedindo ajuda ao clínica de repouso. Ela não é uma daquelas pessoas que vêm às minhas reuniões de domingo querendo entrar em contato com seres espirituais esquisitos.:*

:Uia, então agora tem um grupo engraçado. Seria uma boa cê começar a juntar o povo e axplicar pra todos cumo que fala com seres espirituais esquisitos. Mesmo que seja só uma vez por mês.:

O sinal ainda estava vermelho quando uma ursa marrom, com asas brancas de anjo, apareceu voando em vaivém na frente do carro, acrescentando seus próprios comentários.

:Será que acreditam em anjos? Você acha que Sônia vai conversar comigo se eu polir a minha auréola e bater minhas asas e você nos apresentar educadamente?:

:BB, o que você está fazendo? E por que ainda não consigo passar? Pensei que você devia tornar os semáforos verdes para mim, não vermelhos.:

BB abaixou a cabeça, os olhinhos pretos como duas contas olhando para Miranda.

:Tenho a impressão de que é você quem está impedindo o processo. Todos nós estamos prontos para partir quando você estiver.:

Miranda suspirou por entre os dentes cerrados.

:Tudo bem, podem vir vocês todos. Vou até verificar se é possível eu os apresentar a eles.:

BB bateu as patas exatamente na hora em que o sinal ficou verde e desapareceu enquanto Miranda dirigia o carro pelo espaço por onde andara flutuando.

Sônia encontrou-se com ela à porta, empurrando um andador.

– Bem vinda, que bom vê-la de novo! – Deu um tapinha no andador. – Como vê, estou tentando cuidar de mim. E é claro que Peter insistiu para eu comprar o modelo de luxo: assento acolchoado, rodas, braços almofadados, tudo, o serviço completo! Mais uma única bugiganga que seja, e essa coisa absurda estaria me empurrando por aí. – Sônia foi interrompida por latidos que se fizeram ouvir de repente nos fundos da casa. – Entre e feche a porta. Peter está segurando o Doogie para ele não fugir.

Enquanto se dirigiam para a sala de visitas, depararam-se a meio caminho com um cão que não parava de latir e de pular. O poodlezinho seguiu as duas ainda pulando à sua volta, e Peter e Sônia estavam ansiosos por apresentar a Miranda o espaço que foi seu lar durante mais de 40 anos. Ela reparou que era uma mistura de revistas, livros e jornais científicos empilhados em mesas e enfiados em prateleiras lotadas ao lado de filtros de sonhos, cristais e esculturas da Deusa pendurados nas paredes ou em cima das estantes.

Depois de darem uma volta pela casa, assumiram seus lugares na sala de visitas: Peter em sua poltrona do papai, Miranda num canto do sofá e Sônia na ponta de sua cadeira estofada. Um silêncio pesado tomou conta da sala. Até Doogie estava quieto.

Depois de alguns momentos, Miranda limpou a garganta:

– Que bom me encontrar com vocês de novo! Só lamento que seja por causa do câncer de Peter.

– Ah, minha cara, esqueci as bebidas –. Sônia levantou-se de um salto e foi para a cozinha.

– Pode deixar que eu levo a bandeja –. Peter desceu de sua poltrona e seguiu sua mulher.

mundos em divisão

Enquanto os dois estavam fora, a cabeça de Miranda rodopiava.

Detesto falar do câncer, mas tenho de fazer meu trabalho. Eles não me convidaram para vir aqui só para conversar. Eu gostaria que a gente pudesse conversar sobre os guias. Se ao menos eu pudesse fazer algumas perguntas à Sônia... Aposto que ela entenderia o que as avós querem. Talvez, se eu fizesse uma pergunta genérica... Bem, eu poderia ao menos tentar... Não – idiota! Era isso que estava preocupando a Lídia. Estou aqui para ajudá-los, não para eles me ajudarem. Tenho de manter meus limites bem claros, senão vou estragar tudo.

Sônia voltou no seu andador, seguida por Peter, que estava equilibrando uma bandeja com três taças de vinho e uma garrafa de Chardonnay. *Ai, não – vinho. O que faço?* O estômago de Miranda ficou tenso enquanto o corpo paralisava. *Sônia me viu tomar aquela taça de champanhe quando Peter recebeu a homenagem. Agora não é hora de confessar que sou alcoólatra.*

Sônia encheu as três taças de vinho e ofereceu uma delas a Miranda, que se surpreendeu sorrindo e concordando com um gesto de cabeça enquanto o braço se estendia mecanicamente para pegar a taça.

Vai dar tudo certo. Não tive nenhum efeito ruim com o champanhe. Só vou tomar uma taça agora para ajudar a deixá-los mais à vontade para falar do câncer.

Ergueu a taça desejando-lhes saúde.

– A ambos. Que o clínica de repouso os ajude com amor e elegância no momento em que entram juntos nessa fase dificílima de sua vida –. Todos tomaram um gole de vinho e depois começaram lentamente a falar do motivo da visita de Miranda.

Durante as duas horas seguintes, nas quais Sônia encheu duas vezes a taça de vinho de Miranda, ela ficou sabendo que este câncer era o reaparecimento de um antigo câncer de pulmão, que eles supunham curado. Peter tentou brincar com os detalhes, enquanto Sônia lembrava a toda hora que, mesmo estando sob os cuidados do clínica de repouso, tinham de estar abertos para uma cura milagrosa. Miranda percebeu claramente o medo e a tristeza por baixo das palavras, sabendo, depois de anos e anos de experiência, como era difícil tomar a decisão de ligar para o clínica de repouso. Depois de ficar sabendo que Sônia dispunha de pouquíssimo tempo para sair de casa, ela combinou voltar no sábado ao meio-dia para que Sônia pudesse almoçar com alguns amigos.

Quando Miranda voltou no sábado, Peter a levou para seu estúdio, mostrando-lhe com orgulho os livros que escrevera.

Miranda escolheu alguns e leu os títulos: *Princípios fundamentais da física e química quântica*, *Neurobiologia e Física* e *Física teórica básica para principiantes*.

– Então deu aulas da Universidade Beira-Mar? Eu gostava de ir lá ouvir concertos e assistir os cultos da Capela das Cores.

– Dei aulas na Beira-Mar durante 30 anos e nunca entrei na capela nem uma única vez. Mas ouvi dizer que é bonita. Eu quase não fui ao casamento da minha sobrinha quando resolveram celebrá-lo numa igreja.

Peter sorriu para Miranda, depois estendeu o braço e pegou uma brochura fininha intitulada *Pensamento racional para o homem racional*. – Fiz uso dele eu mesmo. Achei que me manteria em segurança. Manteve mesmo. Nenhuma voz celestial me chamou e nunca senti vontade de rolar no chão falando absurdos –. Peter oscilou ligeiramente, estremecendo com a dor. Miranda o ajudou a voltar para a sala, onde descobriu uma grande ursa marrom sentada na poltrona dele.

BB, usando asas e uma auréola, acenou com a pata para Miranda enquanto Peter continuava falando de seu desprezo pelo irracional na religião. Miranda lançou um olhar severo a BB, indicando com um movimento do queixo que ela tinha de ceder o lugar a Peter. BB bateu as asas, erguendo-se no ar, e ficou flutuando a alguns metros de altura para lhes dar passagem.

Miranda acomodou Peter em sua poltrona enquanto ele começava um verdadeiro sermão sobre a superioridade da razão, gesticulando com as mãos para enfatizar seus argumentos. BB desceu até o chão e vestiu um conjunto de três peças, um chapéu-côco e óculos, e depois começou a mexer as patas numa imitação exata dos movimentos dele.

mundos em divisão

Peter parou de falar e olhou atentamente para Miranda, que fazia de conta que estava tossindo enquanto tentava esconder um sorriso com a mão. Ele endireitou os ombros e apresentou a ela sua melhor voz de professor.

– E o que você acha de tão engraçado assim na racionalidade? Suponho que você seja uma daquelas pessoas que ouvem "guias" e acreditam em tudo o que eles dizem.

– Não, não. Desculpe –. Miranda olhou para BB por cima do ombro de Peter, enviando-lhe telepaticamente uma pergunta irritada.

:Por que está fazendo isso? Estou tentando me conectar com Peter e conquistar sua confiança, e agora você fez com que eu o insultasse.:

E, olhando para Peter, acrescentou:

– Na verdade, acho que a sabedoria dos "guias" é supervalorizada, acho um exagero.

BB torceu o focinho para fazer cara feia, e desapareceu. – Eu não estava rindo de você. Só estava pensando... bem... sobre... eu estava me perguntando como é que você e Sônia equilibram tudo isso. Quer dizer, ela escrevendo sobre espíritos e você escrevendo sobre física.

Peter sorriu e deixou os ombros relaxarem de novo.

– Perguntam muito pra nós. E temos realmente umas conversas bem interessantes. Na verdade, consultei muitos estudos científicos sobre fenômenos metafísicos. Algumas das teorias mais recentes sobre os campos de energia quântica e suas formas de integração com os processos mentais são absolutamente fascinantes. Foi por isso que acabei naquela conferência onde nos conhecemos, quando me fizeram uma homenagem.

Miranda assentiu com a cabeça e depois se sentiu culpada por ter se preocupado mais com o champanhe e com dar uma boa impressão a Sônia do que em saber por que ele estava recebendo aquela homenagem.

– Eu preferiria estudar diretamente a interação dos campos quânticos com os estados eletromagnéticos do cérebro. Mas eles só *dão* dinheiro se você puder apresentar algum tipo de conexão química para eles poderem *ganhar* mais dinheiro. Sacudiu a cabeça em desalento e depois voltou à questão original. – Sônia e eu estamos ambos interessados em explorar a metafísica. A diferença é que Sônia tende a mergulhar nela e seguir a intuição; eu prefiro um curso lógico de investigação. Nunca vi um resultado significativo em termos estatísticos que tenha me provado claramente a realidade desses fenômenos nos quais ela acredita de forma tão monolítica.

Ele esticou o braço e tocou com o dedo a mão estendida de uma das esculturas que representavam a Deusa, equilibrada em cima de uma pilha de revistas de matemática.

– Não tenho certeza de que seja uma controvérsia que eu queira vencer. Sônia parece reconfortar-se mais com sua fé do que eu com o meu raciocínio lógico –. Ele suspirou, examinando a escultura por alguns minutos, depois se virou de novo para Miranda, balançando o dedo e olhando para ela com um ar severo:

– Não me entenda mal; não sou do tipo de pessoa que acredita em uma coisa para se sentir melhor só porque estou morrendo. Não vou abrir mão de toda uma vida de lógica por um aliviozinho no final.

Ele se virou de novo e olhou pela janela onde Mirau estava encarapitado no peitoril tomando banho.

– Mas, se existe alguma coisa parecida com esse lance de guia espiritual, que alguns dos últimos avanços da física tornaram surpreendentemente possível, não quero ignorá-la.

Mirau parou o banho na cauda e olhou para Peter.

:Ele consegue te ouvir?:

:Por que não pergunta a ele?:

Miranda começou a mudar de frequência para voltar a conversar verbalmente; mas, antes de conseguir formular uma pergunta a Peter, ele retomou o que estava dizendo.

– Então estou te chateando com essa conversa mole de velho? Por que não me fala um pouco mais de você? Você disse que leu os livros de Sônia.

mundos em divisão

O que acha desse lance de espíritos?

O olhar de Miranda ia e vinha de Peter a Mirau, que estava se alongando num arco que só os gatos conseguem fazer, depois desceu do peitoril e pulou para cima de uma pilha de livros bem precária.

Peter mexia a cabeça de um lado para outro, acompanhando os movimentos de Miranda. – Para o que está olhando? Há alguma coisa do lado de fora da janela?

– Não... não *do lado de fora* da janela. Eu só... bem, já conversei com pessoas que tiveram experiências de ver criaturas que não estão completamente enraizadas no mundo físico. Quanto a mim, acredito que há mais coisas além da realidade física, e que somos mais que simples corpos.

– Temos campos de energia eletromagnética que se estendem para além do corpo físico; há numerosas máquinas que podem comprovar a existência deles; mas isso não significa que se pode concluir que os espíritos existem, ou que vamos existir depois da morte.

Mirau pulou da pilha de livros, fazendo Miranda prender a respiração diante da expectativa de um acidente muito difícil de explicar. Mas a pilha continuou imóvel enquanto Mirau aterrissava no meio da sala e caminhava até a poltrona de Peter, virando-se para repuxar os bigodes num gesto de pouco caso com a preocupação de Miranda.

:*Por que* não tenta tratar a questão de forma mais pessoal e menos teórica? Pergunte a ele por qu*e ele se sente reconfortado com a crença de Sônia em nós, manifestações da energia eletromagnética que não são físicas?:*

– Você disse que não se importaria de perder a discussão com Sônia a respeito de haver algo mais no mundo. O que significaria para você chegar à conclusão de que Sônia está certa?

– Significaria que algo além de meus livros e as lembranças daqueles que me conheceram continuaria existindo depois da minha morte e eu ainda poderia explorar esse grande mistério do universo que se chama vida.

– E como o afetaria enquanto ainda está vivo?

Peter baixou os olhos para as mãos, ásperas e cheias de manchas senis. Esfregou-as e depois as fechou. Recomeçou a falar tão baixo que Miranda teve de se inclinar para ouvi-lo. – Eu saberia que a morte não é o fim e não teria tanto medo.

Miranda ficou ali sentada em silêncio, absorvendo suas palavras até Mirau avisá-la de que Sônia estava perto de casa.

– Eu certamente gostaria de ajudá-lo a descobrir uma conexão com algo além do mundo material que diminuísse o seu medo e talvez até fazer alguma ligação com o que você encontrou na sua exploração da física quântica –. Peter ergueu os olhos para ela, a esperança e a incredulidade lutando uma com a outra no seu rosto. – Que tal se eu viesse todo sábado e Sônia pudesse reservar esse horário para estar com seus amigos ou resolver suas questões?

Peter concordou com um gesto da cabeça e então os dois se viraram ao ouvir a porta da garagem abrir.

Enquanto cumprimentava Sônia, Miranda sentiu gratidão pela confiança com que Peter a presenteara. Perguntou-se como é que Sônia reagiria se soubesse que, secretamente, Peter queria que ela vencesse a controvérsia interminável a respeito do mundo espiritual.

6

O AZAR DE MIRAU

– Alô?

Miranda acomodou o telefone embaixo da orelha, levantando o ombro para impedi-lo de cair, e continuou procurando a chave da casa na pasta de couro.

– Oi, é a Susan. Pode falar agora?

Miranda conseguiu abrir a porta e jogou no sofá os acessórios que usava no trabalho.

– Claro, com que frequência a ocupadíssima estagiária política tem a bondade de telefonar para seus amigos cruelmente abandonados?

– Toma cuidado, senão vou denunciar você por assédio ou chantagem, ou alguma coisa do gênero que seja juridicamente legal. Faz só um mês que comecei neste emprego.

– Em janeiro nós conversávamos toda semana. Você vai fazer com que eu me arrependa de ter pedido a meus guias para ajudá-la a conseguir esse estágio.

– Foi a melhor coisa que você fez por mim nesta vida! Bom, além de me ajudar a ficar à vontade para conversar com Angel... e você realmente convenceu tanto a mim quanto a minha família que eu não era louca varrida. E suponho que me incentivar a lutar pelo que eu quero, e não pelo que meu pai esperava de mim, também foi muito bom.

Imagens de Susan passaram como relâmpagos pela memória de Miranda, que progredira de adolescente torturantemente tímida, cuja única confidente era seu anjo da guarda, para uma jovem confiante que partira corajosamente para Berkeley a fim de estudar direito.

– Que bom que BB te deu aquela dica, por conta da qual você conseguiu se conectar com o assistente do Deputado Daniels. Certamente parece ser a sua orientação; embora eu tenha tido esperança de que você voltaria para a região de Seattle, em vez de ficar na Califórnia.

– Desculpe, ainda estou confinada a algumas normas do Mundo-N. – Miranda jogou-se no sofá. – O que é que Mirau queria?

– Foi meio estranho. Ele não admitiria uma coisa dessas, claro, sendo ele um gato e tudo o mais, mas me deu a impressão de que não tinha intenção de entrar no Mundo-N pelo meu apartamento. Ficou olhando a seu redor e pareceu ficar nervoso por ver a mim, e não você.

– Estranho mesmo. O que ele disse?

– Ah, ele se refez logo, falou que só estava fazendo a ronda, verificando como estão os *sernates*, depois desapareceu sem me fazer nenhuma pergunta.

– Bom, ele gosta mesmo de acompanhar o que nós, seres humanos, estamos fazendo, mas então ele devia ter conversado com você, e não simplesmente aparecer e desaparecer. Exceto uma vez em que eu estava com Peter, não o tenho visto muito ultimamente, o que é um problema, pois preciso dos seus palpites para decifrar o que as avós guardiãs precisam que eu faça.

– Ainda não conseguiu entrar em contato com elas? Você tem mesmo de aprender a se soltar mais; a exorcizar aquelas maldosas vozes interiores e entender que você pode fazer tudo o que quiser!

– Não tenho como entrar em contato com elas daqui e não posso simplesmente voltar rodopiando para aquele centro de conferências e pedir para ficar por lá até umas avós mágicas falarem comigo.

mundos em divisão

– E por que não? Você está sempre me dizendo para eu não me limitar. Agora vem com limitações ilimitadas para explicar porque não consegue entrar em contato com aqueles espíritos e porque não consegue dar um pulo aqui para me visitar.

– Que ótimo, agora que Mirau está ausente, você vai começar a me dar aulas sobre viagens e a maneira de conversar com criaturas imateriais?

Susan riu. – Eu não teria coragem de dar conselhos ao grande primeiro *sernate* –

– Não existe nenhum "primeiro" sernate –, interrompeu Miranda com impaciência. – Todos os sernates são iguais, somos apenas seres humanos que não podem ignorar sua ligação com a natureza, mas agora eu não me importaria de ignorar a minha, se eu pudesse. Mirau está agindo de forma esquisita, minha orientação está toda distorcida por causa dessas avós que falam por enigmas e aparecem em meus sonhos nos momentos mais inconvenientes.

– Que sonhos?

Miranda lutou para controlar o impulso de repreender Susan por interrompê-la, preferindo empurrar para baixo do tapete o medo e o pânico que estavam ameaçando apoderar-se dela quando se lembrava dos seus pesadelos inquietantes.

– Sonho frequentemente que estou naquela caverna oval cavada na rocha. As três avós estão lá: Rede da Água fica me lembrando que o evento vai acontecer aqui, Rede do Fogo fica explicando quando vai acontecer, e Rede da Terra fica esclarecendo como exatamente devo fazer a minha parte. Tento chegar perto, mas elas desaparecem. Sou deixada ali sozinha, percebendo que não consigo me lembrar de nada do que elas acabaram de dizer. Tudo quanto eu tenho é essa sensação torturante de urgência, de que, seja o que for que eu tenho de fazer, é crucial para o futuro do mundo. Então a linha que divide a caverna começa a se abrir, a abertura fica cada vez maior. Estou tentando equilibrar os dois lados, mas o chão fica escorregadio e eu começo a deslizar, depois estou caindo num abismo e sei, daquele jeito que sabemos que sabemos nos sonhos, que nunca vou ter condições de escapar desse abismo.

Miranda estremeceu só de pensar no sonho.

O tom de voz de Susan ficou mais sério. – Barra-pesada. Acha que é um sonho premonitório ou um sonho de preocupação?

– Se eu soubesse, não precisaria de Mirau! – respondeu Miranda de mau humor, mas se arrependeu imediatamente. – Desculpe, não queria ser grosseira com você. Esse lance está pesando sobre mim desde que conheci as avós no outono do ano passado. Tenho a nítida impressão de que esta é a minha orientação, e uma vaga ideia do que tenho de fazer. Eu só queria poder conversar outra vez com aqueles espíritos guardiães.

– Se você não pode voltar àquele centro de conferências, por que não entra em contato com elas de onde você está? Entre numa aventura astral espantosa. Aí você vai poder estar consciente, quer dizer, tanto quanto é possível estar numa viagem astral, em vez de estar numa semiconsciência onírica.

– Já te disse antes, eu tentei e não deu certo! – Miranda fechou os olhos e descansou a cabeça no encosto do sofá.

– Você sempre diz que a vantagem de ter espíritos amigos é que eles podem estar em todos os lugares a qualquer momento, de modo que você nunca está sozinha...

– Não é a mesma coisa. As avós não são guias como Angel é para você e BB, Mirau e Adnarim são para mim. Elas são guardiãs da terra –. Agora Miranda que tinha alguém com quem conversar, sua mente racional estava acalmando lentamente suas partes assustadas. – Provavelmente por estarem tão amarradas àquele lugar é que não consigo entrar em contato com elas daqui. Por essa razão tive de ir lá para elas entrarem em contato comigo da primeira vez.

– Há outros workshops dos quais você poderia participar para poder voltar ao centro de conferências?

– Já verifiquei, mas a Farmacêutica do Futuro só oferece workshops a pessoas que podem prescrever suas drogas, como os médicos. Aquela conferência foi única. Podem não ter outra como essa por anos a fio e eu não posso esperar anos para descobrir o que as avós querem que eu faça.

– Você pode fazer de conta que é médica.

– Olha, foi um sufoco fazer de conta que eu tinha um motivo para estar lá da última vez. Nem pensar em eu fingir que sou médica. Além disso, todos os formulários de cadastro têm espaços para as informações sobre sua licença para clinicar. Como é que vou inventar uma coisa dessas? Eles já ficaram muito desconfiados só porque eu não era de nenhuma empresa –. Miranda estremeceu ao lembrar do presidente interrogando-a sobre suas razões para estar ali.

– Eles devem vender remédios para dor relacionados de alguma forma com o clínica de repouso. Você poderia participar de um workshop que promove analgésicos.

– Não sei. Eu me senti tão pouco à vontade da última vez, tão sozinha e deslocada... É provável que o constrangimento tenha interferido com a minha capacidade de ouvir as avós com clareza.

– Eu poderia ir com você, quando voltar para o feriado da Páscoa.

Miranda teve uma breve centelha de esperança, mas descartou-a. – Ah, que ótimo. Se eles já não estivessem desconfiados de mim antes, aparecer lá com uma advogada com certeza vai tornar minha presença mais aceitável para eles.

– Tudo bem, essa não é a melhor ideia do mundo. Mas talvez eu possa usar o fato de ser advogada, ou de desejar ser uma.

O telefone ficou mudo, de modo que Miranda se levantou e começou a tirar as coisas de dentro da pasta de couro, respirando devagar e concentrando-se em colocar seus papéis bem arrumadinhos em cima da mesa enquanto esperava que Susan continuasse a conversa.

– Nossa, eureca! E se eu os procurasse para fazer um estágio? Não que eu queira realmente aprender a descobrir brechas jurídicas para empurrar substâncias químicas para pessoas inocentes, mas tenho certeza de que eles têm uma equipe de advogados e eu poderia fazer de conta que quero fazer um estágio com eles. Poderia dizer que estou tentando encontrar um lugar na região de Seattle para o próximo ano, enquanto estudo para as provas finais. Eu poderia marcar uma reunião quando eu voltar para o feriado da Páscoa. Aí você poderia me levar e esperar no carro. Você teria no mínimo uma hora para entrar em contato com as avós. Poderíamos até ir mais cedo e eu fingiria ter me perdido no edifício para te dar mais tempo.

Miranda começou a desconsiderar a ideia de Susan, mas depois prestou mais atenção a ela quando sua memória lhe repetiu os pontos mais importantes. – Pode dar certo. Como você vem de Berkeley, faria sentido você não ter seu carro. Poderíamos dizer simplesmente que sou uma amiga da família. O que é verdade mesmo, pois foi o seu pai quem me encontrou e chegou à conclusão de que poderia "curar" você de escutar vozes.

Miranda relaxou ao se lembrar da cena, depois se concentrou de novo nos planos.

– Eu posso levar um livro e ficar sentada no carro enquanto entro em contato com as avós. Acho que ninguém vai ficar no estacionamento por tanto tempo que chegue a perceber que eu não estou virando as páginas.

– Maravilha. Vou entrar no site da Farmacêutica do Futuro e descobrir com quem eu tenho de falar para marcar uma reunião. Espera na linha enquanto acesso.

Miranda ouviu os cliques e imaginou Susan segurando o telefone com um sorriso satisfeito no rosto enquanto digitava sua mensagem.

A voz de Susan continuou outra vez, clara e confiante.

– Ótimo! Agora que resolvemos o seu problema paralisante, poderíamos voltar ao dilema debilitante que é o motivo da minha ligação?

– Você também está tendo dificuldades demais com mensagens mirabolantes de guias fugidios? – Miranda sentiu-se relaxada a ponto de participar das brincadeiras de Susan com aliteração.

– Não, não tenho problemas com os espíritos, tenho problemas com um cara.

– Alguém em quem você está interessada?

– Não, alguém em quem não estou interessada, mas que acha que sou a Deusa encarnada.

– Bom, ao menos ele tem bom gosto. Quem é?

– O nome dele é Paul Lafargue, mas eu o chamo de PPL porque ele usa a frase "Pode parecer loucura, mas..." como prefácio para tudo o que diz, mas depois fala de alguma coisa que nem é tão estranha assim.

– Talvez não para você, mas os outros têm uma visão menos abrangente de normalidade.

– Aposto que, na verdade, é um sernate. Está começando a me contar algumas experiências que não são do Mundo-N. Embora eu só consiga ouvir o PPL quando BB aparece e conversa com ele. E ele diz com o seu tom monótono de tenor racional, "Pode parecer loucura, mas há um urso aqui." Foi por isso que cheguei à conclusão de que, na verdade, Paul L e PPL são a mesma coisa.

– Gostei. Eu também tive alguns amigos PPL. Mas, espera aí, você está falando de Lafargue, o filho de Mike Lafargue, o cara com o qual BB ajudou você a se conectar?

– Agora você acertou na mosca! Este é que é o meu problema. A ideia de BB de entrar em contato com o velho amigo do meu pai foi brilhante, mas ela devia ter me avisado que a conexão vinha com bagagem. PPL acha que eu tomo banho de lua e como pó de estrelas no café da manhã. Tudo quanto ele quer é estar aqui à noite e de manhã olhando para mim.

– Que chato! Principalmente considerando que foi Mike Lafargue quem conseguiu seu estágio com o Deputado Daniels.

– Por isso é que ele sabia do estágio – o filho já estava lá. Além disso, PPL é um cara bacana, de um jeito tímido gracinha, e provavelmente um sernate também e por isso não quero magoá-lo, mas não tenho o menor interesse por ele além da amizade.

Em particular, Miranda achava que Susan nunca se interessaria por homem algum; mas, dada a criação religiosa de Susan, não seria ela, Miranda, quem sugeriria isso. Susan tinha conseguido superar a educação homofóbica quando se tratava dos outros, mas seria um ajuste diferente à realidade pensar nesses termos a respeito de si mesma.

– E se você o apresentasse a algumas amigas que ele poderia namorar? Dessa forma você diria que não está interessada nele, mas também que você o acha tão legal que até o recomendaria às suas amigas. Poderia até combinar de saírem a três. Se ele quiser sair e fazer alguma coisa, não deixe de convidar alguma mulher disponível para ir com você.

– Ótima ideia. Este é que tem sido o meu problema. Temos interesses parecidos e, por isso, ele está sempre me convidando para fazer coisas de que gosto realmente, mas não quero lhe dar a impressão errada aceitando e saindo com ele como se estivéssemos namorando ou coisa que o valha. E eu conheço muitas mulheres – consigo lembrar de três nesse exato momento – elas trabalham no escritório e provavelmente gostariam de sair conosco. Obrigada. Minha cabeça parece estar sempre com o botão Pausa ativado quando se trata desse tipo de lance com os homens, mas a ideia de convidar algumas mulheres para saírem conosco facilita as coisas. Vou exercitar as minhas opções e experimentar. E o Chris, como é que vai?

– Tão irritantemente irresistível como sempre. É maravilhoso viver com um *chef,* mas às vezes eu gostaria de chegar em casa e comer um sanduíche de manteiga de amendoim com geleia.

– Um MA&G no jantar! Estou chocada. Pensei que você sempre estivesse louca pra comer um *crème a la crème sauce de jour*. Ou então um *parfait* de pera com galinha à Chris.

– É, é. Seja como for, agora que o Chris está dando aulas de culinária, temos mais noites para nós, de modo que as coisas estão indo bem.

Conversaram durante mais 20 minutos, até Chris chegar e Miranda desligar o telefone e jogar-se num abraço apaixonado, sentindo-se mais leve do se sentira desde o primeiro encontro com as avós.

7

VIZINHOS MALDOSOS

Quando Miranda chegou para a quarta visita, Peter escancarou a porta, quase se desequilibrando ao brandir para ela uma carta registrada.

– Olha só o que *eles* fizeram! Me obrigaram a assinar e tudo! Se eu soubesse que era *deles,* nunca teria concordado.

Miranda pegou a carta que Peter estava agitando desordenadamente no ar, junto com o braço, e deu-lhe apoio para voltar para sua poltrona, ao lado da qual seu andador inútil estava estacionado. Miranda suspirou interiormente, agradecida por ele não ter caído quando foi até a porta e resignando-se a outra visita focada nos vizinhos de Peter e não nas questões espirituais que tivera esperanças de tratar com ele.

Dois anos antes, um casal comprou a casa vizinha. Era um imóvel pequeno e logo os donos quiseram aumentá-lo, construindo uma suíte em cima da garagem. Mas precisavam da concordância dos vizinhos para a prefeitura permitir a construção. Peter e Sônia concordaram alegremente, querendo ser bons vizinhos. Não esperavam que a nova estrutura acabasse se tornando uma casa de dois quartos, encarapitada em cima de uma garagem para dois carros, que continuava aumentando. Peter se censurava por não ter verificado a planta da construção antes de concordar com os planos dos vizinhos. Agora eles tinham uma monstruosidade improvisada de três andares que avançava sobre sua cerca, e os vizinhos estavam insistindo para Peter e Sônia cortarem sua liquidâmber, uma bela árvore que perde as folhas, cuja cor varia durante o ano do verde para o amarelo, depois laranja e finalmente um vermelho-vivo, que estava crescendo perto de sua nova estrutura.

Enquanto Peter se deixava cair na sua poltrona, apontou com o dedo a carta que estava na mão de Miranda.

– Eles contrataram um advogado safado para nos ameaçar com um processo se não cortarmos a nossa árvore. Nossa árvore! Está do *nosso* lado da cerca. Nós a plantamos quando Sam não passava de um bebê, vimos os dois crescerem juntos, ele brincava nos seus galhos.

Os olhos de Peter encheram-se de lágrimas e sua voz ficou rouca.

– Ainda o vejo se balançando no galho mais baixo. Só que não é mais tão baixo. Essa árvore deve ter mais de 50 anos de idade. Sam teria feito 48 este ano se aquele motorista bêbado não tivesse...

Miranda puxou sua cadeira para perto e pôs a mão no braço de Peter enquanto ele se deixava afundar no silêncio. Quando viu as lágrimas escorrendo pelo seu rosto, entregou-lhe um lenço de papel e incentivou-o a falar de Sam, ajudando-o a encontrar palavras para aquela perda horrenda. A morte de Sam voltava à superfície no momento em que Peter estava enfrentando a própria morte sem o apoio de seu único filho, morto num acidente de carro quando tinha 26 anos.

Miranda foi embora uma hora depois, com raiva dos vizinhos e da sua falta de sensibilidade. *Por que eles não entendem o quanto aquela árvore significa para Sônia e Peter?* – perguntou-se ela no volante do carro ao voltar para casa.

:*Está fazendo essa pergunta pra mim?*:

Mirau apareceu no banco do passageiro, uma pata na maçaneta da porta como se estivesse examinando o tráfego que passava a seu lado.

– Eu não estava perguntando a ninguém em particular; mas, se tiver uma resposta, eu adoraria ouvi-la.

mundos em divisão

:*Eles são fominhas*.:

As mãos de Miranda apertaram mais o volante.

– É claro que são *fominhas!* Com o ódio que têm das árvores, sernates é que eles não são. Ganância é tudo quanto lhes interessa. Fominhas! Danem-se, fominhas estúpidos!

Miranda teve uma certa satisfação ao cuspir o termo que Susan gostava de usar para seres humanos gananciosos, que eram o oposto de nagenas – seres humanos naturais – outro termo que ela inventara.

Mirau balançou a cabeça, encostou as orelhas no crânio e sibilou. Miranda continuou seu discurso longo e veemente até chegar em casa e cair nos braços de Chris.

– Eu queria poder fazer alguma coisa, – queixou-se ela enquanto se deixava cair no sofá, arrastando o companheiro. – Por que será que os vizinhos não entendem que é duro para eles, particularmente agora que estão tendo de enfrentar o câncer de Peter?

– Eles sabem disso?

– Prático como sempre –. Miranda sacudiu a cabeça num gesto de negação, relaxando ligeiramente com a esperança que seu amante lhe oferecia. – Não tenho ideia se eles sabem ou não da doença de Peter.

– Na próxima vez que o visitar, talvez você pudesse passar nos vizinhos e conversar com eles. Se usar todas as suas qualidades de boa administradora, tenho certeza de que vocês vão acabar chegando a um acordo.

Miranda sorriu.

– Obrigada, você é a minha âncora.

Deu um abraço em Chris e concentrou-se em curtir com ele o resto do fim de semana.

No sábado seguinte, Miranda fez outra visita a Peter enquanto Chris a aguardava na maior ansiedade, esperando que a sugestão de conversar com os vizinhos se mostrasse útil. Quando Miranda abriu a porta da frente com uma força que fez a parede tremer, toda esperança de uma solução fácil evaporou-se.

– Vou matá-los! – Miranda jogou-se de costas contra o sofá e tirou a jaqueta.

– O que aconteceu? – perguntou Chris, privando-se do abraço habitual e dando um passo para trás para dar espaço a Miranda enquanto ela abria os braços e andava pela sala para lá e para cá.

– Aqueles abutres! Quando ficaram sabendo do câncer de Peter e do quanto Sônia estava preocupada com seu estado, começaram a planejar mais atrocidades. Começaram a falar das outras duas árvores e do medo que eles tinham que elas caíssem e estragassem a casa. Casa! Aquilo devia ser apenas um quarto em cima da garagem! – Miranda continuou dando todos os detalhes torturantes de seu encontro com aqueles dois até Chris finalmente conseguir que ela se sentasse no sofá e deixasse que ele lhe fizesse uma massagem nos ombros.

– Lamento muito que eles se mostrem tão pouco razoáveis!

– Pouco razoáveis! São uns grosseirões. O cara ficou jogando fumaça de cigarro na minha cara enquanto eu ficava parada ali no hall de entrada. Eles sequer me convidaram para entrar. Ela estava sentada numa cadeira, de costas para mim, conversando com ele como se eu não estivesse ali, dizendo que deviam insistir no corte das outras árvores, que eles já estavam correndo o risco delas caírem em cima deles há tempo demais.

– Olha, detesto te interromper, mas eu tenho mesmo a reunião na escola às três. Tudo bem se eu sair?

– Claro, vai firme. Acho que vou dar uma volta, ver se ponho um pouco da tensão pra fora.

– Ótima ideia. Não vou demorar muito.

Dez minutos depois, Miranda estava passando pelo Mercado Última Parada, a loja de conveniências local. Notou que ali se vendia a cerveja Stormer's, a sua favorita antes de parar de beber.

mundos em divisão

Enquanto caminhava, lembrou-se o quanto uma boa cerveja gelada era calmante e que tomar vinho com os Blooms algumas vezes não teve nenhum efeito nocivo. Andou mais alguns quarteirões e depois chegou à conclusão de que seria mais produtivo gastar energia limpando a casa, de modo que deu a volta e se dirigiu novamente à sua casa.

Ao passar pelo Mercado Última Parada, entrou, com a intenção de comprar para Chris um pouco de suco de pera espumante, como forma de lhe agradecer por todas aquelas horas em que a ouvira fazer discursos inflamados contra os vizinhos de Peter e Sônia. A caminho da caixa registradora, sua mão se estendeu para pegar um pacote de seis unidades da Stormer's, seguindo as trajetórias neuromusculares codificadas durante os anos em que bebia diariamente e que agora pareciam ter sido ontem, em vez de oito anos de meticulosa sobriedade.

Depois de limpar o banheiro e a sala, as cervejas geladas foram deliciosas, mas ela continuou tendo a sensação de estar sendo observada enquanto bebia. Pôs as garrafas na lata de reciclagem da rua, em vez de usar aquela que tinham em casa. Tranquilizou-se dizendo a si mesma que esta era uma circunstância extraordinária, daquelas que acontecem só uma vez na vida, e que só estava escondendo as garrafas por consideração a Chris.

No início de seu relacionamento, o fato de ela beber havia sido uma fonte de conflitos intermináveis e ela não queria que o álcool voltasse a ser problema.

Na tarde do sábado seguinte, Miranda estava de volta à casa dos Blooms; mas, ao invés de Sônia sair para ver os amigos, atrasara-se ao lado da poltrona de Peter fazendo-lhe uma miríade de perguntas sobre sua saúde e necessidades. Finalmente se sentou na sua cadeira, queixando-se de dor no quadril.

– Por que não fica conosco? – sugeriu Miranda, sentindo que Sônia estava precisando mais ficar com Peter que de ter uma folga. – Seja como for, não está um dia tão maravilhoso assim para sair.

– Essa é uma ótima ideia –, declarou Sônia, saltando imediatamente da cadeira. – Só vou pegar alguma coisa para bebermos; e também acho que sobraram alguns biscoitos –. Sônia serviu vinho a todos eles enquanto ouviam a chuva tamborilar na janela.

Enquanto conversavam, Miranda tentou aproveitar a oportunidade de Sônia estar com eles para dirigir a conversa para questões espirituais. Tinha esperanças de trazer à baila os aspectos da fé de Sônia que Peter desejava para si mesmo, mas ele não parava de voltar toda hora ao assunto dos vizinhos.

Eles tinham mantido sua ameaça e, para piorar, agora queriam que todas as três árvores fossem removidas das proximidades da cerca. Miranda tentou fazer o papel de diplomata e negociadora entre Peter, que agora queria contratar o seu próprio advogado, e Sônia, que achava melhor ser razoável e cortar as árvores. Miranda oscilava entre seu próprio ressentimento em relação aos vizinhos e a argumentação de Sônia, segundo a qual havia coisas mais importantes em que se concentrar – principalmente a morte de Peter. Por fim, a persistência de Sônia venceu e Miranda concordou em procurar um arborista que se prestasse a derrubar as árvores.

Na volta para casa, Miranda estava maravilhada com a capacidade de Sônia de manter a calma num momento em que lutava contra o câncer de Peter, a insensibilidade dos vizinhos e sua própria dor física. Querendo conhecer Sônia melhor, havia comprado seu último livro, *Justo eu*, uma autobiografia que contava como ela começara a falar com os espíritos e sua missão de toda uma vida – ensinar os outros a se comunicarem com criaturas que não pertenciam ao mundo físico.

Pergunto-me como ela se sente com o fato de ter ajudado tanta gente e não poder ajudar Peter dessa forma, interrogou-se Miranda. *Aqui sou uma estranha, e ele se abre mais comigo do que com ela. Ele me falou do seu desejo de saber se existe algo além do Mundo-N; e acho que ele nunca admitiu isso para Sônia.*

Miranda parou no sinal vermelho justamente quando Mirau passava pela porta do carro e aterrissava no banco do passageiro. Olhou à sua volta, rabo e orelhas em pé, depois se agachou de novo, pronto para pular outra vez. Miranda o chamou rapidamente:

– Ei, espera aí, o que é que há? O que está fazendo?

:*Viajando por aí. Verificando umas coisas.*:

Mirau sentou-se no banco, enrolando a cauda em volta do corpo enquanto balançava a cabeça de um lado para outro, como se tentasse se orientar.

Miranda passou a enviar-lhe pensamentos telepaticamente, para o caso de alguém notar que estava conversando com o que, no Mundo-N, parecia ser um banco vazio. :*Você se importaria de aparecer aqui, nesse exato instante? Susan disse que, certa vez, você deu o ar da graça na casa dela – por engano.*:

:*Não foi um engano. Ela é que se enganou nos pressupostos sobre o meu comportamento. Andei checando alguns de vocês, sernates.*:

:*Então por que você estava indo embora agora, sem ao menos falar comigo?*:

Mirau levantou uma pata na direção do semáforo, que ficou verde. :*Você já pode ir agora.*:

Tirando o pé do freio, Miranda seguiu em frente, verificando antes para ter certeza de que não havia ninguém furando o sinal vermelho. Quando olhou de novo para o banco do passageiro, Mirau desaparecera. :*Mirau, volta! O que está acontecendo? O que há de errado?*:

Mas continuou sozinha no carro durante todo o resto do trajeto até sua casa.

Ao subir a estradinha que levava a seu condomínio, apertou o botão que abria a porta da garagem e ficou aliviada ao ver o carro de Chris. Tivera medo de chegar em casa e encontrá-la vazia – estava sentindo necessidade da firmeza e estabilidade de seu amante. Foi recebida à porta com um abraço apertado, um beijo e uma explicação.

– Recebi um telefonema da minha mãe e perdi a vontade de continuar caminhando, de modo que voltei mais cedo para casa.

– Parece que o mundo está virando do avesso. Os vizinhos vão fazer o que querem. Sônia insistiu em concordarmos em derrubar as árvores, de modo que agora eu tenho de encontrar um assassino em série. Depois Mirau apareceu no carro, quando eu estava vindo para casa, agindo de uma forma estranha. Tenho certeza de que ele não pretendia se materializar no banco do passageiro, mas ele desapareceu de novo antes de eu conseguir descobrir o que estava acontecendo. Miranda pensou com seus botões que a única coisa que lhe dera a sensação de normalidade ultimamente havia sido tomar vinho com os Blooms e quando bebeu as cervejas na semana anterior, mas não queria admitir para Chris que estava encontrando alívio no álcool outra vez. Passou por seu companheiro e entrou na sala.

Chris suspirou, deu de ombros e seguiu Miranda com passos lentos.

– Péssimo os vizinhos estarem impondo a sua vontade. Sei que é frustrante para você. E o que foi essa de Mirau aparecer, se não pretendia? Eu achava que tudo quanto aquele gato faz é com elegância e controle absoluto. Bem, ele certamente gosta de dar essa impressão.

– Algumas semanas atrás, quando eu estava conversando com a Susan, ela me contou que Mirau tinha aparecido no seu apartamento, e depois pareceu confuso, como se não tivesse planejado visitá-la. E agora, tive a impressão de que ele fez a mesma coisa quando eu estava no volante a caminho de casa.

Chris passou um braço em volta dela.

– Talvez ele só esteja passando por algumas dificuldades técnicas pouco importantes. Diga a ele que peça a Scotty para ajustar seu raio transportador, ou a Gady para reequilibrar seu coquetel antimatéria.

Miranda sorriu desanimada.

– Você está confundindo de novo as suas Jornadas nas Estrelas. Scott foi o engenheiro da série inicial; Geordi foi o engenheiro da Geração Seguinte –. Ela se soltou do abraço e foi até a escrivaninha, fingindo estar interessada nas propagandas que haviam se acumulado nos últimos dias na sua caixa de correspondência.

Chris veio por trás dela e disse baixinho:

– Minha mãe teve de ir pegar o meu pai outra vez.

– O quê?

– Eu te contei que a minha mãe ligou. Foi por isso que desisti de continuar minha caminhada. Marco não deixou meu pai ir para casa de carro na noite de ontem. Pegou as chaves, de modo que a mamãe teve de ir buscá-lo.

– Suponho que tenha sido muita consideração por parte de um barman.

– Se ele estivesse se importando mesmo, não lhe teria servido nenhum álcool.

– Não cabe a um barman decidir –

– Pera aí, de que lado você está? O que há com –

– Estou do seu lado –, gritou Miranda, o rosto vermelho de frustração. – Só acho que você não deve culpar o barman pelo alcoolismo do seu pai. Nem por sua mãe resolver ir atrás dele toda vez que ele bebe –. *Droga, idiota estúpida. Ele não tem controle. Fiz de tudo para não beber tanto que não pudesse voltar para casa hoje dirigindo. Agora Chris vai ficar supersensível em relação ao álcool. Não vou conseguir dizer nada sobre a minha capacidade de beber socialmente.* Miranda soltou um suspiro irritado e voltou à sua correspondência.

Seu companheiro percorreu várias vezes toda a extensão da sala de visitas; depois veio por trás dela e começou a lhe massagear o pescoço.

– Desculpe, não quero brigar. É que detesto ver a minha mãe tão chateada. Por que será que não o larga pura e simplesmente e assume uma vida própria de uma vez por todas?

Miranda forçou os ombros a relaxarem.

– Peço desculpas também. Eu devia ser mais compreensiva. É que estou preocupada com Mirau.

– Por que, o que está acontecendo?

– Não é do seu estilo ficar tão nervoso. Estava tentando esconder, mas eu sou capaz de jurar que ele estava chateado, e Susan teve a mesma impressão. Também me dei conta de que ele não tem me levado para outras dimensões, como fazia antes. Acho que é só porque já descobri o que precisava sobre essas outras dimensões, mas agora estou começando a me perguntar se não estará acontecendo uma coisa muito mais importante. Eu não gostaria que alguma coisa acabasse mal para ele, nem de saber que há coisas ruins que poderiam lhe fazer mal.

– Se ele está tendo dificuldade em viajar de um destino a outro, fico satisfeito por ele não estar levando você. Diga-lhe que não me importo de ele aparecer na nossa casa quando bem entender, desde que não leve minha namorada para uma viagem astral que não seja absolutamente segura. Não quero que nada de mal aconteça a você.

Chris virou Miranda delicadamente, examinando seu rosto com um olhar severo e preocupado. – Promete que não vai fazer nada que seja perigoso.

Miranda soltou-se dos braços do amante e começou a andar de lá pra cá.

– Não é isso que está me preocupando. É Mirau e seu comportamento. Por que ele está tendo dificuldades? Se ele realmente não ficou surpreso – e tentou me convencer que não estava – por se encontrar no meu carro e com pressa de voltar ao lugar para onde pretendia ir, seja qual for, ao menos foi a impressão que me deu. Pensando bem, todos os meus guias parecem um pouco fora do ar e estranhos no seu comportamento.

– Normalmente eu faria uma piadinha, perguntando-lhe como é que você sabe quando eles se comportam de forma estranha. Mas agora estou falando sério –. Chris pôs-se na frente de Miranda, obrigando-a a parar aquela caminhada nervosa. – E se um deles te levasse para algum lugar do qual você não conseguisse voltar? Por favor, não faça nada antes de ter certeza que é seguro.

– Mas, se for a minha orientação, terei de segui-la.

– Não se te fizer mal. E se ao seguir a sua orientação você for morta?

O alarme de Miranda começou a se dissipar, uma vez que a preocupação de Chris parecia muito maior. – Meu amor, a orientação de todo mundo desemboca na morte. É assim com os seres humanos.

mundos em divisão

– Não se faça de engraçada. Sabe muito bem o que eu quero dizer.

O rosto de Chris mostrava a combinação de uma boca apertada, determinada, e olhos enchendo-se de lágrimas. – E aquela vez lá no crematório, quando você teve problemas para voltar ao Mundo-N? Pensei que ia perder você e o Don ao mesmo tempo. Você levou dias para se recuperar daquela experiência.

A memória de Miranda transportou-a de volta ao momento em que estava na conferência e Rede do Fogo estava se referindo àquela experiência que ela tivera depois da morte de Don: quando ela ajudara seu corpo físico a se transformar numa bola de energia pura, como um mundo novo nascendo. Durante seis anos, ela tentara descobrir o sentido daquilo, e agora se sentiu mais perto de descobrir uma explicação para aquele acontecimento extraordinário.

– Miranda! – A voz de seu companheiro, tensa como corda violino por causa do medo e do sofrimento, irrompeu em meio a suas perambulações mentais. – O que está fazendo agora? Onde você está? Está conversando com um dos seus guias?

– Não. Estava pensando na morte de Don e naquele momento no crematório. Engraçado você mencionar isso. Eu te contei que, quando estava naquela conferência sobre neurobiologia, uma das avós referiu-se à morte de Don e ao que senti quando seu corpo físico se transformou?

– Não, você disse que tudo ficava muito confuso quando tentava se comunicar com elas. Mas não é isso o que importa.

Miranda jogou-se no sofá.

– Era difícil entender o que elas diziam. Só tenho um punhado de peças de quebra-cabeça e nenhuma ideia da imagem que estou tentando criar.

Seus braços se movimentaram no ar como se ela estivesse mexendo as peças de um quebra-cabeça tridimensional.

– Se eu sei de alguma coisa, é que sempre que me concentro nas avós tenho a mesma sensação quando sou orientada por um guia – de que, seja o que for, é alguma coisa muito importante, crucial, provavelmente a coisa mais importante que já fiz na vida. É por isso que preciso tentar descobrir o que é que as avós estão me pedindo para fazer.

Chris agachou-se na frente de Miranda e pegou-lhe as mãos, na tentativa de lhe chamar a atenção. – Por que tem de ser você? Por que sempre tem de ser você a escolhida para fazer alguma coisa? Será que outra pessoa não poderia ir em seu lugar?

– Elas conversaram só comigo. Não sei porque não escolheram outra pessoa. Há tanta gente fazendo bem mais na tentativa de reequilibrar o mundo... mas é para mim que elas estão enviando sua mensagem –. Miranda olhava fixamente para o seu companheiro, enquanto a cabeça disparava. – Se eu puder ajudar, por menos que seja, tenho de ajudar. Não posso continuar desse jeito. Os seres humanos estão destruindo o planeta. Tem de acontecer uma mudança agora, senão vai ser tarde demais. Sinto que uma coisa tremenda está para acontecer e, de alguma forma, faço parte do processo. Vou tentar ajudar o mundo, sim!

– Eu sei; eu também sou um sernate. Posso não ser uma natureza humana tão forte quanto a sua, mas sou sernate a ponto de ver o desequilíbrio entre os seres humanos e o mundo natural. Sinto que estamos muito perto de uma crise.

– Então sabe que eu preciso fazer tudo o que puder. Seja o que for, a minha orientação está me pedindo para ajudar a consertar o mundo.

– E se a minha orientação for proteger você, impedir você de fazer alguma coisa perigosa?

Miranda sacudiu a cabeça num gesto de negação.

– Você está confundindo orientação com preocupação. Orientação significa percorrer o caminho de seu guia neste mundo. Se todos seguissem a orientação que têm, os seres humanos estariam em equilíbrio, como a natureza está em equilíbrio. A orientação de cada um é única; apesar disso, todas elas se entrelaçam para criar um modelo completo e saudável para o mundo.

mundos em divisão

Chris se levantou e deu um passo para trás.

– Não me venha com aulas sobre orientação! Tenho tanto direito quanto você de dizer o que é o meu senso interior de propósito! – Lágrimas começaram a deslizar pelo rosto de Chris. – Desde que foi àquela conferência e falou com as avós, você está diferente e não entendo porquê.

– Não fique assim. Vou explicar tudinho. Na verdade, Susan está aperfeiçoando um plano para eu conseguir voltar ao complexo da Farmacêutica do Futuro. Ela vai marcar uma entrevista lá, para a qual vou lhe dar uma carona. E enquanto eu espero no carro, vou ter a oportunidade de viajar até o círculo das avós e esclarecer o que elas querem que eu faça naquela caverna.

– Você vai voltar lá? E fazer uma viagem astral sozinha antes de saber o que está acontecendo com Mirau? Ele é um espírito-guia! Se ele está tendo problemas, você pode estar correndo perigo!

Miranda levantou-se do sofá e ia dar um passo na direção de seu companheiro para acalmá-lo quando uma figura peluda cheia de listras cinzas apareceu entre eles. :*Como vocês andam discutindo a minha vida e os meus problemas, achei que devia aparecer para pôr todos os pingos nos ii.*:

– Mirau! – Miranda lembrou-se de falar em voz alta. – Pode me dizer agora o que aconteceu quando você apareceu no meu carro hoje?

:*Agradeça ao chef pelo convite para eu aparecer quando quiser. Não que tenha me limitado algum dia, mas sempre é gostoso ser bem vindo.*:

Miranda enviou o que esperava ser uma advertência telepática:

:*Chris está preocupado com a possibilidade de eu me meter numa enrascada muito perigosa seguindo minha orientação junto às avós.*:

:*E você acha que sua orientação não poderia levá-la a correr perigo?*:

:*Bem, na verdade, sim. Mas penso realmente que seguir minha orientação sempre foi o curso de ação mais saudável para a minha vida. Eu queria que você me dissesse alguma coisa para tranquilizar o Chris, não para me assustar!*:

– Pera aí, o que está acontecendo? Você está conversando com Mirau privadamente? Por que ele teve aquele problema na hora de se materializar? O que ele está dizendo? Por que vocês não estão me incluindo na conversa? Chris recuou, metralhando-a com perguntas, mais por nervosismo do que desejando respostas de fato.

– É isso que estou tentando descobrir! Me dê só um segundo para conversar com Mirau, tá bem?

Chris virou-se e saiu da sala.

– Não faça isso; estou tentando perguntar a ele o que acha dos seus temores a respeito de eu trabalhar com as avós. – Miranda recostou-se no sofá, triste com o comportamento do namorado, mas também aliviada porque agora podia conversar privadamente com Mirau sem ter de traduzir alguma coisa que pudesse chatear ainda mais o Chris.

Na periferia da sua consciência encontrava-se um desejo importuno de sair de casa e ir ao Mercado Última Parada para comprar umas cervejas Stormer's, mas ela o pôs de lado, sem querer piorar as coisas entre eles justo agora. *Uma coisa de cada vez,* disse a si mesma enquanto se virava para o seu guia felino.

:Tudo bem, Mirau, será que daria para você explicar o que está acontecendo na travessia entre as realidades?:

:Não é mais como antes.:

:Isso é óbvio; mas o que houve?:

Mirau abanou o rabo, mas não disse nada. Miranda seria capaz de jurar que ele não responderia às suas perguntas sem uma aguilhoada no lugar certo, de modo que se recostou e pegou o jornal, fingindo ler uma matéria da primeira página como se ela fosse mais interessante do que qualquer coisa que um gato místico poderia lhe dizer. Olhou com o canto do olho para Mirau, mas ele ainda estava abanando o rabo. Ela chegou à conclusão de que precisava de chumbo mais grosso.

:Tudo bem, eu não queria pôr você no centro do palco. Se for complicado demais para explicar, posso perguntar a BB da próxima vez que me encontrar com ela.:

mundos em divisão

Os movimentos do rabo de Mirau aceleraram-se e suas orelhas estavam encostadas na cabeça. Rosnava baixo, de forma quase inaudível, mas fez com que um calafrio percorresse a espinha de Miranda.

:Antigamente eu mirava e pulava direto dentro do Mundo Verde, ou do Mundo das Montanhas. Agora os mundos estão mudando. Não tenho certeza de onde é que vou parar. As coisas não estão melhores para BB. Eu a encontrei perambulando por um Mundo-N paralelo, sem se dar conta sequer de que havia se perdido e não estava no lugar certo.:

:O que aconteceu que mudou tudo?:

:É nisso que as avós estão trabalhando. Tudo está chegando a um ponto crítico e o equilíbrio é muito delicado nesse momento. São muitas as interações e trajetórias diferentes a equilibrar. E, para coroar, os seres humanos estão criando realidades distintas dentro do Mundo-N. Isso não podia acontecer. Os seres humanos até podem ser o experimento mais criativo que já aconteceu nesta realidade, mas as trajetórias devem se entrelaçar, não se separar.:

:E o que acontece se elas se separarem?:

Mirau voltou a ficar em silêncio, abanando o rabo.

:Você não sabe, sabe?:

Miranda sentiu o estômago cair num poço de pressentimentos sinistros. Pensou nas muitas vezes em que ela e Chris tinham mencionado que certos fominhas achavam que estavam vivendo em outro mundo. Até seres humanos que não tentavam destruir a Terra, que só tinham visões de mundo divergentes, sentiam-se alienados. Até a questão do amor, que devia ser um tema unificador, concepções diferentes estavam despedaçando famílias e comunidades, pois algumas pessoas achavam que todos os casais deviam ter o direito de se casar, enquanto outros viam o casamento entre pessoas do mesmo sexo como uma abominação e um mal.

Miranda suspirou, tentando se desembaraçar da teia de seus pensamentos e voltar a prestar atenção em Mirau.

:Então são esses conflitos que estão dificultando a viagem entre mundos diferentes?:

Mirau contorcia os bigodes enquanto examinava a pergunta de Miranda.

:Na verdade, é só entrar ou sair do Mundo-N é que está me dando problemas. Não tive nenhum acidente entre os outros mundos. Acho que é a desorientação humana que está causando isso.:

:Você ao menos tem de tentar me explicar isso.:

Mirau ergueu uma pata, mostrou as garras e depois riscou o ar com elas, deixando cinco linhas cinzentas penduradas ali. Continuou mexendo as patas deliberadamente, para cima e para baixo, para trás e para a frente, e finalmente para a frente e para trás até surgir no ar um desenho tridimensional.

:Quando todas as criaturas estão seguindo sua orientação, há um modus operandi.:

Depois ele virou as costas para a imagem e, com a ponta do rabo, lançou um raio de luz cinza meio indistinta. A luz demarcou uma trajetória entre as linhas de um lado para o outro.

:É possível ir de um lado a outro porque existe previsibilidade. Posso seguir minha orientação porque minha orientação tem o apoio dos outros. Quando todos percorrem o caminho que é o certo para eles, isso cria um espaço para os outros fluírem com suas próprias orientações.:

Miranda olhava fixamente para as linhas, lutando contra o medo e a ansiedade de compreender melhor o que Mirau estava lhe mostrando. *:Isso tem a ver com o que você me explicou antes a respeito das orientações – certo? Que ter e seguir uma orientação não é o mesmo que predestinação, onde tudo já está predeterminado e você só tem que se deixar levar. A orientação de cada um de nós se desenvolve e muda em relação à dos outros. Portanto, quando todo mundo está vivendo a vida que é a mais apropriada para si, esse fato cria uma grande teia, que faz sentido e é saudável.:*

:Sim, acertou na mosca.:

E Mirau usou a pata para separar certas linhas das outras, formando um espaço vazio no meio, onde não havia intersecção entre quaisquer delas.

:É isso o que acontece quando os seres humanos deixam de seguir sua orientação e criam ilhas de ideias que excluem outros.:

:Você está se referindo a preconceito?: Quando as pessoas acham que são melhores, ou que estão separadas dos outros seres humanos?:

:Sim. Separadas e acima da natureza. Esse é o maior de todos os nossos problemas: quando os seres humanos se excluem do mundo natural no qual vivem. Depois eles tentam criar sua própria visão, separada de tudo o mais que existe no Mundo-N. Mexe-se com todas as outras espécies, com as plantas e principalmente com os minerais, que continuam minerando e transformando.:

Mirau tentou criar de novo uma linha de luz cinza através da massa de outras linhas. Dessa vez, quando chegou ao espaço vazio, não teve apoio em suas viagens e hesitou, depois se atirou, chegando ao outro lado sem saber bem como.

Miranda estudou as duas figuras. :Acho que entendi. Quando você viaja agora de um lugar a outro do Mundo-N, há tantos espaços vazios nesta realidade que você não sabe ao certo onde é que vai parar.:

:Como não tenho corpo físico, fico mais vulnerável às nuances das orientações dos outros que não foram vividas.:

:De modo que eu não teria necessariamente esse problema se fosse visitar as avós?: Miranda esperava ter descoberto alguma coisa que poderia dizer a Chris.

:Sua âncora está neste mundo, de modo que, mesmo que você chegue a um lugar inesperado, vai conseguir se puxar de volta. Mas, um dia, vai causar muitos problemas aos sernates isso de os seres humanos continuarem se afastando tanto uns dos outros e do mundo natural. Isso agora está afetando BB, a mim, e outros seres espirituais quando saímos de viagem. Mas isso poderia criar espaços entre este mundo e outros do qual um espertinho qualquer poderia tentar se aproveitar.:

Miranda sacudiu os ombros procurando livrar-se da ideia de coisas ruins acontecendo entre os mundos, ou de criaturas terríveis aparecendo no Mundo-N. Tentou prestar atenção em Mirau, para saber de detalhes.

:Para onde estava tentando ir quando apareceu no meu carro hoje?:

:Na verdade, eu estava indo visitar você há dois dias atrás.:

:Há dois dias atrás?:

Miranda levou um choque que a deixou com medo de não entender as coisas direito. *:É melhor a gente encerrar a sua explicação por aqui. Se for acrescentar a ela viagens no tempo, acho que a minha cabeça vai rachar ao meio, exatamente como a sua figura ali. Além disso, preciso voltar para o Chris antes que o fosso entre nós fique intransponível.:*

Mirau riscou o ar com a pata, apagando seus diagramas.

:Cuidado com as avós, elas estão no cerne disso. Tenha muita clareza ao sair do corpo; siga sua orientação da forma mais literal que puder; a sua orientação tem muita força. Se você conseguir segui-la, vai ajudar outras pessoas a tecerem as suas.:

Miranda o viu desaparecer enquanto ponderava sobre sua advertência. Em todos aqueles anos de ligação com Mirau, ela não se lembrava de uma única vez em que este guia lhe tivesse feito uma advertência como essa. Ele sempre a provocara, questionando seus limites. Sua advertência fez com que ela tivesse vontade de se esconder num armário e esquecer que tinha uma orientação mística – esquecer que um dia ouvira vozes diferentes de quaisquer outras além da multidão que habitava sua própria cabeça, como aquelas de suas partes brigando dentro dela naquele momento. Metade de sua assembleia interior estava gritando de medo, enquanto a outra metade passava um sermão que falava de responsabilidade, mais um bocado de culpa e confusão misturados.

– Bem, acho que isso é tudo quanto vou conseguir tirar de Mirau. Declarar o que estava pensando em voz alta ajudou-a a se orientar mais firmemente na direção do Mundo-N, deixando de lado suas lutas interiores enquanto se preparava para sair à procura de Chris. Depois acrescentou um incentivo não-verbal. *Dou conta desse recado. Tenho condições de ir lá por causa do Chris, tenho condições de descobrir o que as avós querem, tenho condições de seguir minha orientação e tenho condições de ajudar Sônia e Peter.*

Tenho condições de fazer tudo dar certo. Tenho condições de dar conta desse recado. Fortalecida mentalmente, Miranda dirigiu-se ao quarto de dormir.

– Chris, Mirau já foi embora –, disse ela na porta. Ouviu alguém fungando em cima da cama e, quando entrou no quarto, viu o namorado empoleirado na cama, absorto na leitura de um livro. Mas, quando chegou mais perto, Miranda reparou que o livro estava de cabeça para baixo. Seu coração doeu quando ela se deu conta do quanto o amante estava magoado, ao passo que a cabeça achava divertido e queria fazer uma observação engraçada. Mas, em vez de fazer um comentário sobre o livro, Miranda sentou-se na cama, pôs a mão na perna de Chris e disse:

– Peço desculpas por tudo isso.

Chris baixou o livro, expondo olhos vermelhos e nariz inchado.

– Peço desculpas também. Às vezes eu fico apavorado. Não compreendo o que é isso que você faz, ou porque tem de fazer –. Chris pegou a mão de Miranda e apertou-a. – Eu te amo tanto que me dá medo, principalmente quando penso que posso perdê-la.

Ela também apertou a mão dele.

– Eu também te amo e não quero fazer nada que te magoe.

– Promete que vai tomar cuidado no que diz respeito às avós.

Miranda pensou na advertência de Mirau e respondeu com toda a sinceridade:

– Vou sim, prometo –. Depois se lembrou da explicação que ele lhe dera e acrescentou: – Mirau disse que eu não vou ter os problemas que ele está enfrentando. É o fato de ele não ter uma base física neste mundo que o deixa mais vulnerável.

Ficaram ali sentados em silêncio durante mais alguns momentos constrangidos, ambos absortos nos próprios pensamentos, ambos querendo evitar qualquer outro conflito. E então os dois se viraram simultaneamente e disseram:

– Você quer –

Miranda riu e Chris sorriu de verdade. – Onde é que você... – disseram ambos ao mesmo tempo.

Chris fez um gesto na direção de Miranda.

– Você primeiro. O que ia me perguntar?

– Eu ia sugerir que a gente saísse para dar uma caminhada. E você, o que ia dizer?

Seu namorado olhou pela janela. – Ainda está chovendo bem forte. Eu ia sugerir que jantássemos fora. Depois de eu ficar apresentável, claro.

– Acho ótimo –. Ela lançou um rápido olhar ao relógio, que declarava que era apenas 4h30. – Você se importa se eu der uns telefonemas antes de sairmos? Eles também vão lhe dar um tempinho para se aprontar.

Chris concordou, mas nenhum dos dois se mexeu. Miranda mexia os dedos do pé no carpete, olhando fixamente para o desenho marrom e bege. Finalmente respirou fundo e perguntou:

– Você quer saber mais coisas que Mirau me contou?

Antes de Chris ter tempo de responder, ela acrescentou rapidamente: – Você não é obrigado, se não quiser. Não é que ele tenha respondido qualquer coisa com clareza, ou algo que o valha. Eu queria mesmo me oferecer para ajudar, se puder, mas não quero...

– Me magoar? – Chris terminou a frase que Miranda deixara no ar.

– É.

– Vai firme. Prometo que não vou ficar chateado. Talvez seja melhor você me dizer agora e me manter informado. Quero dar apoio a você e à sua orientação, mesmo que eu fique com medo.

– Não foi muita coisa. Nada de que você já não soubesse. Sabe quando você está lendo o jornal e exclama que um determinado grupo deve ser de outro planeta, porque sua visão de mundo parece inteiramente oposta à nossa? – Chris concordou com um gesto da cabeça. – Nossas orientações devem ser interconectadas, de modo que, quando elas divergem, o mundo parte-se, deixando buracos no tecido da realidade e fica mais difícil para ele viajar entre dois lugares no Mundo-N.

– Mas isso está acontecendo faz tempo, várias nações em guerra entre si. Por que está afetando Mirau agora?

– Nunca aconteceu na magnitude de agora. Mesmo quando duas nações lutam entre si, lutam por algo que ambas reconhecem: como terra, poder ou recursos naturais. Acho que o perigo agora é as pessoas estarem apegadas a visões de mundo tão radicalmente diferentes. Conheci uma pessoa durante uma campanha de arrecadação de fundos para o clínica de repouso que acreditava sinceramente que a poluição faz parte do plano divino e que não devemos interferir nela.

– A pessoa disse isso?

– Bem, ela não chama o problema de poluição. Mas, quando apontei para a lata de lixo reciclável, depois que ela havia jogado a garrafa no lixo orgânico, ela disse algo no sentido de que precisamos ter mais fé no plano de Deus para nós e não nos preocuparmos tanto onde jogamos nossas garrafas, nem acreditar tanto nessa história de aquecimento global. Evidentemente, essa pessoa acha que a mudança climática é apenas uma conspiração da mídia.

– Eu teria problemas para encontrar algo em comum com alguém assim. Dá pra ver que seria difícil para Mirau encontrar um fio qualquer que ligasse a sua realidade com a dessa pessoa –. Chris deu um sorriso forçado. – Mas como ter certeza de que não se trata apenas do fato de ele nunca ter superado a queda das dinastias egípcias? Deve ter sido um golpe terrível para ele quando os gatos perderam seu status de divindade.

– É, talvez você esteja certo. Ele só está chateado porque deixamos de cultuá-lo. Que tal eu ir fazer aquelas ligações, você se aprontar e depois a gente sair para aquele jantarzinho bacana?

– Parece ótimo.

Chris puxou-a para lhe dar um beijo, soltou-a e foi para o banheiro.

8

A VISITA DA URSA

Miranda abriu a porta da frente com um empurrão, jogou a pasta de couro no sofá, chutou para o outro lado da sala os sapatos que estavam lhe apertando os pés e deixou os ombros relaxarem, sabendo que finalmente era sexta-feira. Deixando-se cair no sofá, pegou o telefone e ligou para Susan.

– Alô, Susan, eu te contei que finalmente tive uma chance de falar de espiritualidade com o Peter?

– Não, você andou me ignorando de novo.

– É, tem razão. E você andou fazendo o meu telefone dar pulos aqui de tanto tocar. Seja como for, ontem à noite, quando eu estava na casa dos Blooms, Peter começou a se abrir mais. Agora que Sônia o convenceu de que é preciso cortar as árvores, nem todas as visitas giram em torno do que fazer a respeito daqueles malditos vizinhos.

– Que ótimo! Você vai transformá-lo em sernate num piscar de olhos.

– Bom, na verdade o problema dele é mais o fato de ter sido criado numa religião que desencorajava o questionamento e incentivava a fé cega – e agora ele desconfia de tudo que chegue perto de ser religioso.

– Ah, eu te contei que consegui marcar uma entrevista com alguém lá da Farmacêutica do Futuro? Não consegui que fosse na Páscoa, de modo que marquei para quarta-feira, dia 19 de maio. É provável que dê para mudar a data, se for preciso...

– Não, está perfeito! Muito obrigada!

Miranda levantou-se do sofá, sentindo que poderia voar pela sala. – Vou dar um jeito lá no meu trabalho. Não quero perder a chance de finalmente descobrir o que as avós querem de mim.

– Bom, espero que não seja nada perigoso demais.

– Você está parecendo o Chris.

– É mesmo? Não somos os dois sernates que mais gostam de você neste mundo?

– Sim, e vão ser os dois primeiros a saber o que elas querem de mim.

– Ótimo.

Houve silêncio ao telefone, o que deu a Miranda a oportunidade de se dar conta de que Susan estava muito mais comedida que de costume.

– O que que há, Susan? Precisa voltar ao trabalho? A gente pode conversar mais na semana que vem, se você preferir...

– Não, não é isso. É que... bem, eu tive... um fim de semana... hummm... bem estranho.

– Pera aí, pensei que você já tinha superado tudo isso. Estranho é normal e é claro que normal é muito estranho. Mas me conta, o que aconteceu?

– Tudo começou porque o PPL queria...

– Quem?

– O PPL. É como eu chamo o Paul Lafargue. Antes de falar qualquer coisa à moda sernate, ele sempre diz: Pode Parecer Loucura.

– Anram –. Respondeu Miranda, enquanto voltava mentalmente à conversa de três semanas antes, quando Susan descreveu Paul.

O grunhido de Miranda foi a deixa para Susan continuar sua história.

– Então, o PPL queria ir àquele congresso de índios, onde eles se reúnem para dançar, cantar, socializar e homenagear a sua cultura. Geralmente há uma competição de dança, com entrega de prêmio em dinheiro, sabe? Eu sempre tive vontade de ir, e sua sugestão de levar amigas minhas junto deu certo. Embora a Sheila tenha ficado na dela a maior parte do tempo.

– Mas ao menos não eram só vocês dois indo juntos a algum lugar. Espero que agora ele já esteja desconfiando que você não está interessada nele.

– Que nada! Ele ainda acha que somos almas gêmeas. É irritante, mas não sei o que mais fazer...

Houve silêncio do outro lado de novo, de modo que Miranda voltou ao assunto original de Susan.

– Bem, lá estava eu falando com meus botões, olhando as bancas de joias, quando um cara com calças jeans, uma jaqueta bordada de brim e chapéu de caubói começa a conversar comigo numa língua que não compreendo. Só dei de ombros e tentei sair fora, mas ele agarrou a minha mão, puxou-me de onde estava na sua mesa e me arrastou até a traseira da sua camionete, que parece um cercadinho de filhote de chipanzé. Eu fiquei ali quieta, enquanto ele remexia lá dentro, fazendo a maior bagunça, até puxar lá de dentro uma coisa que você não acreditaria que pudesse estar lá.

A linha ficou muda durante vários segundos.

– Não posso acreditar enquanto você não me disser o que é. Depois que me disser, prometo que vou acreditar.

– Uma cabeça de urso.

– O quê?

– A cabeça de um urso cinzento. Enorme! Com os dentes ainda na boca, que está semiaberta como se estivesse pronta para morder alguém! Parecia antiga e não está pronta para ser pendurada numa parede como um troféu ou algo do gênero, porque tinha esse feltro preto na parte debaixo do queixo, para poder ficar em cima de uma mesa. Os pelos são marrom-escuro, de modo que parece BB quando ela recosta a cabeça no sofá.

– Tudo bem, dessa vez você me pegou. Estranho mesmo. E o que o cara fez com ela?

– Jogou-a em mim. Tentei segurá-la, mas a pele estava escorregadia e, enquanto eu tentava pegá-la, tentando me assegurar de que nenhuma das minhas mãos ia entrar naquele orifício cheio de dentes, ele me arrasta de volta para o outro lado de sua banca. Depois me deu um tapinha no ombro e foi embora como se jogar a cabeça de um urso em alguém fosse tão normal quanto pegar bichinhos de pelúcia numa loja de brinquedos.

Outro silêncio deixou Miranda se sentindo impaciente e incrédula ao mesmo tempo.

– Susan, qual é, não me deixe nesse suspense. O que houve depois?

– Tentei devolvê-la, mas ele ficou repetindo, "É sua. É sua." No começo, pensei que estava querendo vendê-la pra mim, de modo que lhe disse que não estava interessada, mas ele me compreendia tão mal quanto eu a ele. E então ele pegou um pedaço grande de um tecido vermelho que tirou debaixo da mesa, enrolou a cabeça com ele, jogou-a outra vez nos meus braços e me empurrou para o meio do monte de gente que estava perambulando entre as bancas. Tentei pedir ajuda a alguém, mas toda vez que eu mostrava a cabeça, a pessoa só me falava para tomar cuidado e me instruía no sentido de mantê-la coberta, pois não é permitido vender cabeças de animais de espécies em extinção, como os ursos cinza, numa feira de antiguidades.

Miranda fechou os olhos, tentando visualizar a cena que Susan estava descrevendo.

– E então, o que você fez?

– Fui procurar o PPL que, ao menos desta vez, não achou que podia parecer loucura, mesmo que eu tivesse acabado de lhe mostrar uma cabeça de urso. Tudo quanto ele queria era assistir às danças, de modo que eu só a levei comigo para ver vários shows diferentes; mais tarde, quando voltei, tentei devolvê-la ao cara, mas não consegui encontrá-lo. Na verdade, as mulheres das bancas vizinhas àquela onde ele estava não se lembravam sequer de tê-lo visto. Agiam todas como se eu estivesse louca ao falar desse homem da camionete que ficara estacionada ao lado delas. Mas essa fantasia da minha imaginação me deixou com uma cabeça de urso muito grande e muito real.

– Muito estranho.

– Fico satisfeita em saber que você finalmente entendeu e reconheceu esse fato. Poderia perguntar à BB o que eu devo fazer com ela?

– Tudo bem, vou perguntar. – Miranda passeou os olhos pela sala.

:BB, você está aqui?:

Uma grande ursa marrom em posição ereta, com uma protuberância cinza ao longo das costas, materializou-se à direita de Miranda. BB sacudiu a pata, que estava segurando um sininho de prata.

:Você chamou?:

:O que está havendo com a Susan? O que significa essa cabeça de urso?:

:Cabeça de urso? Será que há por aqui um urso que perdeu a cabeça?:

BB tirou a cabeça e, segurando-a entre as patas, fez com que ela girasse, examinando a sala. :Não estou vendo nenhuma cabeça de urso por aqui. Diga a Susan que ela vai ter de encontrar uma em outro lugar.:

Miranda suspirou e sacudiu a cabeça num gesto de exasperação.

:Você vai me dizer alguma coisa que preste? Ou essa é uma daquelas aventuras em que você vai me dizer para me soltar e deixar as coisas rolarem?:

BB recolocou a cabeça no lugar e piscou para Miranda. :Não sei do que você está falando.:

– Susan, você ainda está aí? Acho que BB não vai me dar nenhuma informação útil.

– É um Deixa-Rolar?

– É, até agora parece mesmo esse lance que você gosta de chamar de Deixa-Rolar. Mas você sempre pode tentar lhe fazer uma pergunta direta.

– Tudo bem, talvez eu faça mais tarde. Obrigada por tentar.

Miranda franziu a testa, pensando em mais sugestões para fazer a Susan.

– Você já tentou olhar para essa cabeça de urso com a Visão de Gato?

– Você está insinuando que eu esqueci as aulas que você me deu no curso de Visão Mística 101? Regra número 63 ½: sempre verificar as linhas de energia que ligam todos os seres, lugares e objetos para identificar e tentar compreender as conexões entre você e todo o resto. Foi exatamente isso que me deixou nervosa. Quando olho para a cabeça de urso com a Visão de Gato, ela parece tão viva que eu seria capaz de jurar que estava olhando para um animal vivo, não para uma cabeça decapitada há um século. Está conectada a alguém que conheço, mas não sei quem é. Estava com esperanças de que fosse você, mas não parece que você está fazendo associações mediúnicas com ela.

– Não, temo que não. Se eu tiver qualquer dica a respeito, não tenha dúvida de que falo pra você.

– Obrigada. Eu cheguei realmente com Angel e a impressão que ele me deu foi de prazer e retidão. Não que isso ajude a explicar alguma coisa, mas me faz sentir ligeiramente melhor por estar vivendo com esse peso de papel dentuço no meu apartamento.

– Angel é o seu guia principal, de modo que deve estar tudo bem. Mantenha-me informada. É melhor eu ir andando. Conversamos na semana que vem?

– Lógico. Se o urso não tiver me mordido, e se o meu trabalho não tiver empilhado mais trabalho burocrático enfadonho em cima de mim, ou se o mundo ainda não tiver acabado, a gente conversa.

– Tudo bem, se cuida. Te amo.

– Eu também te amo. Tchau.

Susan desligou o telefone, depois suspirou, colocou o aparelho no bolso e voltou resignadamente o olhar para a cabeça de ursa cinzenta, que estava olhando para ela.

– E o que que eu vou fazer com você? – O urso continuava em silêncio. Susan levantou-se da cadeira, atravessando deliberadamente a sala até estar na frente do urso, onde baixou o olhar para a cabeça de animal.

– Muito bem, Dona Cabeça de Urso, já que está aqui, e já que parece que vai ficar por um tempo, será que eu posso lhe pedir para me ajudar com a minha carga de trabalho *ursal?* – Susan pegou uma pasta que estava em cima da mesa e ameaçou com ela a cabeça de urso. – Eu tenho de criar um argumento audacioso como adendo a esse projeto de lei de preservação dos cursos d'água pelo qual o Deputado Daniels é responsável. Talvez tenha sido por isso que você apareceu. Afinal de contas, o adendo tem realmente de tratar dos Ursos Cinza da Califórnia.

Susan abriu a pasta, folheando as páginas que segurava na frente de sua nova colega de quarto.

– Você se dá conta de que nasceu uns cem anos adiantada? Devia ter esperado até este verão chegar. Se eu conseguir escrever um texto em prosa politicamente certeiro, a Câmara dos Deputados da Califórnia pode votar para dar aos ursos cinza da Califórnia um status de proteção permanente: garantindo a você o direito de existir. Isto é, seu eu conseguir encontrar as palavras certas para tocar os sentimentos dos deputados. Essas palavras têm de fazer com que fiquem receptivos ao projeto de lei, de modo a não dar ouvidos às mineradoras que querem destruir os cursos d'água do condado de Fresno. E então, o que me diz? Vai ajudar?

Os olhos do urso começaram a brilhar mais. Susan engoliu em seco e deu um passo para trás, afastando-se da cabeça.

– Esse negócio está ficando esquisito demais. Além de estar conversando com uma cabeça de urso, também achei que ela me respondeu –. Susan sacudiu a cabeça num gesto de desalento e respirou fundo.

– Bem, seja o que for que estiver acontecendo, tenho de voltar ao trabalho. Se você tem realmente alguma magia, me ajuda com toda essa parafernália de termos jurídicos esquisitos: facilite às minhas faculdades mentais fluírem com os dados factuais. Me ajuda a fazer com que os seres humanos parem de pôr fogo no nosso ninho, na nossa casa.

Susan deixou-se cair na cadeira em frente à escrivaninha, espalhando a papelada. Continuou conversando com a cabeça de urso, queixando-se de todas as pressões que sofria no estágio enquanto reunia coragem para pôr no papel as ideias relativas ao projeto de lei que seria apresentado à Câmara dos Deputados na semana seguinte.

9

A VIAGEM DE MIRAU

Na quinta-feira, quando Miranda chegou à casa dos Blooms depois do trabalho, entrou como de hábito, esperando que Peter estivesse à sua espera, sentado na poltrona. Mas a poltrona estava vazia. Agarrando-se com firmeza ao batente da porta, Miranda sentiu o medo se acumulando dentro dela.

Chamou de forma hesitante.

– Peter? É Miranda, onde você está?

– Miranda, é você? – chamou Sônia da cozinha.

– Sim, estou aqui para a minha visita de quinta-feira à noite –, respondeu Miranda, indo rapidamente para a cozinha, onde Sônia estava tirando a louça da máquina de lavar. – Peter está bem?

Sônia pôs uma pilha de tigelas em cima da mesa e abriu os braços, convidando Miranda a lhe dar um abraço, que foi um abraço bem apertado; depois lhe deu um tapinha no ombro antes de soltá-la e finalmente pronunciou as palavras que ela esperava ouvir: – Ele está ótimo. Só está no quarto tirando uma soneca.

Ai, graças a Deus. Não estou preparada para ele ficar muito doente, muito cedo.

– Se ele estiver cansado, posso voltar no sábado.

– Não, querida, Peter espera ansiosamente as suas visitas. Ele vai detestar não ter falado com você. Se não se importa de esperar um pouquinho, tenho certeza de que ele vai acordar logo.

– Claro, sem problema.

Miranda olhou a seu redor, sentindo-se pouco à vontade e sem saber direito o que fazer.

– Que tal eu ajudar você com a louça enquanto espero?

– Posso terminar depois. Preciso fazer uma pausa. Por que não servir uma taça de vinho do Porto que a gente pode tomar lá na sala?

Sônia virou-se e, apoiando-se pesadamente no andador, dirigiu-se para o canto da cozinha onde guardava as taças de vinho. Miranda foi atrás dela. *Eu devia dizer a ela nesse exato instante que não bebo álcool. Ela parece cansada esta noite e é óbvio que não está planejando se encontrar com nenhuma amiga, de modo que o mínimo que posso fazer por ela é acompanhá-la num drinque. Eu explico tudo isso pra ela depois.*

– Lá vamos nós –. Sônia entregou ambas as taças de vinho a Miranda. – Hoje foi tão um dia tão agitado, tão confuso...

– O que houve?

– Primeiro, Peter não passou bem a noite. Parece que não conseguimos encontrar uma posição confortável para ele poder dormir –. Sônia empurrou o andador para a sala de visita e sentou-se na sua cadeira.

Miranda entregou-lhe a taça de vinho e depois se encarapitou no sofá, tomando golinhos de seu vinho do Porto. – Isso quer dizer que você também não dormiu muito.

– Ah, isso não tem importância. Mas está ficando cada vez mais difícil ajudá-lo à noite. Estou com medo de que a gente vá precisar daquele leito hospitalar que desde o início você está sugerindo que a gente compre.

– Eu sei que você esperava dar conta de tudo sozinha, mas essas camas facilitam muito as coisas. Tudo quanto você tem de fazer é girar uma alavanca para fazer com que ele fique sentado na cama, ou abaixá-la. Até ele mesmo pode ajustá-la quando precisar mudar de posição. Vou informar a Maria, ela vai arranjar uma dessas camas para você.

– Obrigada, minha querida. Tenho certeza de que vai ajudar o Peter. E isso é que é importante.

Miranda reparou no quanto Sônia parecia pequena e frágil sentada em sua poltrona reclinável. *Eu gostaria de poder fazer mais por eles.* Quando Sônia terminou o seu vinho do Porto, Miranda levantou-se de um salto e encheu novamente ambas as taças. – O que mais aconteceu hoje para o dia ter sido tão difícil?

– Os homens vieram cortar as árvores –. Sônia fez uma pausa enquanto Miranda, sentindo dificuldade para engolir o seu vinho, acabou engasgando. Conseguiu se controlar e olhou para Sônia, para ver como ela estava reagindo àquilo. – Eu sei que você era da mesma opinião de Peter. Que devíamos ter lutado mais. Mas, agora que já foi feito, estou satisfeita por ter encerrado a questão.

– Eu só detesto ver você perder algo tão precioso para vocês dois como aquelas árvores, principalmente aquela na qual o Sam costumava brincar. Vocês já estavam com problemas suficientes para enfrentar – a sua cirurgia no quadril e, agora, o câncer de Peter.

O telefone de Sônia tocou. Ela lançou um rápido olhar ao visor e depois se virou para Miranda. – É uma amiga minha retornando uma ligação. Você se importa se eu atender? Não vou demorar.

– Não, vai firme. Eu só vou dar uma saidinha.

Miranda levantou-se e, levando sua taça, saiu para o quintal dos Blooms. Estava agudamente consciente dos tocos de árvores que se erguiam como lápides ao longo da cerca. Olhando para a fileira de casas, dava para ver árvores imponentes crescendo em outros quintais, algumas se erguendo majestosamente sobre as casas das pessoas. Só os vizinhos do outro lado da cerca não tinham árvores visíveis. Sua construção grande, quadradona, destacava-se desajeitadamente contra o azul-escuro do céu.

Sem se dar conta, Miranda foi tropeçando na direção da cerca, até estar na frente do toco do meio; e então, deixou-se cair de pernas cruzadas no chão coberto de cascas de árvore. Sentindo uma presença à sua esquerda, ela se virou enquanto Mirau pulava para cima do toco.

Agitando o rabo para cima e para baixo no mesmo ritmo que suas palavras, ele declarou:

:*Pobres árvores. Respeitadas de um lado da cerca, odiadas do outro. Vistas como velhas amigas deste lado, como adversárias do outro. Encorajadas a crescer aqui, receberam do lado de lá uma sentença de morte – serem derrubadas e cortadas. Fominhas estúpidos!:* Mirau encerrou sua fala com um miado feroz, com o qual Miranda concordou inteiramente.

:*Infelizmente, esses seres humanos gananciosos têm o poder do Mundo-N a seu favor.:* Miranda respondeu telepaticamente, pois não desejava que os vizinhos a escutassem. :*Depois que seu advogado nojento conseguiu que a prefeitura endossasse o pedido dos vizinhos, não havia nada mais que pudéssemos fazer. Mesmo que as árvores fossem valiosas para eles, era demais para Peter e Sônia tentar lutar por elas e contra o câncer dele e tudo o mais.:*

– Miranda, você está aí fora? Doogie! Pára com isso, vai irritar os vizinhos.

Doogie correu para o quintal, acompanhando cada um de seus pulos com um latido forte, até chegar à base do toco mais distante. Depois ele ergueu as patas dianteiras o mais alto que pôde e fez uma serenata para Mirau a todo volume.

– Manda esse cachorro calar a boca! – berrou do outro lado da cerca uma voz mal-humorada. Miranda estremeceu ao ouvir a voz daquele homem, lembrando-se do encontro penoso que tivera com ele e sua mulher, quando tentara promover a compaixão do outro lado da cerca.

Mirau golpeou a cabeça de Doogie com uma pata imaterial, fazendo com que ele dançasse à sua volta latindo mais alto ainda. Depois o gato se inclinou e mordeu o rabo do cachorro, fazendo com que ele voasse, passando por cima da cabeça de Mirau.

mundos em divisão

Miranda afastou-se da cena no toco. :*Mirau, pára com isso. Quando você faz isso, meu estômago revira.*:

– Doogie, o que há com você? Quieto! – chamou Sônia, caminhando com dificuldade pelo gramado, tentando usar o andador na trilha irregular.

– Faz esse desgraçado calar a boca, senão eu mesmo faço! – Holofotes vasculhavam a cerca, obrigando Miranda a cobrir os olhos que admiravam o crepúsculo.

– Droga, tudo quanto precisamos é de mais problemas com eles –, murmurou Miranda enquanto se virava para Sônia e levantava a mão atrás das costas, o dedo do meio apontado bem alto na direção da cerca. – Sônia, toma cuidado, há restos das árvores espalhados por todo o quintal. Não quero que você leve um tombo. Eu levo o Doogie pra dentro; você, aí, volta pra casa!

:*Você cuida dessa mulher incrível. Vou ver o que posso fazer em relação a esses péssimos vizinhos.*:

Mirau pulou de cima do toco e passou pela cerca, tomando a direção do quintal dos vizinhos. Enquanto se dirigia para um ponto de aterrissagem embaixo do homem, sentiu as patas escorregarem e saírem da corrente de energia que usava para viajar até o quintal dos Blooms. A corrente desapareceu por completo e não restou nem uma única trilha de energia para ele seguir. Ele se debateu no vácuo, incapaz de encontrar uma conexão que lhe permitisse aterrissar no quintal dos vizinhos.

Uma corda de energia muito forte ricocheteou em meio ao vazio e carregou Mirau consigo. O gato-espírito tropeçou, sem condições de se libertar enquanto passava por numerosas cenas do Mundo-N. Depois a corrente de energia terminou abruptamente, jogando-o numa alameda.

Ele rodopiou, cercado por edifícios altos, latas de lixo espectrais e carros amassados.

Baba de cão! Onde estou agora?

Farejou o ar e depois tampou o nariz com a pata quando o cheiro de cerveja rançosa, tabaco, gás de escapamento e de resíduos de suor humano provocado pelo pânico o envolveram. Ele se virou, olhando para a parede pela qual acabara de passar quando viajava do quintal dos Blooms para o que esperava que fosse o quintal dos vizinhos dos Blooms.

Olha só! Os percursos estão todos desfeitos de novo. Se eu pular para outro lugar, as coisas podem piorar. Agitou o rabo com um sentimento de frustração. *Acho melhor enfrentar essa barra-pesada agora mesmo. Que distorção será que me trouxe aqui?*

:Chique, chique, gatinho, gatinho, matar, matar.:

Uma voz estridente ecoou pela alameda gotejando maldade como um cano de esgoto transbordante sendo esvaziado num lago parado.

Mirau usou a Visão de Gato para examinar a alameda. Três gremlins estavam do outro lado de um muro de tijolos à sua direita. Estavam com seus braços alongados e cheios de calombos em volta uns dos outros, coçando as orelhas cabeludíssimas uns dos outros, orelhas que estavam encarapitadas em cima de rostos oblongos que pareciam ter um corte no lugar das bocas cheias de presas tortas.

:*O que vocês estão fazendo aqui?*: – contraatacou Mirau. :*Este é um mundo humano.*:

:Eles nos convidaram, a nós. Pediram a nós, a nós.: – respondeu o gremlin do meio, ligeiramente maior que os outros dois, com uma cicatriz denteada atravessando-lhe o rosto, que estava com um sorriso de nojento de satisfação consigo mesmo. :Sim, sim. Aqui estamos nós, nós.:

Mirau ampliou ainda mais a sua Visão de Gato em busca do feiticeiro humano, ou aspirante a feiticeiro que estava em apuros e que poderia ter aberto uma porta que permitisse aos gremlins o acesso ao Mundo-N. :*Quem os deixou entrar?*:

:Aqui, nós, nós.: O gremlin do meio apontou para seus dois compatriotas e depois atacou Mirau com uma pata suada. :Jantar! Comida. Mata, mata!: Dois outros gremlins apareceram à direita de Mirau, deitados em cima da capota de um carro.

Mirau recuou ainda mais na alameda quando cinco outros se materializaram na rua à sua frente. *:Vocês não têm permissão de entrar no Mundo-N. Como chegaram aqui?*

O gremlin maior separou-se dos outros dois e atravessou a parede com uma expressão arrogante. *:Abre aqui, gosto daqui.:* O gremlin atirou as palavras para Mirau enquanto se aproximava como um pavão, a baba vermelha caindo em cascata da sua boca aberta.

:Seu pardal paspalhão! Não há energia de feiticeiro por aqui, de modo que só há uma outra forma dos gremlins entrarem no Mundo-N.: Mirau agachou-se bem, comprimindo as molas das pernas traseiras.

Todos os gremlins começaram a se aproximar, entoando uma cantilena:

:Matar gatinho, matar gatinho.:

:Só depois que ficarem mais espertos e mais rápidos.: Mirau soltou um grito agudo enquanto se lançava exatamente contra o maior grupo de gremlins, bem juntos no meio da alameda.

Os dois grupos grotescos de ambos os lados lançaram-se no meio da alameda enquanto o gato serpenteava bem baixo, escorregando por baixo dos braços dos gremlins do grupo central, que logo foram envolvidos pelos grupos laterais na sua tentativa de pegar Mirau. Ele passou pelo último gremlin quando a massa inteira desmoronava, formando uma pilha pontiaguda de braços verdes encaroçados, torsos arranhados e pernas mal formadas. Os gremlins debatiam-se em vão enquanto Mirau corria pela alameda como uma flecha. Ao virar a esquina, gritou para eles:

:O maior nem sempre é o mais forte e nunca é mais rápido.:

:Mata! Mata!: – guinchou o líder enquanto saía engatinhando da pilha de corpos fétidos de gremlins, deixando cortes nas cabeças e costas expostas, de onde saía um líquido amarelo. Dois dos atacantes nem se moveram enquanto o resto se desemaranhava, de modo que três deles ficaram para trás para devorar os ex-companheiros enquanto o resto saía correndo atrás de Mirau.

Mirau tentou escapar por entre os carros, mas os gremlins simplesmente passavam por eles, aproximando-se enquanto ele corria a toda velocidade para um cruzamento com uma rua mais larga. Mirau olhou para a esquerda, onde viu um grupo de seres humanos, todos com sobretudos cinza idênticos, que estavam descendo a rua. Depois de uma rápida olhada para o outro lado, atirou-se na direção dos seres humanos, projetando seu grito de guerra no Mundo-N o mais alto que pôde. Enviou telepaticamente uma última mensagem para os gremlins:

:Que azar, seus fantasmas grotescos. Esses seres humanos vivos são sólidos demais para algum dia verem suas caras cabeludas.:

– Você ouviu alguma coisa? – perguntou um dos homens aos outros três.

O que estava mais perto de Mirau virou-se, examinando as latas de lixo e os carros deteriorados. – Me pareceu um animal. Vamos dar uma olhada aqui, ele pode estar ferido.

Mirau deslizou debaixo de um carro justamente quando o líder gremlin agarrou o seu rabo, que ele puxou para perto do corpo enquanto aterrissava perto dos pés do homem.

– Está aqui. É um gato cinza grandão –. O homem abaixou-se para inspecionar Mirau, sem perceber o braço do gremlin cinza, que estava sendo sacudido lá embaixo do carro. O gato aproximou-se mais do homem, ronronando o mais alto que podia.

O homem ajoelhou-se, estendendo a mão na direção do animal. – Gatinho fofo, não tenha medo.

Os gremlins saíram de trás dos carros e cercaram os seres humanos, esmurrando o ar com as garras enquanto cantavam:

:Morte, morte!:

Mirau situou-se no meio dos homens, passando no meio das suas pernas, olhando para cima e dizendo a eles:

:Vocês querem me agradar. Gostam de ver um gato. Sou um gato feliz. Tudo quanto vocês veem é um gato amável. É tudo quanto existe aqui.: Mirau

mundos em divisão

quase levitava com a intensidade da energia que estava gerando enquanto tentava parecer aos olhos daqueles homens um gato perdido comum do Mundo-N.

Os homens ajoelharam-se em volta de Mirau, todos eles estendendo as mãos para lhe fazer carinho.

– Que gato lindo! Ele me faz lembrar de um que tive quando era criança.

– Meus filhos adorariam esse gato, mas não podemos nos dar o luxo de ter um animal em casa.

– Provavelmente é um bom caçador de ratos. Mas deve ter uma casa; é muito simpático para ser um gato de rua.

Um gremlin veio correndo a toda velocidade, tentando atacar Mirau. Um dos seres humanos estendeu o braço para acariciar o gato e seu cotovelo tocou inadvertidamente o torso pútrido do gremlin, fazendo com que o monstro se desmaterializasse. Depois ele pegou Mirau rapidamente e começou a andar pela rua. – Vamos, vamos sair desse lugar. Está me dando calafrios.

:Matar você!: – entoavam os gremlins, seguindo os homens que estavam olhando nervosamente por cima do ombro enquanto se afastavam.

– Você viu alguma coisa ali? – perguntou um dos homens, olhando na direção dos gremlins que os seguiam.

– É o vento soprando pedaços de papel por aí –, disse o homem que estava carregando Mirau. – Vamos lá, quero ir pra casa. Você está vendo coisas. Já é tarde e todos estamos cansados.

Os gremlins juntaram-se de novo depois que os homens entraram numa rua mais movimentada.

Uma mulher grandona, que estava empurrando um carrinho de compras superlotado virou abruptamente à direita, esbarrando num dos gremlins, que imediatamente deixou de existir.

Mais dois encontrões ocasionais com seres humanos apressados e só restava o líder gremlin, que rosnava para Mirau. *:Matar gatinho.:* Atacou

Mirau com a pata cheia de garras afiadas, enquanto se esquivava de um ser humano que carregava um guarda-chuva.

Mirau enroscou-se ainda mais nos braços do homem, tentando ignorar o gremlin, que voltou furtivamente para a alameda, que era mais sossegada.

Enquanto o homem continuava carregando Mirau para mais longe ainda do gremlin, o gato começou a relaxar, embalado pelo balançar suave dos braços do homem. Enviou um último ronrom suave e desapareceu.

– O que aconteceu ao gato? – perguntou o homem alarmado. Parou tão de repente que o outro que vinha atrás trombou com ele.

– Pera aí, o que que há? – queixou-se o segundo homem.

– O gato desapareceu. Estava nos meus braços num segundo e, no segundo seguinte, tinha sumido.

– Ele só pulou sem que você percebesse –, alegou o outro.

– Não, juro. Ele desapareceu. Eu o senti nos meus braços num momento e, no momento seguinte, o ar parecia espesso e não havia mais gato nenhum.

– Você está ficando de miolo mole –, disse um dos outros homens, dando-lhe um tapinha nas costas e empurrando-o pela rua. – Todos estamos precisando chegar em casa e descansar um pouco.

O homem que estava carregando Mirau começou a protestar de novo, mas depois ficou em silêncio e seguiu os amigos pela rua da cidade.

Duas semanas depois, Miranda chegou tarde do trabalho em casa e descobriu um gato listado como um tigre tirando uma soneca no seu sofá.

:Mirau! Por onde você andou? Faz semanas! O que aconteceu aos vizinhos? Você os afugentou?:

Mirau bocejou e espreguiçou-se, depois se sentou e esticou a perna traseira no ar, preparando-se para tomar banho.

:Vamos lá, me conta o que está acontecendo! Não tivemos nenhuma notícia dos vizinhos, mas Peter está pior, de modo que não andei prestando muita atenção a eles. Seja como for, conseguiram o que queriam, as árvores foram derrubadas. Quero que esses fominhas idiotas e egoístas se danem! Mas o que aconteceu depois que você passou pela cerca naquela noite?.:

Mirau continuou lambendo a perna. Miranda olhou melhor para ele, notando que ele estava mais inacessível que de costume. A moça conseguia ver o desenho marrom do sofá através do seu pelo cinza. Abriu um canal espiritual para ele, enviando-lhe amor e energia, e depois se resignou a esperar até ele se instalar mais solidamente no Mundo-N antes de receber qualquer resposta às suas perguntas.

Foi até a cozinha cumprimentar Chris, que respondeu entusiasticamente à sua volta para casa. Quando ela retornou à sala, depois de trocar de roupa e vestir uma calça jeans e uma camiseta, Mirau ainda estava concentrado no seu banho, de modo que ela se jogou no sofá e estendeu o braço para pegar o jornal. Ele continuava limpando metodicamente cada fio do pelo, até chegar à ponta do seu rabo peludo.

:O mundo está cada vez mais louco.:

Finalmente ele se dignou responder suas primeiras perguntas.

– Você é quem está dizendo –. Miranda falou em voz alta por causa de Chris. – Uma companhia petrolífera está processando Seattle pelo direito de furar poços em Puget Sound.

– Você está brincando –, respondeu o companheiro lá da cozinha.

– Não, é sério. Fominhas típicos. E o que é pior é que estão citando o tratado original que usamos para roubar a terra e a água dos povos originais como base de argumentação em favor da sua causa.

– Mas isso é perigoso. Um vazamento de petróleo, mesmo que seja pequeno, devastaria o meio ambiente local –. Chris entrou na sala carregando um prato com maçãs, queijo e bolachas salgadas e preparou-se para se sentar em cima de Mirau.

– Não se sente aí. Sente-se aqui –. Miranda indicou com urgência o lugar vazio à sua esquerda.

Chris lançou um rápido olhar para o sofá vazio e, suspirando bem alto, ocupou o outro lugar. – Quem está aí?

– Mirau.

O gato cinza levantou-se e espreguiçou-se, arqueando as costas e abanando o rabo. :*O que é perigoso é seres humanos convidarem gremlins a entrar no mundo.*:

– Gremlins?

– Gremlins? – repetiu Chris, fazendo-lhe coro.

:*Sim, gremlins. Fui perseguido por dez deles. Se eu não tivesse encontrado um grupo de homens saindo do trabalho, que tinham sanidade mental suficiente para não vê-los, agora eu seria um guia espiritual morto.*:

– Mas você não pode morrer! Não está vivo!

Mirau lançou a Miranda um olhar exasperado e depois descobriu um ponto na pata traseira que precisava lamber de novo.

Chris agarrou o braço de Miranda.

– Quem está morrendo? Do que Mirau está falando?

– Além de termos fominhas tentando destruir Puget Sound, é evidente que também estão permitindo a entrada de gremlins no Mundo-N.

– Pára com isso, o Mundo-N não consegue manter a sua normalidade se há gremlins dentro dele.

Mirau virou as orelhas na direção de Chris.

:*Aí é que está. Só o que é "normal" para os seres humanos pode existir neste mundo. Andei tentando descobrir como exatamente eles entraram no Mundo-N. Não foi porque um ser humano idiota, achando que é um feiticeiro, abriu uma porta entre os mundos. Temo que seja porque um número grande demais de pessoas esteja assistindo filmes de horror. Elas veem tantas criaturas esquisitas na tela que estão se acostumando a elas – elas estão se tornando tão normais que estão começando a fazer parte do Mundo-N.*:

mundos em divisão

Miranda sentiu um aperto na boca do estômago ao ouvir as palavras de Mirau, mas Chris estava cutucando seu braço de novo, de modo que ela tentou traduzir a explanação de Mirau.

— Não seria o Mundo-N ao qual estamos acostumados; mas, segundo Mirau, se um número grande demais de seres humanos acredita em uma coisa, ela pode se materializar aqui.

— Bom, vou acreditar em arcos-íris, borboletas e pessoas amando umas às outras – este é o mundo no qual eu quero viver –. Chris pontuou a sentença com um beijo no rosto de Miranda e um abraço de lado. Ela retribuiu o carinho, mas se distraiu com a mensagem de Mirau e estava preocupada com a possibilidade de ele não lhe contar tudo o que sabia. Ela queria interrogar Mirau mais um pouco, mas estava com medo de deixar Chris chateado e não queria começar outra briga sobre a periculosidade potencial de sua orientação.

Chris levantou-se, arrastando-a para fora do sofá e para longe de Mirau.

— Vamos lá, eu estava preparando um jantar pra você. Sherry ligou hoje e queria saber se estamos livres para irmos juntos à cidade neste fim de semana. O Museu Burke está com uma exposição nova intitulada *A tecelagem ao longo dos séculos*. Os profissionais do museu estão se vangloriando de ter algumas peças originais e de fazer demonstrações sobre a fabricação de tapetes num tear.

Chris continuou conversando enquanto Miranda se deixava levar para a mesa de jantar. Queria ficar em casa e conversar com Mirau, mas estava se sentindo culpada por ter chegado tarde em casa hoje, depois de tomar umas cervejas com algumas enfermeiras do seu trabalho. Colou um sorriso no rosto, passou um braço em volta de Chris e prometeu a si mesma que, se não conseguisse se encontrar com Mirau no dia seguinte, ao menos teria uma longa conversa com Susan assim que possível.

10

O URSO VAI ACAMPAR

Susan recebeu um telefonema no final da manhã seguinte. Miranda não tinha conseguido se encontrar com Mirau, de modo que ligou para Susan a fim de descarregar todas as preocupações e perguntas que tinham surgido na sua cabeça durante a noite.

Quando fechou o aparelho de telefone, Susan sacudiu a cabeça, tentando se livrar das imagens dos gremlins predatórios que Miranda acabara de lhe descrever. Não tinha a menor vontade de pensar em gremlins, cabeças de urso sem o corpo já estavam de bom tamanho para ela. Ergueu os olhos para a cabeça de urso, que encontrara um lugar permanente no alto de sua estante de livros. Foram precisos três amigos seus para colocá-la lá em cima com segurança, mas era bom tê-la no alto, bem longe, fora da sua escrivaninha.

Susan pôs as mãos nos quadris e dirigiu-se à cabeça de urso:

– E então, o que você tem a dizer sobre monstros que aparecem no Mundo-N? – O urso continuava em silêncio. – Bom, seja como for, não quero falar deles.

Virou-se e pegou uma pasta que estava em cima da escrivaninha, ameaçando a cabeça de urso com ela.

– O que você acha dessa emenda ao projeto de lei dos cursos d'água na qual labutei durante tanto tempo? Ela fez o projeto ser aprovado! Isso significa não só que os cursos d'água do condado de Fresno vão ficar protegidos dos resíduos da mineração, mas também que você, o Urso Cinzento Californiano, é agora uma espécie protegida. Mesmo que seja apenas um gesto simbólico, respeitar você por ser o animal que representa o estado e estar no selo oficial e tudo o mais, agora é contra a lei fazer mal a você. Eles vão mandar pôr uma estátua e uma placa no condado de Fresno, onde o último da sua tribo foi morto em 1922. É claro que vão ter de adicionar uma cláusula especificando que a lei só inclui os Ursos Cinzentos Californianos, e não qualquer urso cinzento que perambula pelo país e pode se perder e entrar na Califórnia, de modo que é melhor dizer a seus amigos do Canadá e de Yellowstone para não virem para cá de carona esperando uma recepção calorosa; mas, se enganar os burocratas e vier de novo nos visitar, vai estar em segurança.

A cabeça de urso fez um gesto de assentimento e caiu de cima da estante.

Susan deu um pulo para trás enquanto uma chuva de livros acompanhava a cabeça de urso até o chão.

– Nossa, o que aconteceu? Deixaram você muito bem equilibrado aí em cima.

Susan caminhou lentamente até o lugar onde a cabeça estava parcialmente encoberta pelos livros espalhados. Ficou longe da estante, sem querer olhar lá para cima onde a cabeça estava firmemente instalada há tanto tempo, com medo de ver uma mão verde e cabeluda tateando a parte de cima da estante. Estava vazia. Susan soltou um suspiro enquanto se ajoelhava, pegava os olhos e os empilhava cuidadosamente nos braços.

Deixando os livros em cima da escrivaninha, pensou em ligar para Miranda, lembrando-se do apoio que recebera quando o Mundo-N tinha parecido um túmulo aberto a uma adolescente que ouvia anjos.

A mão de Susan começou a se esticar para pegar o telefone celular, mas a recolheu de novo com um gesto brusco. Dirigindo-se à cabeça, declarou com firmeza:

– Foi pura coincidência você cair lá de cima quando eu estava falando com você.

mundos em divisão

A pasta cheia de papéis que ela deixou cair quando a cabeça veio abaixo chamou-lhe a atenção. Pegou-os do chão e folheou as páginas que ajudara a redigir. Fazendo gestos de assentimento com a cabeça, disse a si mesma resolutamente:

– Dou conta desse recado. Sou uma mulher monstruosamente madura. Sou praticamente uma advogada. Só tenho de encontrar uma razão sobrenatural comum para isso. Que não tem nada a ver com gremlins entrando furtivamente por buracos do Mundo-N criados pelo cinema!

Colocou de novo a pasta em cima da mesa e então o rosto se abriu num sorriso e ela girou, os braços abertos. – BB! Foi você quem fez isso! Onde é que você está? – Continuou girando e procurando a imagem familiar e cômica de BB ao aparecer. – Vamos lá, BB, materialize-se! Esse é exatamente o tipo de coisa que você adora fazer. Eu sei que você está aqui em algum lugar –. Foi parando de girar aos pouquinhos, um aperto deixando-a sem ar, deixando menos espaço para o ar, dificultando pensar enquanto os temores rondavam a periferia de sua consciência. – BB? –

Susan cruzou os braços sobre o peito e empurrou os ombros para trás. – Que bobagem. BB só está ocupada e eu estou ficando assustada, pensando naqueles monstros. Seja como for, por que Miranda tinha de me falar a respeito deles? Principalmente quando pensar neles pode permitir a sua entrada no Mundo-N –. Baixou os olhos para a fonte de sua agitação, que estava lhe dando um sorriso dentuço meio de lado, o maxilar apoiado em alguns livros grossos que Susan deixara de pegar do chão.

Continuou se protegendo com instruções sobre formas de não ficar chateada e de não pensar em nenhum monstro assustador com a boca cheia de presas afiadas. Mas, ao invés de se acalmar, o coração disparou e os ombros ficaram mais tensos ainda, tornando a respiração mais difícil do que já estava enquanto as lágrimas ameaçavam rolar dos seus olhos.

Uma presença começou a tomar forma atrás e acima dela, como se estivesse atraindo partículas de luz do ar, escurecendo a sala, como se toda a claridade estivesse sendo levada para este novo ser. A cabeça de Susan estava baixa e, em meio às lágrimas, ela não percebeu as mudanças à sua volta. A criatura ganhou mais substância, entrando mais completamente no Mundo-N, as asas estendendo-se enquanto ela flutuava, indo na direção de Susan, depois se deixando cair e envolvendo a moça quando ela começou a chorar. Suas pernas cederam e ela desabou no chão; o espírito seguiu-a na queda, mostrando agora um corpo esbelto e etéreo e uma cabeça entre as célebres asas.

– Angel –, suspirou Susan reconhecendo o seu guia, o anjo que protegera seu crescimento e que levara, inadvertidamente, sua família a pensar que ela era louca.

Com a ajuda de Miranda, ela agora usufruía plenamente a sua conexão com Angel, que a ajudara a negociar todas as nuances de viver no Mundo-N. Angel, que dava a impressão de ter acabado de sair de uma pintura de Michelangelo, enviava a Susan ondas e ondas de amor e apoio.

Dez minutos depois, Susan levantou-se, sentindo-se mais forte e mais segura. Fez muita força para levantar do chão a cabeça do urso e ergueu os olhos para o lugar onde ela estivera alojada com a maior segurança nos últimos meses. Sacudiu a cabeça num gesto de resignação, sabendo que não conseguiria recolocar a cabeça do urso no lugar onde estivera antes – fora do seu caminho –, de modo que a carregou para o criado-mudo que ficava do lado da porta da frente e deixou-a lá.

No dia seguinte, quando PPL/Paul fez uma visitinha a Susan e viu a cabeça de urso, insistiu com ela para que a levassem para a inauguração da estátua em Fresno. As contribuições dos dois estagiários para o projeto de lei da Câmara seria reconhecida naquela ocasião e, como estariam muito perto das Sierra Mountains, resolveram passar algumas noites acampados ao ar livre para curtir umas feriazinhas curtas e se recuperarem do trabalho intenso da primavera.

No início, Susan resistiu à sugestão de Paul de levar o urso; mas acabou percebendo as vantagens protetoras de ter a cabeça de um urso cinzento em sua companhia durante um acampamento com Paul.

mundos em divisão

Susan estava apreensiva com a possibilidade de Paul traduzir os momentos que passariam juntos como sinal de interesse dela em ter uma relação mais íntima com ele. Tentou convidar outros amigos e amigas para irem junto e formarem ao menos uma trinca, mas ninguém estava disponível. E agora ela se sentia mais segura, pois ter uma cabeça de urso no meio da barraca seria um balde de água fria em qualquer gesto romântico.

Durante a cerimônia houve uma profusão de tapinhas nas costas dos políticos e autocongratulações por finalmente estarem protegendo o animal-símbolo do estado da Califórnia. Pareciam ter esquecido a natureza simbólica do gesto ao se vangloriarem da pena severa para qualquer um que hostilizasse ou maltratasse o urso extinto.

Depois da cerimônia, Susan e Paul tomaram a direção do camping Sentinela, em Kings Canyon, onde escalaram o Pico do Mirante até o pôr-do-sol. Voltaram para o camping e esquentaram o jantar de legumes com macarrão num fogãozinho a gás; depois, armaram a barraca.

Quando Susan puxou a cabeça de urso da traseira da camionete e a estava levando para a barraca, Paul exclamou:

– O que você está fazendo? Não temos espaço na barraca para essa cabeça.

– Bom, não posso deixá-la na camionete e foi você quem disse que eu devia trazê-la.

– Por que não pode deixá-la na camionete? Ninguém vai roubá-la –. Foi até onde Susan estava diante da porta da barraca, equilibrando-se nos seus saltos, a cabeça num braço enquanto tentava abrir o zíper da barraca com a outra. – Deixa que eu te ajudo.

Ele se ajoelhou, empurrando o corpo contra o dela enquanto tentava tirar a cabeça dos seus braços. – Vou colocá-la na camionete, embaixo daquele lençol extra para ninguém vê-la, e vou manter você aquecida durante a noite.

Susan afastou de Paul a cabeça de urso ao mesmo tempo em que conseguia abrir o zíper, o que a desequilibrou e fez com que caísse dentro da barraca, trazendo a cabeça de urso, que aterrissou em cima dela.

– Aff! – exclamou ela; depois olhou para Paul e acrescentou: – Há muito espaço aqui dentro. Cabem três pessoas. A cabeça de urso pode ficar aqui no meio.

– Mas eu trouxe um lampião para pôr ali. Eu trouxe até uns óleos aromáticos para o caso de você querer uma massagem depois de toda essa caminhada de hoje.

– Estou ótima –. Susan conseguiu separar os sacos de dormir com uma distância suficiente para a cabeça ficar bem no centro da barraca. – Aqui. Está perfeita.

Ela saiu da barraca.

– Acha que a gente deve ir na conversa do guarda florestal? Ele disse que haveria chocolate quente ao pé da fogueira, e esta noite vai ser escura, escura mesmo, sem lua. E esse mato é fechado, de modo que ir até uma fogueira parece uma boa ideia.

Paul olhou desalentado para a barraca e depois seguiu Susan com relutância pela trilha que levava à fogueira. A palestra seria sobre o ecossistema da região e as diferenças entre antes e depois dos assentamentos europeus.

Era 9h00 da noite quando voltaram a seu camping, graças à lanterna de Paul. Quando chegaram à camionete, ambos pegaram escovas de dente e toalhas no mais absoluto silêncio e depois se dirigiram aos banheiros vizinhos que ficavam depois de cinco espaços para armar barracas. Susan fez rapidamente o seu ritual noturno, planejando chegar à barraca antes de Paul, de modo a poder entrar em seu saco de dormir e fazer de conta que já estava dormindo quando ele voltasse.

Ao sair do círculo de luz âmbar perto dos banheiros, Susan se deu conta de que havia seguido a lanterna de Paul e esquecido a sua. Em vez de esperar por ele, tomou a direção da estrada na esperança de conseguir descobrir onde estava a sua barraca. Tinha certeza de que estava no quinto espaço à esquerda. Enquanto contava os espaços, achou que tinha reconhecido a forma de sua barraca, pois havia o contorno de uma onde ela se lembrava de ter armado a sua.

mundos em divisão

Foi na direção dela até o pé roçar num pedaço de tecido. Abaixando-se e abrindo o zíper, ela entrou, sentindo algo grande e quente no meio da barraca.

– Opa, desculpe! – Susan recuou depressa, até bater num veículo. Correu as mãos por ele, tentando adivinhar o que era. Quando chegou à porta, procurou a chave com aquele seu jeito atabalhoado, e ela entrou facilmente na fechadura. A luz do farol da camionete tinha um tom cinza indistinto e melancólico quando iluminou a barraca, mas agora ela tinha certeza de que era a sua.

– Droga! – murmurou ela com seus botões. – Paul voltou antes de mim e está bem no meio esperando que eu entre engatinhando por cima dele –. Durante um breve momento, considerou a possibilidade de dormir na traseira da camionete, mas a sua irritação só fez aumentar, e ela se dirigiu para a barraca depois de fechar a porta com uma batida forte, fazendo o máximo de barulho que podia. Esbarrou na extremidade da barraca e tateou em busca do zíper.

– Oi, estou entrando. Não tinha percebido que você voltou antes de mim. Dá para chegar um pouquinho pra lá? E acender o lampião, para eu poder enxergar?

Ouviu um grunhido como resposta e escutou alguém se mexendo, mas nada de luz. Engoliu uma resposta mal-humorada e, pondo primeiro o bumbum dentro da barraca, entrou de costas e, movimentando-se o mais depressa que podia, acabou empurrando aquele calor volumoso que ocupava a maior parte do espaço interno.

Com as pernas ainda fora da barraca, ela esticou os braços e começou a desamarrar os cadarços das botas, tendo o maior cuidado para não levar sujeira lá para dentro.

Já havia tirado uma das botas e estava tirando a outra quando reparou que uma luz se aproximava. O raio oscilava para a frente e para trás até que parou no lugar onde ela estava.

– Ei, não joga essa luz nos meus olhos! Essa aqui não é a sua barraca, você saiu da estrada. Volte alguns passos que vai encontrá-la de novo.

143

– Não estou perdido, Susan. Fiquei esperando você sair do banheiro, pois sabia que não tinha levado a sua lanterna. Depois me toquei que você já havia saído, de modo que me dirigi para cá.

– Paul? – Susan gelou, o corpo inteiro intimamente consciente do calor e da pressão contra as suas costas.

– Evidente. Quem mais você esperava que estivesse aqui fora?

– O que você quer dizer? – Paul abaixou-se e iluminou o espaço à volta de Susan.

– Ah... Ah... você deve ter saído da barraca. AGORA! Devagar, não mostre nenhum medo.

– Medo de quê? – Susan virou-se e ficou olhando fixamente para o rosto familiar do urso cinzento com que convivera durante os últimos dois meses. Só que agora a boca estava fechada e o focinho estava se aproximando dela. – Ai! – Susan saiu da barraca de um salto, aterrissando em cima de Paul.

– Susan, toma cuidado! Não o irrite! – Paul lutou para ficar de gatinhas, depois começou a tatear o chão à procura da lanterna, que rolara para longe durante o voo de Susan para fora da barraca.

– Irritar *isso* aqui? E se *isso* aqui estiver me irritando? – Ela gelou quando uma pata cobriu seu pé descalço, impedindo-a de recuar mais. Parte de sua mente estava gritando terrores incoerentes, enquanto outra reparava no quanto a palma da pata do urso era macia e quente, como carne humana tocando sua pele nua.

:*Alô!*:

A palavra entrou flutuando na consciência de Susan, junto com uma sensação de calma, fazendo com que ela respirasse fundo – algo de que ela estava precisando realmente.

– O quê? – Susan olhou à sua volta, sem saber de onde viera o cumprimento.

– Eu disse para tomar cuidado, fica longe dessa cabeça! – sussurrou Paul em pânico.

– Eu ouvi quando você disse isso da primeira vez. Quem disse alô?

:*Disse alô, fui eu.*:

– Eu não disse alô. O que há com você? Fique longe daquele urso e me ajuda a encontrar a lanterna. Não estou enxergando nada.

– Você disse alô? – Susan olhou para o vulto indistinto que parecia estar se aproximando dela. Estava recebendo uma vibração tranquilizadora e relaxante do urso, em total contradição com o medo que achou que devia estar sentindo.

– Não! – a voz de Paul estava tensa como corda de violino. – Eu te disse para tomar cuidado. Tem um urso na nossa barraca!

– Eu sei. E ele acabou de me dizer alô.

– O quê?

– Psiu... Estou tentando falar com ela –. Susan concentrou-se na terra embaixo dela, tentando se focar para poder enviar seus pensamentos ao urso, que ainda estava com o que parecia ser uma pata física muito real em cima do seu pé.

:*Quem é você? O que está fazendo aqui?*:

:*Aqui é lugar, trouxe eu aqui você.*:

:*Você não pode ser a cabeça de urso que ganhei daquele cara no congresso indígena.*:

– Susan, achei a lanterna! – o grito de Paul vinha de trás dela. – Vou iluminar o urso e você sai correndo o mais depressa que puder para bem longe dele.

O urso piscou ofuscado pela luz em seus olhos e depois se virou para Susan:

:*Por que não era possível? Congresso indígena nos conhecemos. Levar-me para sua toca você levou, lá no alto me pôs, você me pôs. Depois sugeri você este momento, bom momento seria, para nascer de novo neste mundo.*:

Paul continuava a lhe gritar ordens, mas Susan só olhava fixamente para o urso. Enquanto continuava ali pregada na frente do urso cinzento, Paul começou a vir de rastro, com o maior cuidado, por trás dele. Quando estava bem perto, lançou-se para a frente e puxou Susan pela jaqueta.

Surpresa, Susan deu um pulo, virou-se e viu Paul atrás dela.

A irritação confundiu-a momentaneamente enquanto ela cerrava os dentes e gritava mentalmente com ele.

:Pára com isso! Me deixa em paz!:

:Sinto muito eu.: O urso balançou a cabeça num gesto de desalento e saiu completamente da barraca, soltando-lhe o pé.

Susan virou-se para seguir o urso; mas, ainda distraída por Paul, falou com ele em voz alta.

– Você não, ele!

– Ele quem? – Paul agarrou a ponta da jaqueta de Susan e deu um puxão forte, arrastando-a para trás na sua direção.

Susan soltou a mão dele e sentou-se.

– Você – quem mais? Você é o único aqui além do urso e de mim. Agora fica quieto, estou ficando confusa com vocês dois falando comigo ao mesmo tempo.

– Não fique chateada comigo, estou tentando te salvar –. Paul fez menção de agarrá-la de novo, mas ela o empurrou. Ele se jogou no chão, sentando-se, mas logo se refez e apontou a luz da lanterna para as pernas da moça. – Está machucada? Consegue se mexer? Assim que você estiver em segurança, vou sair para pedir ajuda. O guarda florestal ainda deve estar por perto.

– Paul, pára com essa loucura. Estou ótima. O urso não representa ameaça para nós. Só preciso descobrir o que ele quer.

O urso virou-se e olhou diretamente para Susan.

:Comida lugar esse pode? Uma floresta inteira de morangos, amoras, framboesas eu comia.:

– Aí, está vendo? Ele só quer alguma coisa pra comer. Use a sua lanterna e veja se consegue encontrar aquele saco de granola que trouxemos. Acho que está na lata de mantimentos que está presa à mesa de piquenique.

– O quê? Cê tá brincando? – Paul deu um passo para trás e, sem querer, apontou o facho de luz da lanterna para a mesa ao trombar nela. – Você não vai alimentá-lo com granola, vai? Seria muitíssimo perigoso!

:*Perigoso? Granola comida perigosa é? Prefere comida saudável: amoras, morangos, framboesas. Peixe bom. Tem peixe?*:

O urso começou a andar pesadamente na direção da mesa de piquenique com o focinho farejando o ar.

Paul engatinhou pelo tampo da mesa e encolheu-se lá em cima. O urso foi seguindo o faro até chegar à mesa de piquenique, onde havia uma caixa trancada onde se guardava mantimentos. E bateu com a pata na porta, depois tentou abri-la fazendo a garra girar no trinco. Mas este havia sido construído especificamente para impedir que ursos e guaxinins o abrissem, de modo que tudo quanto ele conseguiu foi prender a pata na porta.

Susan levantou-se e saiu mancando pela área de piquenique, tomando cuidado com o pé descalço e as numerosas pinhas espalhadas por todo o chão do camping. Lançou um rápido olhar a Paul, que ainda estava em cima da mesa, os braços em volta do corpo; a lanterna, apontada para cima, dava à área de piquenique um suave fulgor amarelo. Estava dando a impressão de que não faria nenhuma bobagem, de modo que ela continuou andando na direção do urso.

– Calma, deixa eu te ajudar –, disse-lhe ela.

A lanterna caiu, apontando o facho de luz para o urso, enquanto Paul dizia: – Susan, tudo bem comigo. Parece que ele não vai me atacar agora. Vai procurar o guarda florestal imediatamente! Não chegue perto do urso, ele pode matar você!

Susan olhou para Paul e sacudiu a cabeça.

– Eu não estava falando com você! – Vendo o pânico no rosto dele, ela teve um pouquinho de pena e, pondo a mão na sua perna trêmula, disse: – Tudo bem. O urso morou comigo, com seu imenso sorriso dentuço, durante dois meses, e nunca me machucou. Não acho que vai me machucar agora.

Virou-se para o urso enquanto Paul se encolhia cada vez mais no tampo da mesa. Susan estendeu a mão, tocando uma orelha macia.

:Você é BB?:

:O termo bem esse não é.:

: É verdade, você não se parece com ela. BB é mais formal. E ainda não fez nenhuma brincadeira.:

:Brincadeira? Que propósito brincadeira tem?

:Não, você não é BB mesmo. Mas o que quis dizer com "O termo bem esse não é?"

:BB espírito é. Agora físico sou eu. Quando nós dois espíritos, conectávamos. E então ficávamos um. Agora no mundo seu estou. Mundo-N, é assim que fala você?:

Susan deu um tapinha na cabeça do urso.

:É, você parece estar inteiramente dentro do Mundo-N. É similar a BB porque ambos falam por enigmas. Embora eu tenha medo de que precisem de umas aulas de inglês.

:Enigmas esses são não. Como espíritos, somos um só no mundo espiritual. Todos espíritos um. Como físico ser, estou mais no mundo físico, menos conexão. Não sou mais um com BB.:

:Por favor, deixe a aula de metafísica para depois. Deixa eu pegar um pouco de granola para você.:

Ela se voltou para Paul e deu-lhe um cutucão.

– Daria para você apontar a sua lanterna para cá? O urso prendeu a pata no trinco, está uma maçaroca daquelas.

Paul desceu da mesa bem devagar e mais devagar ainda foi na direção do urso, apontando o facho de luz tanto para Susan quanto para o animal.

– Ele parece pra caramba com aquela cabeça de urso que você tinha no seu apartamento. Mas aquele estava... quer dizer, este aqui está vivo... não pode ser o mesmo.

Paul estendeu uma das mãos para Susan que, percebendo o terror reprimido tentando passar por lógica racional, apertou-a, puxando-o para mais perto.

– Tá tudo bem. Esse tipo de coisa esquisita já me aconteceu antes. Se ele fosse um urso selvagem, não me deixaria mexer com a sua pata de um lado para outro até desprendê-la da porta. Está vendo com que paciência e educação ele está esperando que eu abra o saco de granola?

:Granola, segura é?:

Paul soltou um grande suspiro de alívio.

– Eu, ahn, acho que você tem razão. Mas, quer dizer... tudo isso continua sendo uma impossibilidade técnica.

Susan ignorou Paul e virou-se para o urso.

– Sim, é segura.

Paul recuou:

– Eu não sei se iria tão longe, a ponto de dizer que é seguro estar com um urso cinzento adulto. Principalmente um que veio de uma cabeça de cem anos de idade – se é que foi isso mesmo o que aconteceu.

– Desculpe, eu quis dizer que é seguro comer granola. Esqueço toda hora e fico conversando em voz alta –. Deu um tapinha no ombro de Paul. – Você pode fazer de conta que está sonhando, se preferir.

– É, acho que é isso mesmo. Um sonho muito, muito vívido.

Virou-se e olhou-a nos olhos.

– E tudo isso é culpa sua, por querer me fazer dormir ao lado de uma cabeça de urso.

Susan sorriu e deu de ombros. Paul levantou a outra mão e tocou o rosto de Susan.

– Se isto é um sonho, então talvez você me deixe te beijar. Faz meses que eu quero te beijar.

– Como eu também estou neste sonho, vou lhe dizer da maneira mais delicada que puder que só o vejo como amigo.

Ela voltou o olhar para o urso, terminando sua oferta de aveia e nozes.

– Sabe, na verdade eu sou um espírito de urso num corpo humano, e é por isso que não sinto atração pelos homens, pelos machos da espécie humana. *Isso deve bastar para ele deixar de tentar o que quer que seja outra vez. E, se tentar, é só lembrá-lo do urso cinzento. E levá-lo a acreditar que está sonhando é muito mais fácil do que tentar explicar o que está acontecendo realmente. Principalmente porque eu mesma ainda não estou entendendo nada.*

Paul concordou com um lento gesto de cabeça.

– Tudo bem. Acho que faz sentido. Quer dizer, não é que você não goste de mim, é que...

– Que isso, você é um cara muito bacana. Só não quero me envolver com os homens.

– Acho que preciso me deitar para tentar sonhar um outro sonho.

Paul entregou-lhe a lanterna e saiu andando em direção à barraca, os braços pendendo frouxos ao longo do corpo como se fosse um sonâmbulo.

– Mal posso esperar que amanheça – para poder chegar realmente à conclusão de que tudo isso foi um sonho. Senão –, ele se virou e ficou observando Susan, que agora estava alimentando o urso com maçãs – pode parecer loucura, mas aquela cabeça de urso simplesmente arranjou um corpo.

– Tudo bem, meu PPL/Paul. O universo parece realmente estar se expandindo agora em direções esquisitas, e com um certo entusiasmo.

Susan o viu entrar engatinhando na barraca e depois se voltou para o urso cinzento que mastigava serenamente a sua maçã.

– Tudo bem, se você não é BB, de que nome devo chamá-lo?

:*Me dá nome que quiser.*:

:*Tá, então vou te chamar de UC, as iniciais de Urso Cinzento. Agora me conta como é que foi que você se transformou, passando de cabeça de urso a urso inteiro?*:

:Cabeça jeito bom humanos me carregarem no Mundo-N. Agora inteiro sou. Disse você que estar aqui tudo bem. Então agora eu todo aqui estou.: UC inclinou-se e começou a fuçar a caixa onde os mantimentos eram guardados na ponta da mesa de piquenique. Depois de vários sons de esbarrões e pancadas, o urso apareceu com uma caixa de macarrão que segurava delicadamente entre as mandíbulas. *:Comida boa esta ser?:*

:Claro, sirva-se!: – Susan apontou a comida enquanto a cabeça tentava digerir o que o urso acabara de lhe dizer. Observava enquanto UC cerrava os dentes e fechava a boca, arrebentando o pacote e espalhando os fios de macarrão à sua volta.

Uma mistura de calma e incredulidade borbulhava dentro dela enquanto observava o urso pegar e comer os fios de macarrão, um por um. *Este vai ser o acampamento mais esquisito da minha vida. Não acredito que estou alimentando um urso cinzento. Não. O que não dá para acreditar é haver um urso cinzento aqui.*

UC terminou de comer e olhou para ela expectante. Susan deu de ombros. *:Desculpe, essa é toda a comida que eu tenho.:* O urso virou a cabeça na direção do matagal que ficava além da área do camping. *:Espera! Não vá embora! Você tem de me explicar como é que conseguiu ressuscitar.:*

:Sempre vivo fui como espírito. Então outra vez criatura física a ser você me convidou.: UC descansou a pata na perna de Susan. *:Obrigado por abrir o Mundo-N para eu fisicamente aqui estar poder. Ajudar outros a virem também. Gosto deste lugar, gosto sim. Comida boa. Comer é bom. Obrigado pela comida.:* UC recolheu a pata e esperou, mas Susan só lhe lançou um olhar vago, sacudindo lentamente a cabeça, os cabelos balançando de um lado para outro. UC hesitou durante mais um minuto e depois se dirigiu para a floresta.

Susan cambaleou ligeiramente ao se levantar da mesa de piquenique e começar a seguir o urso. Já estava na metade da clareira quando parou. *O que estou fazendo? Não posso sair por aí à noite atrás de um urso cinzento, mesmo que tenha feito amizade com ele.* Olhou para a clareira no meio da qual UC desaparecera. *Droga, por que não lhe fiz mais perguntas? Não dá para acreditar que marquei essa bobeira. Que oportunidade eu perdi!*

Depois de ficar ali de pé no meio da área de camping por mais alguns minutos, ela suspirou e entrou de gatinhas na barraca. Paul estava roncando um pouquinho, bem enrolado no seu saco de dormir. *Não preciso de uma cabeça de urso para me proteger de nada que ele possa tentar agora. Aposto que sexo é a última coisa que lhe passaria pela cabeça depois do UC aparecer do jeito que apareceu.* Susan aconchegou-se no seu saco de dormir, caindo logo no sono e sonhando com ursos que apareciam como empregados de quitandas de verduras, caixas de banco e garçonetes peludas.

Na manhã seguinte, ambos se mantiveram ocupados desarmando a barraca e fazendo faxina. Quando Susan mencionou que tinha ficado sem comida, Paul não fez nenhuma pergunta, só concordou que era uma boa ideia voltarem a Sacramento.

Depois de deixar Paul em seu apê, ela arrastou suas coisas para o seu, que parecia vazio e sem vida sem a presença do urso, de modo que ela resolveu ligar a TV. O noticiário da noite estava estourando com matérias de ursos cinzentos vistos em todo o estado. Susan sentiu-se aliviada quando a lei foi mencionada, enfatizando a coincidência da proliferação recente de ursos cinzentos com a proibição de lhes fazer mal.

11

A FÍSICA URSAL

Sônia deixara uma mensagem, segundo a qual sairia cedo no próximo sábado e deixaria a porta destrancada para Miranda poder entrar.

Miranda chegou, entrou na sala dos Blooms e abaixou-se rapidamente para se desviar de uma revista *Newsweek* que fora atirada do outro lado do cômodo, quase a atingindo.

Peter estava sentado na ponta de sua poltrona reclinável, com um monte de revistas espalhadas pelo chão. Várias estavam se equilibrando precariamente na ponta das mesas e no encosto do sofá.

– Estão destruindo a esfera de nosso lar! O que esses idiotas estão pensando? Que Deus vai fazer os céus se abrirem para eles e que tudo vai ficar bem? Será que os imbecis não leem a própria Bíblia? Deus fica irado quando eles aprontam. Não vai deixá-los entrar na Terra Prometida enquanto não arrumarem a casa. Talvez exista um Deus, ou uma Deusa –, Peter fez um gesto de assentimento com a cabeça, tomando conhecimento de sua presença – que com certeza vai acabar com todos nós da geração anterior que matamos o planeta. Vai nos fazer vagar no deserto durante 40 anos, de modo que só os nossos filhos herdarão a nova terra. Não tenho filhos porque um idiota desgraçado resolveu beber certa noite e Deus certamente não estava lá para impedir o acidente.

Miranda olhou para a mesa de centro de Peter, perguntando-se se ele bebera antes de ela chegar, mas só havia o bule de chá habitual de Peter em cima dela.

– Parece que você está muito chateado, muito mesmo.

– Não comece com seus chavões professorais do tipo "parece que você..." –. Peter brandiu para ela um exemplar da revista *EcoPolítica*, antes de atirá-la do outro lado da sala.

Miranda sentiu um aperto no coração. *O que estou fazendo de errado? Ele ficou recitando mantras sobre poluição e a destruição da terra durante as três últimas visitas. A essa altura do campeonato, eu já devia tê-lo levado a se concentrar nos seus sentimentos de perda pessoal – em vez de deixá-los assumir uma dimensão tão global... Não o estou ajudando.*

Sua autocrítica a fez lembrar-se do curso de treinamento da clínica que coordenara na última semana. Uma voluntária perguntara: "Como saber se estamos ajudando alguém?" Seu corpo relaxou quando ela se lembrou de ter garantido àquela mulher que a coisa mais importante a oferecer a um cliente era estar presente e ouvir. Suspirou e começou a pegar as revistas espalhadas pelo chão: *EcoPolítica, Ecologia e Religião, Física de Partículas*. Colocou-as na ponta da mesa de centro de Peter e endireitou uma foto de Sônia que fora atingida por uma delas. A moldura dourada prendia uma foto em preto e branco de uma mulher jovem de cabelos escuros com um vestido de estampa floral e um sorriso malicioso.

Peter pegou o retrato, olhando fixamente para ele durante alguns instantes. Muitas vezes o segurara nas mãos e contara a Miranda como conquistara o coração de sua princesa de contos de fadas. Mas, dessa vez, ele o pôs de novo sobre a mesa, continuando o sermão sobre a desesperança do mundo. Miranda concordava com um gesto da cabeça, concentrando-se na dor e no medo que estavam por baixo das queixas, lembrando que, no cerne de sua arenga, estava a incerteza a respeito da morte que se aproximava.

Depois de 20 minutos, Peter mergulhou num silêncio pesado, de modo que Miranda foi até a cozinha preparar chá para ambos. Estendeu a mão

mundos em divisão

para pegar os familiares infusores de metal, preparando-se para enchê-los com o conteúdo do recipiente de vidro onde o chá ficava guardado.

Quando torceu a rosca do primeiro infusor, ele abriu em suas mãos, metades que se encaixavam uma na outra, metades do que há apenas um instante era uma esfera perfeita. Miranda olhou para as duas peças, ouvindo mentalmente as palavras de Rede da Terra. *:Abertura se aproximando. Cura logo. Você, que vai ajudar, deve se preparar.:*

Sua memória voou para a sala de espera da Farmacêutica do Futuro duas semanas antes. Susan conseguira marcar uma entrevista com um dos advogados da empresa, para Miranda ter uma desculpa para voltar e conversar com as avós. Levou Susan de carro para o seu compromisso e depois procurou uma cadeira num canto da sala de espera, onde se encolheu, a cabeça inclinada sobre um livro que segurava no colo. Olhando fixamente para as páginas, sem vê-las, enviou seu espírito até o alto do morro para tentar conversar com as avós.

Olhando para o infusor de chá dividido ao meio, seu coração apertou e os ombros ficaram tão tensos que subiram até a altura das orelhas. *Ainda não sei o que elas querem! Sei que acreditam firmemente que está próxima uma cura para todo o planeta, mas eu gostaria que elas tivessem me explicado melhor essa questão. O que será que elas querem que eu faça?*

Miranda fechou as mãos com um gesto brusco e as bordas de metal do infusor machucaram-lhe as palmas enquanto recordava as palavras de Rede da Terra:

:Você, que ajuda, tem de ter cuidado. Mudanças a fazer.:

Sentiu um espasmo no estômago ao se lembrar do quanto tentara descobrir os detalhes específicos das instruções. Mas, toda vez que Rede da Terra começara a lhe explicar o papel crucial que estava prestes a desempenhar, suas preocupações a tinham arrastado para longe das avós, trazendo-a de volta a seu corpo, sentado na sala de espera da Farmacêutica do Futuro. Agora tudo quanto recebia era mensagens truncadas e uma sensação mais forte ainda de premonição do que antes de chegar ali. *Vou* enfiar os pés pelas mãos. É como se elas esperassem que eu participasse de uma maratona num momento em que estou sem o pé esquerdo e só com metade do cérebro.

Repreendeu-se mentalmente e concentrou-se em encher os infusores e esquentar a água. *A única coisa clara e esperançosa que ouvi foi: Você, que ajuda, será ajudada.:* Miranda passeou os olhos pela cozinha, perguntando-se que forma assumiria essa ajuda e desejando que Sônia estivesse ali para poder lhe pedir conselhos.

Enquanto a chaleira esquentava, ela fez um pedido telepático de socorro. :Adnarim! Onde você está? Preciso de ajuda.:

Uma negra alta, enrolada num manto verde, materializou-se e ficou flutuando em cima do fogão. :Sim. A água vai ferver naturalmente se você esperar o tempo necessário.:

Os ombros de Miranda tensionaram-se, contendo sua frustração enquanto ela tentava formular claramente suas ideias:

:Não preciso de sua ajuda para fazer o chá! Preciso de ajuda para entender o que as avós estão me dizendo. Você me pode me ajudar nisso?:

:Sim.:

Miranda esperou, fazendo de tudo para não olhar diretamente para Adnarim, senão ela desapareceria. Parecia-lhe que, como Adnarim era a essência espiritual de seu ser que não entrou no Mundo-N quando ela nasceu, deveria ser mais fácil conversar com ela.

A chaleira começou a apitar e Miranda tirou-a do fogo, encheu duas canecas de louça com a água e depois colocou-a de volta em outra boca. :Bem, você vai me ajudar ou não? Não entendi o que Rede da Terra me disse.:

:Sim. Não.:

:Sim o quê? Não o quê?: Os dentes de Miranda doeram de tanta força que usou para cerrá-los.

:Sim – vou te ajudar. Não – você não entendeu.:

:Tudo bem, ótimo. Então me ajuda. O que Rede da Terra espera que eu faça e por que eu tenho de ter tanto cuidado com as minhas escolhas?:

:As avós esperam que você ajude quando a abertura acontecer na caverna. Nada está determinado, tudo está fluindo naturalmente. Você tem de prestar atenção para poder seguir o caminho que sua orientação vai tomar quando chegar o momento.:

:Você está dizendo que vai haver uma abertura? Uma divisão? E que preciso escolher para onde vou?:

:Sim. Não. Tudo será original. Sim.:

– Miranda, Sônia deixou uns biscoitos pra nós –. Vinda da sala ao lado, a voz de Peter assustou-a. – Eles devem estar em cima da pia da cozinha. E há pratos no armário ao lado da geladeira.

Miranda virou-se e deu de cara com um pacote de biscoitos amanteigados de limão. Foi na sua direção, mas depois se virou de novo à procura de Adnarim.

Droga. Justo agora que ela finalmente estava me dando algumas informações úteis. Ao pegar o pacote e rasgar a embalagem de plástico, ela reparou que a água quente das canecas agora estava cor de âmbar. Ergueu devagar os infusores de chá, observando as gotas criarem ondas nas canecas.

Miranda pensou em jogar as folhas de chá em cima da pia, na esperança de obter alguma clareza e sabedoria com elas. Mas, achando que só acabaria fazendo uma bagunça física que correspondesse à sua confusão mental, abriu os infusores em cima do recipiente da composteira e deixou que começassem sua viagem de transformação de retorno ao pó e, quem sabe, voltar a ser uma planta de novo. Pôs as canecas numa bandeja, acrescentou um prato de biscoitos amanteigados e dirigiu-se para a sala.

– Bem, o que acha? – perguntou Peter quando ela colocava uma caneca com chá Earl Gray a seu lado.

Miranda obrigou-se a prestar atenção nas divagações angustiadas do velho.

– Sobre o que exatamente? Você falou de um monte de assuntos: de física a religião, de política e de física outra vez.

– Sobre o que aprontamos no planeta e que ninguém parece notar ou se preocupar. Não sou obrigado a assistir a uma coisa dessas. Logo, logo meus átomos estarão se espalhando de novo pelo universo; mas vocês são jovens, vão ter de viver até a extinção final da humanidade.

– Não sei –. Miranda sentou-se na poltrona reclinável de Sônia, puxando o xale azul e dourado sobre as pernas um momento antes de Duque pular no seu colo. – Ainda tenho esperanças de que aconteça alguma coisa que permita a cura. Que, de uma forma qualquer, os seres humanos consigam retornar à teia da existência e viver em harmonia com todas as outras criaturas desse planeta –. Miranda viu uma imagem da Avó do Norte e ouviu-a dizer novamente que o momento da cura estava se aproximando.

– Impossível. Você leu meu artigo; já é tarde demais.

Miranda desejou desesperadamente ter sido capaz de absorver mais coisas da revelação de Rede da Terra, de compreender porque as avós tinham tanta certeza de que os seres humanos ainda poderiam restaurar a sua relação com a Terra. Queria mais tranquilidade, não só para Peter, mas para si mesma. Contorceu-se na cadeira, um lugarzinho dentro dela concordou silenciosamente com as avós, mas a cabeça estava atolada em listas de problemas impossíveis de resolver.

Foi distraída por imagens de ilhas flutuantes de plástico, rodovias engarrafadas e uma consciência aguda de cada unidade de lixo que criara, inclusive a embalagem de seus biscoitos, para a qual não achara forma de reciclar ou reutilizar.

Enquanto procurava uma resposta para a declaração de Peter, um provérbio antigo veio-lhe à mente. Enquanto o examinava, sem ter certeza de sua origem, e nem mesmo de seu significado. "E se a cura vier de uma outra fonte? Ouvi dizer que não é possível resolver problemas usando as mesmas ferramentas que o criaram."

De má vontade, ele deu um meio sorriso para Miranda. – O que está tentando fazer? Citar Einstein para um físico? – Agitou um dedo na direção dela. – Bem, não me venha agora com nenhuma loucura mística, tipo me dizer que, se pensarmos do jeito certo, podemos alterar leis bioquímicas e desfazer todo o mal que a humanidade fez.

Miranda concentrou-se nos carinhos que fazia em Duque, cujo rabo mexia-se entusiasticamente contra o braço da poltrona. – Ouvi falar de certas coisas que parecem... bem, estar além das experiências e expectativas normais.

– Agora está começando a parecer a Sônia falando. Não acredito em nenhuma desses absurdos fantasiosos sobre os quais ela escreve –. Peter sorriu para Miranda. – É melhor não contar pra ela que eu disse isso –. Depois olhou sério para a moça. – Se você puder me apresentar alguns fatos sólidos, eu não me importaria de acreditar que é possível limpar o mundo miraculosamente; mas, se não puder, não tenho condições de digerir esse lance de fé cega.

BB atravessou a parede, equilibrando as pernas traseiras, uma pata segurando uma bengala branca com a qual dava batidinhas no chão à sua frente, a outra pata cobrindo os olhos. Duque sentou-se e começou a ganir. Miranda o acariciava enquanto ele se virava de um lado para outro: primeiro olhava para ela, depois para BB e depois para ela de novo.

– Penso que a fé não é acreditar *em* alguma coisa, e sim em estar aberto para o que aparecer, seja o que for.

BB deixou a bengala cair, levantou as patas bem alto, juntando-as em cima da cabeça em postura de oração, depois caiu de joelhos sobre o tapete.

– Embora o que quer que seja que apareça possa ser um pouco estranho e sem relevância no momento.

Miranda concordou com um gesto de cabeça em direção a BB.

– Mesmo assim, pode trazer uma mensagem qualquer. E se você quiser fatos sólidos e extraordinários, o que me diz a respeito desses ursos cinzentos extintos que apareceram agora em toda a Califórnia?

Peter fez um gesto com a mão, apontando para o meio da sala, incluindo sem saber o espírito-urso em seu gesto de descaso.

– Ouvi dizer que resolveram esse mistério. Alguém os estava criando ilegalmente numa fazenda e depois os soltou todos de uma vez por todo o estado.

– Isso é o que dizem, mas não encontraram a pessoa, nem o lugar, nem descobriram como os ursos foram transportados. E não ouvi nenhuma explanação a respeito de como essa pessoa hipotética conseguiu criar ursos cinzentos californianos, para começo de conversa, uma vez que não existia antes do mês passado.

Peter deu de ombros.

– Tenho certeza de que existe uma explicação lógica, só é preciso encontrá-la.

Miranda suspirou, guardando a resposta para si mesma. *E, se não conseguirem encontrar uma explicação racional, é provável que criem uma, pura e simplesmente. Algo que pareça plausível o suficiente para acreditarem, algo para todas as pessoas que não querem considerar a alternativa de uma ocorrência mística qualquer.*

Continuou passando a mão em Duque, cuja agitação só fazia aumentar, até ele saltar do colo de Miranda e começar a andar em círculos em torno do lugar onde BB estava agora escarrapachado, imitando um tapete de urso.

Peter olhou para seu cão com o canto do olho, depois franziu a testa e deu um tapinha no próprio colo, chamando o animal.

– O que aconteceu com você, rapaz? Vem cá, Duque, vem cá, rapaz.

O poodle ignorou-o enquanto farejava o pé de BB.

– Cão estúpido. Ao menos vai ser boa companhia para Sônia depois que eu me for –. Virou-se para Miranda e tomou um gole de chá.

– Estávamos falando de fé. Se você quiser equiparar a fé a estar aberto, não se esqueça do que dizem: "Cuidado para sua cabeça não ficar tão aberta que os miolos caiam." Fez um gesto satisfeito de concordância com a cabeça, como se tivesse acabado de explicar o princípio de incerteza de Heisenberg a um grupo de calouros. – É importante que suas crenças tenham um fundamento racional. É por isso que sou ateu. Nunca vi

mundos em divisão

nenhuma prova da existência de Deus e não vou considerar uma questão de fé algo tão importante quanto alguém controlando a *minha* vida.

BB levantou-se do chão como se houvesse cordas amarradas às suas pernas e começou a andar pela sala como um zumbi. Miranda disfarçou a risada fingindo que estava tomando um gole de chá.

– Acho que isso faria de você um agnóstico. Dizer que é ateu e que não existe nenhuma força organizadora no universo parece tão extremo quanto uma pessoa que tem uma fé monolítica em Deus. Afinal de contas, nunca houve prova alguma de que não há uma energia agregadora que poderia ser chamada de Deus.

– Agnóstico ou ateu, você não vai me converter a nenhuma religião. E nenhuma religião vai me ter entre seus acólitos.

Miranda puxou da estante a seu lado um dos livros de Sônia, *Como ouvir a voz interior da sabedoria*, e começou a folhear suas páginas com indiferença.

– Você poderia fazer parte da religião minha e de Chris. Há muitos agnósticos e ateus que são universalistas unitários.

Peter ergueu a mão em sinal de protesto, mas Miranda foi mais rápida. – Muitas vezes as pessoas confundem religião com um conjunto de crenças ou respostas às questões fundamentais da vida. Mas, na verdade, religião é fazer perguntas: quem sou, como viver e o que acontece depois da morte? Se você remontar às origens de qualquer religião, ela tem início com a exploração dessas questões. Veja o cristianismo. Começou com Jesus questionando os dogmas e tradições de sua herança judaica. Estava perguntando, "Como devo viver?" e indagando se existiria um caminho mais puro para o amor universal, a paz e a conexão com o divino.

– É, e acabou se transformando na maior burocracia do mundo moderno! – Peter levantou-se da sua poltrona, preparando-se para lançar outra de suas diatribes contra a falta de lógica da religião, quando se virou para Miranda, os olhos expressando uma mistura de confusão e súplica. – Espera aí. O que está dizendo sobre uma religião que tem ateus no seu meio? Não é uma contradição?

– Não se você enxergar a religião como algo que explora as questões fundamentais da existência. É que a maioria das religiões tenta dar respostas. O universalismo unitário incentiva as pessoas a se lançarem no desconhecido e explorá-lo. Reconhece a natureza universal de todas as crenças. Tente pensar em todas as diversas religiões como raios de uma roda, cada qual tomando um caminho diferente até o centro. O universalismo estaria no eixo, reconhecendo e valorizando todos os caminhos, mas sem exigir adesão a nenhum conjunto de credos ou dogmas. As pessoas que são UU podem se considerar ateias, agnósticas, cristãs, budistas, pagãs, muçulmanas ou humanistas, seja o que for que suas crenças lhes dizem, mas é o universalismo do centro que mantém a coesão de todas elas.

– Então você pode acreditar em qualquer coisa e fazer qualquer coisa nessa sua fé?

– Há princípios com que todos concordamos.

– Arrá! – Peter levantou o punho triunfante. – Então essa... Como é que é o nome mesmo?... Esta sua religião universalista tem um dogma no qual todos têm de acreditar cegamente.

Miranda sorriu.

– É unitária, embora eu ache que sua natureza prática e sua inclusão da razão humana faça dela uma religião utilitarista. Mas é mais fácil se lembrar do nome se você pensar somente em universalismo, uma vez que este é de fato o cerne dessa fé. Em relação a seus princípios, se quiser chamar de religião a crença no valor e na dignidade inerente de todas as pessoas, o respeito por sua ligação com a Terra, a busca da verdade interior e a busca da justiça e da igualdade em relação aos dogmas deste mundo, pode chamar. Mas eu os vejo como princípios norteadores que me ajudam a viver no mundo.

Peter estava mordendo o lábio e parecia estar em luta consigo mesmo.

BB fez um gesto lento com a cabeça apontando para Peter e enroscou-se no meio da sala. Duque finalmente se acalmou e estava alerta, sentado ao lado de BB.

Miranda seguiu seu conselho e esperou em silêncio enquanto as emoções se sucediam rapidamente no rosto de Peter. As lágrimas começaram a aparecer no canto dos seus olhos, depois o rosto se crispou com a raiva e ele começou a se inclinar para a frente e falar, mas recostou-se novamente na sua poltrona, os punhos e os dentes cerrados de tanta ansiedade.

As emoções continuavam rodopiando dentro dele enquanto sua luta pessoal se refletia no seu rosto e no seu corpo. Miranda começou a se sentir pouco à vontade com a natureza íntima daquele silêncio, como se os sentimentos mais profundos de Peter estivessem sendo projetados inconscientemente para ela os ver.

Depois de mais alguns minutos, ela se levantou, pegou as canecas de louça e foi pegar mais chá, racionalizando ao dizer a si mesma que estava dando espaço para ele digerir tudo quanto ela dissera.

Quando voltou, Peter parecia mais calmo, mas estava inclinado para a frente em sua poltrona. Agradeceu o chá com um gesto de cabeça e convidou Miranda a se sentar na poltrona de Sônia.

– E o que o universalismo diz sobre o que acontece depois da morte?

Miranda sorriu e sentiu o coração se abrir em resposta à coragem de Peter de lhe fazer essa pergunta.

– Enquanto religião, não temos *a* resposta sobre a morte. O que oferecemos é um ambiente seguro para você mesmo procurar compreensão e sabedoria.

– E o que exatamente significa isso?

– Lançar-se no desconhecido pode ser difícil, principalmente quando você tenta fazer isso sozinho. Os extremistas podem ter a ilusão de que é fácil, porque parecem ter respostas absolutas: Deus vai estar ali quando você morrer, ou então Deus não existe, nem vida após a morte. Mas acontece que a vida e a morte são mais complexas e respostas simples não dão conta delas. Ao declarar que é ateu, você não dá a si mesmo muito espaço para explorar a questão da morte quando está se aproximando do final da vida. Eu sei que você não quer explorá-la com alguém que vai tentar persuadi-lo de que existe, sim, vida após a morte, e que você tem de acreditar num certo tipo de Deus para usufruir dela.

Peter concordou com um vigoroso gesto da cabeça e disse:

– Mesmo sendo a Sônia o doce que ela é e mesmo sendo nós dois tão próximos um do outro, não consigo falar de meus temores, nem de meus sentimentos com ela. Ela não acredita em Deus da forma como a maioria das pessoas acredita, mas tem certeza absoluta de que há algo místico que mantém a coesão do universo e simplesmente não entende o meu dilema.

Miranda sorriu para tornar suas palavras mais leves.

– Você acha que pode ser por que você tenta fazer de conta que não tem nenhum dilema, nenhuma dúvida?

– Tudo bem, agora você me pegou –. Peter olhou para Miranda, o rosto com a expressão mais aberta e vulnerável que já vira nele desde que começara a visitá-lo há quatro meses.

Miranda estendeu o braço e pegou na mão dele.

– Quando falo a respeito de fé, não é que você é obrigado a acreditar em alguma coisa, só estou falando que você pode se abrir para as possibilidades. Como a possibilidade de que, depois que você morrer, seus átomos assumirem outra forma, que a morte é, na verdade, uma grande transformação, não o fim.

– Acho que, como bom cientista, tenho de explorar todas as opções, inclusive essa hipótese. Você tem razão, não tenho como provar de maneira irrefutável que a morte será o meu fim, assim como não posso provar que Deus não existe.

BB enviou uma auréola, que veio girando como um disco de Frisbee até o outro lado da sala, para fazer Peter levantar a cabeça. Quando Miranda se virou para olhar para BB, ela estava segurando um espanador de pó na pata e limpava cuidadosamente uma miniatura da Terra que estava girando a alguns metros acima do chão. O que fez Miranda se lembrar do começo de sua conversa com Peter. Tentou juntar todos os assuntos sobre os quais falaram para poder voltar ao ponto de partida.

mundos em divisão

— Você pode contemplar a possibilidade de que seus átomos se transformem depois da sua morte em algo que você atualmente nem imagina, de modo que há uma possibilidade de que os átomos da poluição também se transformem.

Miranda deixou o silêncio flutuar na sala enquanto BB se abaixava e empurrava Duque na direção de Peter, que se inclinou e pôs o cachorrinho no colo. Peter começou a afagar Duque e depois ergueu os olhos para Miranda.

— Se pode existir uma religião sem credos, talvez possa haver um mundo sem poluição. Está sugerindo uma forma de isso acontecer?

— Não tenho certeza... — Miranda voltou a pensar nas informações desconjuntadas da explanação de Rede da Terra e nos comentários enigmáticos de Adnarim.

— Acho que tem de ser totalmente original, alguma coisa que nunca experimentamos antes — uma abertura qualquer. Talvez a gente tenha condições de ir além da química.

Inclinando a cabeça para um lado, Peter olhou para ela fixamente, os olhos oblíquos acima das bochechas pálidas e enrugadas.

— Além da química? — repetiu ele num eco.

— Você está sempre dizendo que todas as substâncias químicas que alteramos e acrescentamos ao mundo é que causaram o dano irreversível. Mas, e se por acaso existir uma cura do mundo físico que não seja uma solução química, e sim uma outra qualquer? — Miranda lançou novamente um rápido olhar a BB. A Terra é agora uma bola de luz para a qual BB está olhando atentamente. BB ergueu a pata contra a luz e ela se transformou numa onda luminosa que se movia de um lado para outro da sala.

Lembranças das aulas de física do ensino médio surgiram em sua mente.
— Talvez a gente precise manipular a luz.

Peter inclinou-se para a frente, deixando só metade do corpo na poltrona.
— Espera, o que você —

– Não, espera! – interrompeu-o Miranda, com a voz mais alta do que pretendia, mas BB a estava distraindo. Sentado no chão do meio da sala, a ursa estava movimentando as patas, fazendo uma esfera de luz que agora estava do tamanho de uma bola de golfe e depois se transformou num feixe de luz que dançava em círculos à sua volta. Bateu as patas uma contra a outra, fazendo com que o feixe voltasse a ser uma bola, depois novamente um feixe, a bola, o feixe, com a velocidade aumentando a cada mudança. O ritmo alternado fez Miranda se recordar da demonstração de Rede da Terra sobre a maneira de mover a energia dentro daquela esfera profunda e cavernosa. Rede da Terra agitara os braços, criando uma onda de energia que ia e voltava pela caverna. Ela cresceu, ganhando força e tamanho a cada ida e volta. E ela começou a separar a caverna ao longo da linha que Rede da Água lhe apontara na primeira vez em que ela entrou ali. Rede da Terra, a voz ressoando nas rochas que as cercavam, proclamou: :*Você, que vai mover. Mundos partem. Original. Você, que vai permitir a abertura.*

Miranda repreendeu-se de novo por ter permitido que sua ansiedade aumentasse a ponto de ela perder o contato com as avós e, com isso, perder também informações valiosas.

– E aí? – Peter estava com a testa franzida de preocupação enquanto a cabeça de Miranda virava de um lado para o outro, acompanhando a performance de BB.

– Psiu... Só um minuto. Acho que estou começando a entender.

– A entender o quê? Como ficar de torcicolo? Você está assistindo o quê? Não estou vendo nada –. Duque começou a ganir, depois pulou para o colo de Peter e, em seguida, passou a correr em volta da sala, tentando pegar a bola de luz que estava dançando bem no meio do cômodo. Quando Duque estava prestes a pegar a bola de luz, BB fazia um gesto com a pata na direção dela, transformando-a em um feixe de luz que começava a perseguir Duque, mergulhando, passando pelo rabo do cachorro, fazendo com que ele latisse e corresse mais depressa ainda. Depois de alguns círculos, BB apontava uma pata e a luz se transformava de novo numa bola

mundos em divisão

suspensa no ar, e Duque girava como um pião, tentando pegá-la. Depois a brincadeira recomeçava.

Miranda encarapitou-se na ponta da poltrona reclinável, observando atentamente as travessuras de BB. A moça cerrou os punhos, enterrando as unhas nas palmas das mãos até a dor trazê-la de volta à discussão com Peter, que, conforme havia reparado, estava olhando para ela com um olhar perplexo e preocupado. Ela o encarou por um momento e depois o fato de ele ser um físico explodiu na sua cabeça e ela deixou as palavras saírem.

– Você pode me ajudar nisso. Que teoria explica que a luz pode assumir a forma de partícula ou de onda, dependendo do observador?

Peter ergueu as sobrancelhas.

– Não é bem assim que as coisas são. Você está fazendo parecer que o observador afeta a substância da luz. A luz aparece em forma de partículas, de fótons, e também se move como onda. Parece que a luz tem uma natureza dual que ainda não analisamos por completo.

– E se ela não tiver uma natureza dual?

BB deixou os braços caírem e a luz desapareceu por completo enquanto ela olhava fixamente para Miranda, as orelhas bem eretas, os olhos esbugalhados, que Miranda interpretou como um sinal positivo. – E se ela for ambas as coisas? – BB ergueu as patas, balançando a cabeça de um lado para outro em sinal de discordância, olhando primeiro para uma pata e depois para a outra. Miranda mordeu o lábio, e tentou de novo. – Não, espera. Não ambas as coisas. Isso ainda implica uma natureza dual. E se tudo for uma questão de interconexão? Vocês físicos não têm uma coisa chamada efeito borboleta? Em que o bater de asas de uma borboleta no Brasil afeta as condições metereológicas do Texas?

– Não é bem isso...

– ...mas a questão é que a física está começando a mostrar que fatores que nós nunca levamos realmente em conta são, na verdade, os determinantes principais do mundo. Talvez tenhamos nos focado demais nos objetos.

E se houver um espaço entre os objetos, como entre a luz e o observador, onde poderíamos encontrar as respostas às nossas necessidades nesse exato momento? – Miranda sentiu uma onda de excitação subir-lhe pelo corpo. – E se, de alguma forma, nós nos incluíssemos na equação? E se a luz passa realmente de onda a partícula por causa da maneira pela qual o observador se relaciona com ela? Conhecemos o mundo por meio das relações; mas, em geral, não as compreendemos ou não as reconhecemos.

Peter levantou a mão, inclinando-se para a frente, mas ainda sem dizer nada com palavras. Miranda olhou para ele e depois continuou, seguindo o que supunha ser sugestão de BB, uma vez que agora a ursa estava deitado de costas no chão, olhos fechados, segurando um lírio entre as patas. – O que você quer realmente que continue depois de sua morte? Seus livros e descobertas? Ou a relação que as pessoas têm com eles? São os objetos em si? Ou é a experiência que você teve ao criar aqueles objetos que é importante? Se fosse construído um monumento em homenagem a você e a seus feitos, que seria inaugurado depois de sua morte, ele teria sentido se ninguém nunca olhasse para ele?

Peter suspirou, mergulhando de novo no fundo da poltrona. – Isso que você está dizendo me faz lembrar do Sam.

Miranda sentiu as lágrimas umedecerem seus olhos. Sempre que falavam sobre a morte, parecia que a conversa dava um jeito de desembocar em Sam e na perda devastadora que Peter tivera quando o filho foi morto. Estendeu a mão, que tocou o braço dele e o incentivou silenciosamente a continuar desabafando.

– O que realmente acaba comigo em relação a ele é o desperdício de todo aquele potencial. Ele nunca teve filhos para criar, nunca viajou pelo mundo. Quando recebi aquela homenagem da universidade quando me aposentei, não senti falta de ele ver o quanto o pai dele era bem sucedido, e sim por não podermos viver juntos aquele momento. Guardei o boné de beisebol dele durante todos esses anos, não porque aquele farrapo velho tenha algum valor, e sim porque me faz lembrar dele atirando a bola em todas aquelas ensolaradas tardes de domingo, quando ele era adolescente.

Eu lhe comprei o boné para ele não se queixar de que o sol entrava nos seus olhos. Mas ele se queixava assim mesmo. Toda vez que perdia uma jogada, sempre era culpa do sol. De modo que, toda vez que um de nós cometia um erro, no beisebol, ou em casa, quando alguém quebrava um prato ou rebentava uma vidraça, a gente dizia "o sol está alto", e ríamos.

– É isso o que quero dizer. A ciência não leva o amor em consideração. Estamos procurando uma forma de limpar quimicamente a poluição. Bem, e se focássemos no amor?

Peter continuou olhando fixamente para o velho boné de beisebol encarapitado em cima da estante, enquanto perguntava: – E como fazer uma coisa dessas?

– Talvez amor seja muito genérico. Atenção talvez fosse um termo melhor.

BB rolou pela sala, colocando o lírio no carpete onde havia um buquê de lírios. Ao farejar cada um deles, ela ficava cada vez maior e mais brilhante. Miranda lembrou-se de um artigo que Chris lhe mostrara quando montaram a casa juntos e compraram algumas folhagens. – Não há estudos que mostram que quanto mais as pessoas cuidam das plantas, quanto mais conversam com elas, quanto mais lhes prestam atenção – além de aguá-las e deixá-las ao sol – essas plantas se desenvolvem melhor do que aquelas do grupo de controle com as quais ninguém se importou?

– Sim, são estudos muito bem conceituados. Alguns dos meus alunos envolveram-se com pesquisas que mostraram um efeito semelhante nos seres humanos. Pediram a grupos de pessoas para rezar ou enviar pensamentos positivos para pessoas que estavam passando por uma cirurgia. O grupo a quem as orações e pensamentos positivos foram dirigidos recuperou-se mais depressa que o grupo de controle.

– De modo que há um poder intacto que poderíamos usar para curar a Terra? O poder da atenção.

Peter balançou a cabeça de um lado para outro num gesto de desalento. – As pessoas têm cuidado da Terra e prestado atenção nela há muito tempo, mas isso não impediu sua degradação.

Miranda sorriu ao ver BB estourando minúsculas bolhas de sabão transparentes, cada uma delas contendo cenas em miniatura de fábricas de bombas atômicas, aterros de lixo, chaminés, barcos de pesca de baleia e outros exemplos de práticas humanas que degradam a Terra. Estavam à sua volta como se fossem uma nuvem de mosquitos e, para cada uma que BB estourava, dez outras apareciam até ele ficar coberto por uma espuma de bolhas com imagens cinzentas.

– Sim, – concordou Miranda – nós temos cuidado e prestado atenção, mas não somos em número suficiente. E há uma quantidade excessiva de questões isoladas. Cuidamos de uma espécie e dez outras entram para a lista das que estão em extinção. Tentamos parar com a produção de uma mina de carvão e outras 20 começam a ser exploradas. Precisamos ser mais numerosos... mais... –. Miranda fez uma pausa enquanto assistia BB se limpar, livrando-se de todas aquelas imagens grudentas, e depois fazer uma bola com elas, soprar a bola e depois erguê-la enquanto ela se transformava numa esfera perfeita verde-azulada, uma miniatura da Terra flutuando na sala de visita. Miranda fez um gesto de assentimento enquanto terminava seu pensamento. – ... mais conectados. Precisamos juntar todos os nossos esforços no sentido de cuidar e prestar atenção – uma cura a nível mundial.

– E você acha que podemos salvar o planeta só cuidando do que for possível e prestando atenção nele?

Uma parte de Miranda estava na caverna com Rede da Terra, reunindo fragmentos de suas instruções, e outra parte estava na sala com Peter. – Isso e talvez um pouco mais. Talvez alguns de nós tenhamos de provocar a mudança, guiá-la um pouco para ajudá-la a acontecer.

– O que quer dizer com isso? O que está pretendendo fazer?

Mais uma vez, Miranda começou a ver Rede da Terra movimentar as mãos, juntando-as e separando-as, juntando-as e separando-as.

A voz de Peter chegou-lhe ansiosa e preocupada. – Miranda, o que está acontecendo? Você parece estar em outro mundo.

– Isso mesmo! – Miranda voltou toda a sua atenção para Peter. – Outro mundo. Você não tem teorias na física sobre universos paralelos? Universos semelhantes a este?

– As hipóteses do multiverso. Sim, há muitas teorias defendidas por vários cientistas, embora elas sejam completamente distorcidas pela mídia, que as transforma em ficção e fantasia. Eu pessoalmente acho a ideia fascinante. Acho que é mais plausível que eles existam de fato do que este mundo ser único, que não tenha a companhia de outros mundos dimensionais.

– Como são criados?

– As teorias só falam sobre a possibilidade de sua existência. Acho que pensam que sempre existiram.

– Mas como surgem os novos?

Peter estava olhando para Miranda, os lábios apertados. Olhava como se estivesse tentando segui-la num reino no qual queria desesperadamente entrar, mas não tinha certeza de haver uma porta visível para ele transpor. – Você está sugerindo que talvez, quando a gente morre, entre num universo paralelo?

Imagens da cremação de Don passaram como relâmpagos pela memória de Miranda e ela sentiu de novo a transferência de energia quando o corpo que fora de Don se transformava no forno.

– Não, estou pensando no mundo inteiro e na forma pela qual novos mundos nascem e morrem. Num certo nível, sabemos que este planeta está morrendo; nós, seres humanos, estamos matando uma de suas formas; mas, e se isso for necessário para outro mundo nascer? Talvez os seres humanos precisem existir em universos paralelos porque sua vida gira em tão grande parte em torno de opções e caminhos diferentes. É por isso que somos diferentes dos animais. A sua vida percorre só um caminho. Eles não mudam de profissão, nem voltam para a escola para se tornarem outra coisa. Eles podem tomar decisões sobre acasalamento, mas não têm divórcios e tudo o mais. Mas os seres humanos têm tantas opções com seu foco no livre-arbítrio... Só os sernates não as têm. Seguem o seu caminho. Ou ao menos tentam. Portanto, talvez seja porque a maioria dos seres humanos não segue um caminho, faz escolhas como se suas decisões afetassem somente a eles... –. As palavras de Miranda foram sumindo enquanto seus pensamentos viravam uma grande maçaroca, impossibilitando que qualquer conceito coerente saísse de sua boca.

Peter inclinou-se para a frente olhando para ela, uma mistura de confusão e curiosidade refletida no seu rosto. – Acho que estou acompanhando seu raciocínio agora. Sobre a diferença entre seres humanos e animais... mas o que é um sernate? Não conheço essa palavra.

– Chris é quem veio com esse termo: designa um ser humano intimamente ligado à natureza, um *ser natural*. Os sernates seguem sua orientação, isto é, são guiados no seu caminho. Portanto, em vez de fazer opções com base no poder, no dinheiro, no prestígio ou no medo, eles seguem sua orientação na jornada da vida, mantendo-se focados no lugar que é o mais apropriado para estarem naquele momento de acordo com a forma que sua existência se relaciona com a grande tapeçaria do mundo todo. Seguir a sua orientação dá a sensação de estar fazendo e sendo o que você deve fazer e ser, uma sensação que brota de uma percepção interna do que é certo, e não de expectativas externas.

– Orientação. Gostei. Sernate também. As palavras ajudam-me a compreender os conceitos novos que você está me apresentando. Estamos evoluindo mais depressa que a nossa língua –. Recostou-se na poltrona, olhando para o teto durante um minuto. – Estou começando a me conscientizar disso.

– O quê?

– Conscientizar. Que tal usar esse verbo? Nesse caso, assumir sua orientação significaria conscientizar-se do que você deve fazer –. Peter sorriu e sentou-se mais ereto na poltrona, como se estivesse se dirigindo a uma classe de alunos. – Precisamos de uma palavra para substituir *dever fazer*, porque *dever fazer* implica fazer as coisas por culpa, e orientação não tem nada a ver com culpa, certo?

mundos em divisão

Miranda retribuiu o sorriso, satisfeita por Peter se juntar a ela na criação de conceitos novos. – É, orientação não tem nadinha a ver com *dever fazer por culpa*. Seguir sua orientação é uma forma de estar em sintonia com o mundo natural ao nosso redor.

– Então, que tal substituir o *dever* por "seguir *sua seridade*? Assim cunhamos um termo que rima com "capacidade". Só a capacidade de sua seridade vai aumentar sua ligação com o mundo natural, não as suas posses materiais.

– Gostei. Há um monte de palavras que poderiam ser maiores e mais abrangentes com um *dade* no fim. E mais conceitos precisam ser verbos, ao invés de objetos. Aposto que você se sentiria mais à vontade com o espírito e a alma se eles fossem verbos –. Miranda lançou um olhar para BB, que agora estava segurando um cartaz entre as patas, que dizia: Mirandade, com um rosto sorridente ao lado. Miranda virou-se para Peter. – E como vai a sua peteridade agora?

– Melhor –. Ele fez um gesto de assentimento na direção dela. – Gosto da ideia de explorar o que o que minha peteridade vai fazer depois que minha corporidade terminar.

Miranda levantou-se e pegou as canecas de louça. – Bem, vou conscientizar você de novo na semana que vem.

12

SACRIFÍCIOS

Miranda despediu-se de Peter com um abraço e, depois de acomodá-lo com segurança na sua poltrona reclinável, saiu pela porta da frente. Ao descer a entrada de carro dos Blooms, abriu o celular. Sua tela de contatos continuava deslizando para um lado quando ela tentava clicar no retrato de Susan, de modo que ela desistiu e começou a digitar os números, as batidinhas no teclado sincronizadas com seus passos rápidos. Em vez de se dirigir para o carro, virou à esquerda na rua, enquanto seu telefone batia impacientemente na porta eletrônica de Susan.

– Alô? – uma resposta sonolenta finalmente chegou pelas vias aéreas.

– Eu te acordei? São mais de duas horas da tarde.

– Só estou fazendo o meu papel de estudante. Sabe como é, ficar acordada até as 4h00 da manhã e depois dormir o dia todo. Não quero esquecer todas aquelas coisas úteis que aprendi em Berkeley.

– Acho que é porque você encheu de almofadas e acolchoados macios aquela cama d'água extragrande que você tem e agora não quer saber de sair daí.

– Tenho certeza de que você não ligou só para comentar meus móveis e minha roupa de cama; e então, qual é a missiva maciça que você tem para mim?

Miranda virou uma esquina, o nervosismo fazendo-a caminhar pela calçada e atravessar o bairro. – Acho que sei porque as avós estão sempre dizendo "Você, que..."

– Vosque?

– Não, você, que...

– Mas não foi isso que eu disse? Vosque. Você, que...? vosvos, queque, queque...

– Não se trata de quero-queros. É você... que. Como na frase, "você, que é aquela que vai ajudar o mundo a se dividir.

– Ôôaaa! Manda um barco pra mim! Não estou na sua!

– Tudo bem. Eu só estava conversando com o Peter sobre mundos paralelos. Finalmente me toquei que tudo se resume às diferenças extremas que estamos vivendo neste exato momento. Este mundo está dividido. As pessoas estão em lados opostos: algumas adoram as árvores, outras as destroem; algumas trabalham em favor da paz, outras em favor das guerras. Além de o mundo estar dividido, alguns seres humanos estão criando um fosso ainda maior entre os ricos e os pobres. A separação entre os grupos de pessoas está ficando tão colossal que está na hora do mundo se dividir e de nascer um novo mundo paralelo.

– Paralelo a quê? Dividir-se onde? Mundos em divisão? Mas de que você está falando? – A voz de Susan parecia confusa e arrastada.

– Rede da Terra estava falando sobre a abertura, cuja hora está chegando. Acho que ela quer dizer que eu preciso ajudar a criar uma abertura entre os mundos para eles poderem se dividir. Deve ser para isso que serve aquela linha na caverna.

Agora o tom de voz de Susan estava mais alto e mais insistente. – Não entendo. Do que você está falando? E que barulho é este?

– Eu só estava passando por um cara com um daqueles aspiradores idiotas de folhas de jardim! Sabe, daqueles que fazem um barulho capaz de ensurdecer as pedras e tudo quanto ele faz é mudar as folhas de lugar para o vento poder espalhá-las de novo naturalmente. Está melhor agora?

mundos em divisão

– Está. Então você estava dizendo que Rede da Terra quer que você ajude a separar o mundo?

– O mundo já está dividido; tudo quanto ele precisa é de um empurrãozinho. As avós estavam tentando me tranquilizar ao dizer que a tarefa não é difícil. Eu só preciso de clareza para saber de que lado ficar. E não quero acabar do lado errado de jeito nenhum.

– Isso é fazer tempestade em copo d'água. Espera, deixa ver se eu consigo imaginar o que vai acontecer. Vamos ter dois mundos diferentes? Eles vão ter as mesmas substâncias básicas que nós?

– Acho que não. Isso deve ser a respeito da divisão. As avós estavam falando que tudo se resume a uma escolha – inclusive o lugar onde vou acabar ficando. De modo que eu suponho que vai haver montanhas e rochedos básicos em cada um dos mundos que depois vai ser povoado de acordo com quem pertence a que lugar. Ou que opte por estar num determinado lugar –. Miranda fez uma pausa, pois a rua pela qual estava caminhando terminava num cruzamento. Parou, olhou para a esquerda e depois para a direita, considerando que direção tomar.

A voz de Susan chegou alta e nervosa: – Não desliga! Só agora é que estou me dando conta do que você está dizendo! Você está mesmo me contando que a Terra vai se dividir para que as pessoas que a querem destruir vão parar num outro mundo e vamos ficar livres delas?

– É a impressão que estou tendo.

– Seria incrível! Sem as baratas consumistas, todos poderíamos trabalhar juntos para este mundo se recuperar. Os seres humanos seriam capazes até de morar nele numa boa. Se essas misteriosas avós estão certas, eu mesma poderia ter a chance de me tornar uma delas.

Ambas as mulheres ficaram em silêncio, refletindo sobre um futuro promissor. Depois a voz de Susan continuou com um tom brincalhão. – Talvez as baratas propriamente ditas pudessem ir com as baratas humanas para o seu mundo. E também os pernilongos e as moscas. Você acha que elas também poderiam levar consigo os preconceitos e as humilhações?

E também deviam levar todas as doenças autoimunes que seus produtos químicos provocaram e também merecem...

A estática interferiu no celular quando Miranda atravessou a rua, dirigindo-se para o que parecia ser uma passagem entre duas casas. Caminhou rapidamente pelo caminho estreito, com esperanças de que a recepção telefônica melhorasse depois que chegasse ao outro lado. Lá havia um gramado verde rodeado por cercas de quintais. Era uma pracinha com aglomerados de árvores, mesas de piquenique e bancos espalhados por toda a área.

Um casal de idosos estava sentado num dos bancos dando comida a um bando de pombos. Miranda parou, liberando parte de sua energia represada enquanto examinava aquele lugar cheio de paz; depois se dirigiu a uma das mesas enquanto lhe chegava pelo celular a voz distante de Susan.

– Você acha mesmo que uma coisa dessas é possível?

Miranda sentou-se à mesa, erguendo os olhos para um bordo da Nova Inglaterra recém-transplantado, as folhas começando a clarear nas noites cada vez mais longas. *E então, se eu ajudar mesmo a dividir este mundo, será que todas as plantas vão voltar para o seu local de origem? E as pessoas?* Seu coração disparou enquanto ela tentava considerar todas as infinitas possibilidades que sua ideia estava criando. Aproximou mais o celular da boca e falou baixinho: – Não sei. Quero acreditar que sim. Parece ser a coisa certa, mas é tão... inacreditável –. Miranda sentou-se à mesa de piquenique, desejando estar com Susan ao vivo e a cores, em vez de ter de contar com uma máquina para conectá-las. – Não se esqueça de que tudo isso está chegando por meio de meus encontros desconjuntados com elas. Talvez eu esteja dando algum sentido às palavras de Rede da Terra por causa de uma necessidade egoísta e indevida de me sentir especial ou importante. Quer dizer, por que eu? Elas parecem achar que sou necessária para essa divisão acontecer. Mas talvez eu esteja entendendo tudo errado.

– Não comece de novo com essa lenga-lenga! Se começar a se questionar, não vamos chegar a parte alguma.

– Mas tenho de analisar a questão agora e você é a única pessoa com quem posso discutir isso. Chris fica nervoso, com medo de que eu vá fazer alguma coisa perigosa, de modo que tento não falar nada sobre as avós em casa. E, quando estou com elas no alto do morro, ou na caverna, é difícil questionar o que elas dizem porque, de certa forma, tenho a sensação de que o que elas dizem é certo.

Susan suspirou. – Não é isso que você me disse que é um bom indício de que uma determinada coisa está certa? Dar a sensação de que é certa? Quando estou com o Angel, tenho a sensação de que é um acontecimento especial – tudo parece fazer sentido.

– Eu sei, essa é que é a parte difícil. Quando estou escutando as avós, tenho a sensação de estar contida no todo e conectada ao todo, de modo que uma parte de mim pára de questionar.

– Até você voltar.

– Bom, é...

A voz de Susan estava firme. – Você não pode brincar comigo. Você me ensinou. Se você está tendo uma conexão especial, um Evento com uma dimensão mística, o melhor guia é o que você sente nas entranhas, não o que a sua cabeça diz depois. Quando um Evento acontecer, preste atenção! E um Evento acontecendo é um *Eventecimento* e você tem de participar.

– Do que você está falando? Será que você acabou de criar outro susanismo?

– É. Eventecimento. Significa a sensação que você tem quando um Evento está acontecendo. Sabe, aquela sensação de que as coisas são as coisas certas, mesmo que você não consiga explicá-las racionalmente depois.

– Mesmo assim, por que elas me escolheram? Sônia estava naquela reunião e foi ela quem escreveu todos aqueles livros sobre espíritos.

– Vamos parar com essas protelações e evasivas. Já passamos por elas antes. Além disso, você acredita na sua orientação, não acredita?

– Claro que sim.

– Então é só focar nela, e é por essa razão que elas estão conversando com você. Sônia tem sua própria orientação para seguir. Não é essa, conforme você me ensinou, a diferença entre seguir a própria orientação e admirar o que outra pessoa está fazendo e pensando? Admirar alguém não significa que você tem de ser igual a essa pessoa – pois, na realidade, cada um de nós é único, com uma orientação que é exclusivamente sua.

– Sim, mas como saber se é realmente a minha orientação e não o meu ego querendo que seja a minha orientação? – O telefone ficou mudo. Miranda imaginou Susan balançando a cabeça e erguendo os olhos para os céus num sinal de exasperação. Provavelmente ainda estava na cama, recostada em todas aquelas almofadas como uma rainha no seu quarto de dormir. – Susan, você ainda está aí?

Susan arqueou as costas contra os travesseiros, passando o celular para a outra orelha enquanto tentava tirar do pescoço as dobras e marcas do sono. – Sim, estou aqui. Você vai dar ouvidos ao que me ensinou, ou não? Está sentindo vontade de fazer o que elas querem que você faça? Ou está focada em algum tipo de ganho pessoal que pode ter com isso?

O suspiro de Miranda chegou bem nítido do outro lado da linha. – Tudo bem, você me pegou, fessora. Usando minhas próprias perguntas contra mim, hein? É uma força de atração incrível. Eu a evitaria se pudesse, mas não posso, de modo que é a minha orientação –. Houve uma pausa, e depois Miranda continuou. – Mas você só está tentando me convencer disso porque quer acreditar que os mundos vão se dividir e todas as pessoas problemáticas vão para um planeta diferente e vão nos deixar em paz?

– Em paz para limpar toda a sujeira deles, não se esqueça. Não vai ser fácil. Mas, sim, quero muito acreditar nisso. E sinto que é certo. Sempre estou pensando que muita gente parece ser de outro planeta, a começar pela minha família... –. Susan olhou para a parede onde um retratinho mostrava uma família aparentemente perfeita de pai, mãe e cinco filhos adultos, todos com um lindo sorriso para a câmara.

A voz de Miranda adoçou. – Não seria bom se isso acontecesse de verdade? Então aqueles vizinhos do Peter e da Sônia desapareceriam e ninguém mais seria lesado pelo seu egoísmo. Não desliga, estou indo pegar meu carro e talvez tenha de passar de novo por uma zona morta.

Susan virou-se na cama, ficando de lado. Sua voz ficou mais clara quando seu bom humor despertou. – Gosto do jeito disso tudo. Livrar-nos daqueles vizinhos horrorosos... E talvez também a hera venenosa, os carrapichos e os percevejos possam ir com eles para o outro mundo, assim como os carrapatos e as tarântulas. E seria ótimo se eles levassem consigo todo o seu lixo tóxico, principalmente o nuclear. E eles também podem ficar com todos aqueles currais fedorentos onde o gado fica esperando para ser abatido; nós ficamos com as vacas felizes que vivem soltas. Ou você acha que todos seremos vegetarianos neste novo mundo?

– Isso deixaria o Chris felicíssimo, desde que eu consiga fazer a passagem para este novo mundo. Tivemos outra "discussão" a respeito de eu fazer alguma coisa perigosa. Mas Chris sabe que tenho de seguir minha orientação. Não posso ser detida, quando chegar a hora, por ter de fazer tudo de forma absolutamente segura. Em nome da minha orientação, tenho de estar disposta a abrir mão de tudo que eu puder.

– Do que você está falando? – a resposta de Miranda foi abafada pelo barulho da rua. Susan esperou até o ruído desaparecer antes de apertar o celular contra a boca e perguntar: – Não devia ser fácil escolher? Não que a gente tenha alguma coisa em comum com aqueles que acreditam que matar assassinos vai impedir as pessoas de matar. Ou com aqueles que acreditam que vender produtos perniciosos a crianças não é problema na luta pela vida, nem na busca de liberdade e dinheiro.

Susan olhou para o controle do termostato que ficava na parede em frente e depois para o chão frio de tacos de madeira e resolveu puxar o acolchoado para cima da cabeça, mergulhando mais profundamente ainda nos travesseiros.

A voz de Miranda chegou abafada. – Não vai ser fácil para mim dizer qual é a diferença entre os dois lados daquele rochedo que mais parece um túmulo. Lá dentro, tudo parece igual. Deve haver uma possibilidade de eu acabar no mundo errado. Mas vai valer a pena correr esse risco para dividir os mundos e ter condições de salvar o nosso lado, mesmo que eu não consiga viver nele.

– Nem pensar! – Temos de resolver isso. Você não vai fazer nada que seja tão perigoso assim. Continua na linha, vou me sentar para pensar melhor.

Susan lutou para se sentar na sua cama d'água, mas só conseguiu se debater no meio da sua pilha de travesseiros, acolchoados e lençóis. Chegou à ponta da cama e tentou se levantar; mas, em vez de tocar na madeira, sua mão se conectou com uma orelha peluda e macia. Hesitou enquanto se dava conta de que só tinha agarrado um pedaço da grande cabeça de urso que deixara equilibrada na ponta da cama antes de ir dormir. Seus dedos começaram a arrancar os pelos macios e ela começou a tatear com a outra mão e acabou deixando o celular cair, mas continuou conectada com a outra orelha. Começou a emergir do meio dos lençóis e acolchoados até que puxou a cabeça do animal da ponta da cama, fazendo com que caísse em cima dela e que afundasse ainda mais na cama na qual não parava de se debater. Mas, por baixo das cobertas, conseguia ouvir um "Susan?" abafado ecoando com um tom de urgência.

Xingando, apertou-se contra a ponta da cama e, empurrando a cabeça de urso para um lado, pegou o telefone. – Estou aqui, desculpe. Só estava lutando com um novo "amigo" que herdei.

– Novo amigo? Do que você está falando?

– Deixa pra lá –. Susan baixou os olhos para a cabeça de lobo, caída de lado em cima da cama, a boca aberta cheia de dentes amarelos contra o fundo negro do focinho. Ficou pensando no motivo pelo qual ficara acordada até tarde na noite anterior, desejando poder mudar o rumo da conversa para sua tendência em atrair cabeças de animais extintos, mas estava preocupada demais com Miranda e com o que as avós estavam lhe pedindo para fazer.

Susan fechou os olhos para não ter de ver aqueles olhos negros e reluzentes na cabeça do lobo, que não se afastavam dela um instante sequer.

– Temos de encontrar uma forma de você ter certeza de saber a diferença entre os mundos para acabar no lugar certo. Não quero te perder para um mundo que preferiria abrir você ao meio a respeitar sua sabedoria.

– O que é bom para muitos é mais importante do que é bom para poucos, ou só para um.

– Não vem dar uma de Spock pra cima de mim! Depois de se sacrificar para salvar a nave, o pessoal conseguiu fazer outro filme de *Jornada nas Estrelas* e ressuscitá-lo. O que devo colocar no roteiro que o universo todo vai seguir? – Susan passou as pernas por cima do lado da cama, os artelhos pulando ao contato com a madeira fria embaixo dos pés.

Juntando os joelhos, ela cerrou os dentes. – Miranda, posso te ligar daqui a pouco? Estou nas últimas para ir ao banheiro. Só um minuto.

– Ah, tudo bem, eu te acordei. Estou quase no meu carro agora. Por que não vai ao banheiro na calma e me liga daqui a meia hora?

– Tá bom, tchau –. Susan correu para o banheiro, enrolando um roupão em volta do corpo enquanto se sentava no vaso.

Sentiu o corpo se aliviar, o que depois provocou uma torrente de lágrimas. Ela soluçava, imaginando Miranda presa num mundo cheio de assassinos de árvores que odiavam a ecologia, separada de seus guias e de seus amigos, torturada por uma ralé que não a compreendia, morrendo sozinha na miséria.

Susan sentiu Angel tentando entrar em contato com ela e reconfortá-la, mas empurrou-o. – Vocês, guias, exigem demais de nós! Não é justo!

Parte de Susan se perguntava se ela estava se referindo a Miranda, a si mesma ou à sua nova tarefa, que lhe fora dada pelo mesmo homem misterioso da jaqueta bordada e do chapéu de caubói.

Lançou um rápido olhar para sua cama, vendo uma orelha cinzenta peluda se projetando no meio de seus acolchoados e travesseiros. Ela já devia saber que, quando Paul insistiu para ela ir à feira de artesanato com ele, algo bem louco aconteceria. Ele tinha ido ver o que havia para comer enquanto ela caminhava entre as filas de cerâmicas, flores de seda e bijuterias.

Susan reparou numa cabeça de lobo de madeira entalhada no meio da confusão de uma banca muito eclética, de modo que parou e pegou o objeto nas mãos. Dava mais a impressão de ser de seda que de madeira enquanto ela a fazia girar nas mãos várias vezes, admirando a concepção realista.

Ergueu os olhos, querendo perguntar o preço ao vendedor. Seu coração parou quando se deu conta de estar olhando nos olhos do mesmo homem que lhe dera a cabeça de urso três meses antes.

Antes de conseguir se mexer, ele deu a volta na banca, pegou-lhe na mão e arrastou-a até uma camionete familiar. A parte medrosa dela queria fugir, mas a mente racional ficou aturdida com as inúmeras perguntas que se chocavam umas com as outras, sendo a primeira: "Por que esse homem fica aparecendo na minha vida?"

Ele falou na mesma língua incompreensível de antes. As únicas palavras que Susan reconheceu foram Colorado, sul e Montanhas Rochosas, onde ela e Paul iriam participar de um seminário dali a duas semanas.

E agora, sentada no vaso sanitário, ela teve uma sensação deprimente de que estava inexplicavelmente envolvida no processo de devolver o lobo do sul das Montanhas Rochosas ao Colorado.

Pondo de lado o seu próprio dilema e concentrando-se novamente em Miranda, Susan levantou-se, olhou-se rapidamente no espelho e lavou tanto os resíduos do sono quanto das lágrimas no seu rosto.

Enquanto se olhava no espelho, uma sensação de mal estar que começara no estômago começou a se apoderar dela.

– As avós estão fazendo as coisas de um tal jeito que Miranda vai ter de se sacrificar para ajudar esse mundo a se dividir e se curar –, disse Susan a seu reflexo apavorado. – Elas não vão lhe dizer isso com todas as letras para ela não poder voltar atrás. Mas é isso que vão fazer. Estou sentindo!

Correu a se enfiar de novo na cama, agarrou o celular e digitou o número de Miranda.

– Oi, Susan, estou dirigindo agora e –

– Miranda, você não pode fazer isso. As avós vão ter de arranjar outra pessoa.

mundos em divisão

– Do que você está falando? Finalmente descobri o que elas querem que eu faça.

– Não é justo. Não quero te perder.

– Espera aí que eu vou estacionar e te ligo de volta.

Susan começou a andar de um lado para outro no seu apartamento, esperando Miranda ligar. E olhava para a cabeça de lobo toda vez que passava por ela.

Miranda entrou numa rua residencial e estacionou na frente de uma casa com crianças brincando de bola no jardim. Digitou o número de Susan, que respondeu imediatamente. – Tudo bem, Susan, encontrei um lugar para estacionar, agora a gente pode conversar de novo. O que é que está te chateando tanto?

O telefone ficou mudo, e depois a voz de Susan chegou como um sussurro hesitante. – Eu... eu nunca pensei... quer dizer, eu sabia que você era importante, mas nunca pensei que você teria de fazer o S maiúsculo. Simplesmente não sei o que vai ser de mim sem você. Sei que eu –

– Que S maiúsculo?

– S de Sacrifício! É isso que as avós estão lhe pedindo. Exatamente como Jesus teve de se sacrificar para salvar o mundo.

– Não me compare a Jesus! Principalmente não assim!

– É disso que as avós estão falando quando repetem, ao se referir a você, "você, que é a única. É isso que significa "você, que".

Miranda foi arrastada da conversa com Susan de volta à caverna com as avós. Ouviu Rede do Fogo dizer: – Você, que é a única. Você, que vai abrir caminho para muitos.

– Miranda, tudo bem? Diga alguma coisa. O que está acontecendo?

O peito de Miranda apertou quando ela se lembrou do resto da conversa na caverna. Teve dificuldade em responder às súplicas de Susan para que a tranquilizasse.

– É, é... Estou bem. Eu só estava... eu só estava pensando no que uma das avós me disse.

– O que foi? O que ela disse?

– Tenho certeza de que não significa nada...

– Ela me perguntou até que ponto eu estava comprometida com elas. Eu só achei que ela estava se referindo às distrações causadas pelas minhas ansiedades e que me puxam de volta para o Mundo-N, quando perco o que elas estavam me dizendo. Mas agora você está me fazendo ver a questão por outro ângulo.

– É disso que estou falando. Olha, Deus exigiu o mesmo grau de comprometimento de Jesus.

– Pára de me comparar com ele! – Miranda apertou o celular, querendo atirá-lo pela janela do carro. *Por que você não consegue me ouvir! Acabo de descobrir o que devo fazer e você começa a transformar tudo num pesadelo. Talvez Peter esteja certo. A religião é completamente irracional.*

Susan parecia estar à beira de explodir em lágrimas. – Não quero te perder. Está tudo pirado. Ursos cinzentos ressurgindo, sabe Deus o que virá depois. Não posso viver neste mundo se você não estiver aqui. Você me ensinou a voar acima de toda essa merda do Mundo-N. Se for embora, eu vou mergulhar nela outra vez.

Miranda conteve sua reação inicial. *Você tem de ser mais forte. O que aconteceu a tudo quanto aprendeu com Angel?* E, em voz alta, ela disse: – Susan, você pode muito bem se virar sozinha. Olha tudo quanto você já conseguiu. Agora já é quase uma advogada e já tem conexões políticas, para não falar dos conselheiros espirituais com os quais aprendeu a se conectar. Veja como você e o Angel se comunicam bem agora.

O telefone ficou mudo por um momento e depois a voz de Susan chegou mais calma: – Desculpe. Eu não queria ficar me lamentando para você. Por favor, promete que vai falar disso com as avós, que vai descobrir o que elas realmente esperam que você faça. Ou então checa com a Adnarim. Tenho certeza de que ela não vai querer que você se sacrifique. Ela vai achar uma saída.

– Vou, sim, prometo. Agora volta pra cama e tenta acordar de novo, e não se preocupe com sacrifícios. Eles aconteciam lá nos tempos antigos. Agora os sacrifícios humanos não estão mais na moda. Somos uma espécie tão atrapalhada que simplesmente não merecemos algo grande como um sacrifício. Tenho certeza de que os deuses vão voltar a preferir bodes e touros.

Susan tentou rir da piada sem graça de Miranda. – Só me promete que vai cuidar direitinho de você.

– Vou, sim, Susan; não se preocupe tanto –. Miranda fechou seu telefone, encerrando a conversa com Susan.

Espero que isso a faça sentir-se melhor, porque não sei como estar na presença das avós por tempo suficiente para descobrir a diferença entre os dois lados daquela caverna. Não consigo imaginar sequer uma maneira de voltar à Farmacêutica do Futuro para conversar novamente com elas.

Miranda ficou ali sentada no carro, ainda despreparada para voltar para casa. *O que vou dizer ao Chris sobre tudo isso? Não posso mencionar nada que sequer sugira a ideia de minha partida do Mundo-N. Droga, Susan, por que você tinha de tocar nesse assunto idiota de sacrifício? É tudo quanto eu precisava para você começar a se preocupar. E, além da ansiedade do Chris, o trabalho está ficando pirado e Mirau está de novo com dificuldade para aparecer!*

Uma voz insistente na sua cabeça, uma voz que se mantivera em silêncio durante os últimos oito anos, começou a mostrar simpatia por ela, a encorajá-la a reservar um tempo para si mesma. Fez com que lembrasse como seria gostoso tomar agora mesmo uma cerveja Stormer's gelada, e observou que era óbvio que ela superara o alcoolismo, pois bebera bastante ultimamente sem nenhum efeito pernicioso.

Miranda ligou o carro e foi até o supermercado mais próximo. Depois de comprar um pacote de seis latas da Stormer's, dirigiu-se para uma praça local que se vangloriava de ter mesas de piquenique isoladas perto de um bosque de pinheiros. Enquanto tomava as cervejas num silêncio bem-aventurado, olhava fixamente para o chão, sem se dar conta de que um espírito alto e esbelto tinha se materializado atrás dela.

Toda a ideia de sacrifício parecia engraçada agora e ela prometeu a si mesma que não contaria muita coisa para Susan ou Chris, porque eles ficavam muito ansiosos.

Tenho condições de dar conta deste recado. Sinto-me melhor agora do que quando estava fazendo confidências a Susan. Só preciso de mais tempo comigo mesma. Acabou de tomar as cervejas e deu uma caminhada antes de voltar para casa dirigindo com o maior cuidado.

13

O CONSELHO DE ADNARIM

Miranda chegou depois da ida à praça e encontrou a casa vazia. Ficou um instante ao lado da caixa de correspondência ligeiramente tonta enquanto as nuvens flutuavam no céu de safira. Pareciam mapas de um reino etéreo que revelavam rotas pelas quais navegavam os corvos, que se chamavam urgentemente uns aos outros no meio daquela vastidão. As aves e as nuvens pareciam-se com seus pensamentos. Alguns passavam voando muito depressa pela sua consciência, crocitando dramaticamente, enquanto outros flutuavam à deriva muito devagar, dissipando-se quando ela tentava pegá-los.

Abriu a porta, colocou a bolsa em cima do sofá, atirou a jaqueta no chão e chutou os sapatos na direção da sala de visita. Sentindo o gosto da cerveja na boca, franziu a testa e foi ao banheiro escovar os dentes. Quando voltou, deixou-se cair no sofá com um pacote de bolachas água e sal e um copo d'água.

Lutando para obrigar os pensamentos a formularem uma mensagem telepática coerente, tentou enviar um apelo a Adnarim para que viesse visitá-la. Mas era como tentar controlar um monte de balões durante uma tempestade de vento. Preocupações inoportunas continuavam voando livremente e distraíam sua atenção.

Por fim, resolveu se concentrar somente no nome de Adnarim, na esperança de que ela aparecesse e que ela pudesse dividir todas as suas preocupações com sua guia. Acabou sendo recompensada pela presença de uma mulher ruiva de pele morena, enrolada num xale cor de pêssego, que apareceu a seu lado. Miranda fechou os olhos para resistir à tentação de olhar diretamente para a presença provocante de Adnarim.

Tentou priorizar suas ansiedades, com medo de Adnarim desaparecer antes de ela conseguir articular totalmente o seu dilema em relação ao que as avós estavam lhe pedindo para fazer. Falando em voz alta, perguntou: – Susan está certa ao dizer que vou ter de me sacrificar para ajudar os mundos a se dividirem?

:Não.:

Miranda relaxou, respirando livremente pela primeira vez desde a conversa com Susan. – Então eu não preciso me preocupar em fazer a escolha certa?

:Sim.:

– Sim?

:Sim, você precisa fazer a escolha certa.:

– Mas, dentro daquela caverna que parece um ovo, não sei dizer qual lado é qual. E mesmo que soubesse, a maior parte do tempo eu fico voltando para o meu corpo e perdendo o que elas dizem –. Miranda parou de falar e começou a roer as unhas.

:É crucial que você esteja presente no momento em que for necessária. Escolher bem é importante.:

– Mas essa escolha não diz respeito só a mim. Susan ficou arrasada ao pensar que vou morrer. E é provável que eu não morra logo. É por isso que você disse que não vou ter de me sacrificar na hora da divisão? Por que vou continuar viva até um fascista do mundo arruinado descobrir quem eu sou? Mas vou estar sozinha. Vai ser pior que a morte. Vou perder o Chris e todo mundo que eu amo aqui! – Miranda virou-se para Adnarim num tom de súplica, mas ela desaparecera. – Não faça isso! Preciso de você agora.

mundos em divisão

O som de chaves tilitando do outro lado da porta se fez ouvir e Miranda se levantou para receber Chris. Depois de um longo abraço, Chris olhou bem nos olhos de Miranda. – O que há de errado? Parece que você andou chorando.

– Eu só te amo alucinadamente –, respondeu Miranda puxando o amante para outro abraço de urso. – Não sei o que seria de mim sem você; o mundo ficaria muito insípido.

– Não vou a parte alguma... a menos que um dos seus guias esteja prevendo alguma coisa e aí eu não tenho certeza de querer saber o que é –. Os olhos de Chris passearam rapidamente pela sala, examinando-a para ver se descobria alguma área enevoada que indicasse que um guia estava à espreita na sala de visita. – Eles estão dizendo que vai acontecer alguma coisa comigo?

– Não, nada disso. Eu só estava conversando com a Susan antes de vir pra casa. Ela estava me fazendo lembrar do quanto este mundo é valioso e do quanto sou abençoada por desfrutar uma vida tão maravilhosa aqui.

Chris deu um passo para trás, pegou os sacos de compras que haviam caído no chão no início daquele abraço apertado e foi para a cozinha. – Você pode me fazer companhia e me contar o quanto este mundo é maravilhoso enquanto faço o jantar. Estou morto de fome.

Miranda hesitou, lançando um rápido olhar para o sofá vazio. – Quero conversar mais um pouco com a Adnarim, você vai em frente que só vou demorar um minuto.

– Você teve o dia inteiro para conversar com eles. Quanto tempo ficou com os Blooms?

– As poucas horas de sempre. Depois conversei um pouco com a Susan...

– E depois, o que você fez?

– Ah, nada de importante. *Droga, quanto tempo fiquei naquela praça bebendo?*

– E então por que você não conversou com os seus guias depois de falar com a Susan? Por que você sempre precisa fazer isso quando poderíamos ter algum tempo só pra nós?

– Não faço! Só para o seu governo, eu estava falando com Adnarim antes de você chegar em casa. Na verdade, ela desapareceu bem na hora em que você chegou. De modo que você interrompeu a nossa conversa.

– Bom, sinto muitíssimo –. Chris atirou-lhe essas palavras, virou as costas e foi para a cozinha pisando duro. Miranda ouviu a porta da geladeira abrir-se e depois ser fechada com estrondo. Os sons de socos e batidas continuavam.

Por que acabei vivendo com alguém tão absurdo? E estou fazendo tudo isso em prol da nossa relação! Ela cerrou os dentes e depois engoliu um arroto – e sentiu de novo o gosto da cerveja na boca. *Bem, esta com certeza não é a noite ideal para contar que estou em condições de beber socialmente outra vez. Se esse tipo de atitude desagradável se repetir toda vez que eu mencionar uma conversa com os guias, não sei o que vou fazer. Com toda essa barulheira e emoções negativas, não há como eu conseguir relaxar o suficiente para falar com Adnarim.*

Ela se virou para sair da sala e foi para o quarto. Fechou a porta, pôs uma música suave e depois se sentou na cama, esperando que Adnarim voltasse. Enquanto esperava, a raiva, o remorso e os medos passaram rápidos pela sua mente, triturando a calma que ela estava procurando evocar. Quando Adnarim finalmente apareceu, estava usando trapos de diversas cores e o que parecia ser múltiplas jaquetas longas, todas remendadas e rotas.

Não querendo correr o risco de ser ouvida, concentrou-se em falar telepaticamente, tentando formular pensamentos coerentes enquanto a cabeça disparava, tentando compreender. :*Você acha que devo contar alguma coisa ao Chris? Se contar, o que devo dizer? Quanto do que Susan pensa eu devo mencionar – se mencionar o que quer que seja a esse respeito? Devo reconhecer que posso acabar no mundo paralelo errado depois que a divisão acontecer?*

:*Sim. Palavras. Uma conversa original; aquela que você teve com Susan agora é passado. Tenha uma nova conversa com Chris. Não.*: A resposta de Adnarim chegou como uma brisa relaxante, comparada à tempestade turbulenta de perguntas que Miranda tinha a fazer.

:Espera, a que se referem o sim e o não?:

:Às suas perguntas.:

:Mas quais?: Miranda tentou freneticamente se lembrar com exatidão do que havia perguntado a Adnarim.

:As perguntas que você me fez são aquelas que respondi.: Sua voz era suave e calmante, embora as palavras não diminuíssem a angústia mental de Miranda. Adnarim tremeu e em seguida apareceu muito sóbria, toda vestida de preto, com um capuz na cabeça. *:Por que você pensa que poderia morrer nesse momento? Por que está imaginando que os mundos paralelos não são similares?*

:Qual seria o propósito de dividir os mundos se eles forem iguais? Mundos paralelos significam só que eles existem simultaneamente. BB me mostrou isso lá na casa dos Blooms – ao menos foi isso que achei que ela estava fazendo. E aqueles vizinhos estúpidos, perversos. Você não sente o quanto o mundo já está dividido, mesmo agora? As pessoas são tão estranhas que já não fazem sentido.: Miranda sentiu a frustração aumentar enquanto diminuía a sua capacidade de projetar os pensamentos. Abaixou-se, pondo a cabeça nas mãos.

Pelo canto do olho, notou que a pele de Adnarim agora mostrava linhas duplas muito finas que alternavam as cores preto e branco e lhe subiam pelas pernas nuas desde os artelhos.

Miranda fechou os olhos antes de ceder à tentação de se virar para verificar se Adnarim estava tão nua quanto parecia estar.

Sentiu diminuírem as tentativas de sua guia se comunicar com ela. Miranda tentou se agarrar às mensagens telepáticas, pegando uma na qual Adnarim parecia ainda estar perguntando:

:Por que você acredita que tem de morrer?:

A mente de Miranda tropeçou na resposta. *:Por que fica me perguntando isso? Você não sabe? Você deve saber quando vou morrer, mas aí este é que é o problema, não é? É morte de verdade? Só vou estar no mundo errado? O que vai ser do Chris? E não é justo, primeiro aguentar uma companheira que está* *sempre entrando e saindo de mundos diferentes e depois a perde quando ela é colocada permanentemente em outro mundo – é demais.:*

Miranda ouviu telepaticamente a confusa mistura habitual de sins e nãos de Adnarim, percebendo mais uma vez que deixara a mente divagar e fazer perguntas demais, todas ao mesmo tempo. Cerrou ligeiramente os olhos e, concentrando-se bem no ponto à frente, notou que a visão a seu lado era agora a de um homem vestido como bufão, com uma mistura confusa de pontos verdes e amarelos alternando-se num fundo amarelo e verde.

:*Por que você muda de forma toda hora?:*

:*Para lhe dar a resposta que me pediu.:*

:*Explica pra mim o que você está dizendo!:*

A paleta de cores de Adnarim inverteu-se, de modo que agora o amarelo era verde e o verde, amarelo. Depois as cores foram trocadas de novo.

Miranda fechou bem os olhos outra vez, sentindo as lágrimas ameaçando cair.

:*O que isso tudo significa? Diga com palavras, estou cansada de todas essas insinuações. Todas as peças do quebra-cabeça se juntaram quando Susan estava falando a respeito do porquê Rede da Terra insistiu tanto sobre que lado escolher. Até mesmo fez sentido porque fui eu a escolhida, em vez de algumas outras pessoas que conversam com espíritos. Não sou muito importante. As outras pessoas são todas necessárias para ajudar no novo mundo. Depois de nos afastarmos da loucura, todas elas serão necessárias para construir um mundo novo de coexistência pacífica.:*

A forma de Adnarim mudou de novo: agora era uma velha que estava usando um tailleur com todas as cores do arco-íris.

:*O sentido não é tão importante quanto a ação. Estes são mundos para você ajudar, você escolhe certo. Mas as palavras podem orientar ou desorientar, dependendo de quais você escolhe. Estar presente no momento em que deve estar presente é o fator mais importante de todos. Seguir sua orientação é para você*

mundos em divisão

seguir. Enquanto os outros seguem suas orientações, o mundo é reconstruído de acordo com outros moldes.:

:Mas isso significa que eu tenho de estar preparada para morrer. Tenho de estar disposta a abrir mão da minha vida para estar um por cento à altura do desafio de ajudar os mundos a se dividirem. Se eu hesitar e tiver muito medo de morrer, aí não terei condições de estar inteiramente presente. Vou voltar para o meu corpo físico como sempre volto quando fico nervosa e, nesse caso, não vou conseguir ajudar... Mas, se eu estiver lá só espiritualmente – e não fisicamente – isso significa que não importa para qual mundo eu acho que estou indo, porque meu eu físico vai automaticamente para o mundo certo?:

:Seu eu físico *não* vai *para outro mundo*; estará onde precisa estar, quando estiver lá.:

:Isso não ajuda! Você tem que me ajudar a fazer a escolha certa!:

:Esteja presente no momento que precisa de você. Pense só nisso, que assim vai seguir sua orientação.:

Adnarim encolheu-se até ficar do tamanho do menino pequeno que estava jogando bola no carro de Miranda meses atrás. Miranda conseguia enxergar uma bola de um tipo qualquer sendo atirada no ar e depois, ao descer, Adnarim a segurava com ambas as mãos, palmas abertas. A bola ficava momentaneamente em ambas as mãos, depois voltava a ser uma única bola de novo quando era lançada para o céu. Ela observou a operação se repetir durante vários minutos, até começar a sentir suas ansiedades diminuírem. Depois a bola se transformou num pássaro que voou das mãos de Adnarim.

Miranda virou-se na direção dela para ver melhor, e tanto sua guia quanto o pássaro sumiram.

Miranda balançou lentamente a cabeça de um lado para outro, descobrindo que a tensão no pescoço e nos ombros tinha diminuído também enquanto ela observava a bola subir e descer. Miranda levantou-se e ia sair do quarto quando percebeu que sua camiseta e sua calça jeans estavam penduradas no braço da cadeira. Pegou-as e colocou-as nos seus devidos lugares. Ao sair do quarto e entrar na sala, abaixou-se e pegou os sapatos que tinham ido parar embaixo da mesa de centro. Ao voltar ao quarto de dormir, pegou um par de tênis que estava no corredor e colocou ambos os pares de calçados no armário. Quando Chris veio lhe dizer que o jantar estava pronto, Miranda já tinha esvaziado a lata de lixo e a enchera de novo até o meio com papéis que tinham sido jogados em cima da mesa de jantar.

– Nossa, o que aconteceu aqui? Não estou me queixando, longe disso...

– Surpresa! Achei que podia dar uma arrumada aqui, como forma de pedir desculpas –. Aproximou-se e deu um beijo no rosto de seu amante. – Vou até pôr a mesa para nós e, depois, vou lavar os pratos.

– Você não é obrigada a fazer tudo isso. Foi culpa minha também. Eu sei que você nem sempre consegue planejar quando vai conversar com seus guias. Eu lavo a louça. Acabei preparando grão de bico ao curry, de modo que está uma bagunça federal lá dentro.

– Meu prato favorito! Você me mima demais. E estou planejando lavar a louça, sim. Do jeito que você gosta que a tarefa seja feita, e não com o meu método habitual de passar uma aguinha e secar. Vou até limpar e secar a pia, dobrar as toalhas de prato e deixar tudo como se você mesmo tivesse arrumado a cozinha, só que vai estar relaxando enquanto ouve um jazz romântico e me espera no sofá.

– Bem, não vou dizer não a tudo isso –. Chris voltou para a cozinha e trouxe o jantar enquanto Miranda punha a mesa, engolindo as preocupações, mandando-as para o fundo da consciência e prometendo a si mesma que faria tudo o que pudesse para assegurar Chris de seu amor por ele durante todos os dias que lhe restavam até o mundo se dividir.

14

NOTÍCIAS DO URSO

Quando Miranda chegou em casa na quarta-feira à noite, Chris entregou-lhe o jornal, aberto na terceira página, onde a imagem de um urso morto olhava fixamente para ela. Uma reportagem detalhava o primeiro fuzilamento de um urso cinzento californiano desde 1922 – o primeiro assassinato desde que eles repovoaram o estado e tornara-se novamente possível matá-los. O artigo também descrevia a formação de um lobby, o grupo CCC = Caçadores Contra os Cinzentos, cujo objetivo era pressionar pelo início da primeira temporada de caça ao urso. Miranda leu a matéria rapidamente e depois tirou o celular da pasta de couro, tocou na imagem de sua amiga e logo foi recompensada por um alô humano.

– Susan, estou arrasada! Fiquei sabendo que aquele caçador matou um urso. Você deve estar acabada.

– É alguma ironia? Estou empolgada com o lance de ursos cinzentos vivos; e agora há um grupo empolgado com a matança de ursos cinzentos.

– Parece que somos do mesmo planeta.

– Tem razão. Somos daqui, eles são sei lá de onde. Estamos tentando preservar, eles querem destruir. Estamos criando um mundo coletivamente, eles estão demolindo o mundo. Estamos fazendo de tudo para viver em harmonia com a natureza, eles estão impondo o domínio do homem sobre a natureza. Somos a favor da inclusão, eles são a favor da divisão. Praticamos o amor, eles promovem o ódio –. Susan fez uma pausa.

Houve um longo silêncio entre as duas mulheres, até Miranda retomar a ladainha. – Somos nós, sernates, contra os granhos. Seres humanos conectados à natureza contra os seres humanos conectados à ganância. Aqueles abertos para as maravilhas e aqueles que impõem controle e escravização –. Miranda suspirou e olhou para BB, que estava enroscada num canto com a cabeça entre as patas. – Eu tinha medo de que isso acontecesse; mas, enquanto não vi o preto no branco, não acreditava que alguém pudesse matar intencionalmente um dos ursos cinzentos da nova população desses animais. O que fazer em relação a isso?

– A questão vai para os tribunais. Como ele estava se vangloriando num bar, dizendo que matar um urso não tem nada a ver com o sentimento de culpa, é só uma questão de aplicar a um caso real a lei que foi criada para ser simbólica.

– Não acompanhei os detalhes na época, mas essa lei não torna matar um urso equivalente a matar um ser humano?

– Sim, é exatamente isso que a lei especifica. Ela nos deixa tratar simbolicamente os animais com o mesmo respeito. Agora vamos ver para onde o rio corre.

– Bem, estaremos pensando em você. Vou mandar BB para dar uma força.

– Acho ótimo.

Miranda fechou o celular e virou-se para o canto, mas não havia mais nenhuma ursa ali.

15

ABERTURAS

Miranda atirou um braço para fora da cama e tateou em busca do celular, que estava miando como um gato. Rolou pela cama, pondo o telefone na boca. – Alô?

– Miranda!? – uma voz de mulher chegou estridente e ansiosa.

– Sim? – Miranda virou-se na cama tentando ver o relógio que estava na cabeceira.

– É Sônia. Não posso... – As palavras dissolveram-se numa confusão de ruídos provocados pela estática.

Miranda sentou-se, o coração disparado. – Você está bem? Peter está bem? – Puxou o relógio para o colo e olhou fixamente para os números verdes fluorescentes que anunciavam as 2h12 da manhã. Miranda debruçou-se, apertando o celular contra a orelha na tentativa de decifrar a mensagem. – O que foi que você disse? O que está acontecendo com o Peter? Não consigo ouvi-la.

O som de uma inspiração rápida, depois de uma expiração interrompida chegou pelo telefone, seguido pela voz de Sônia, rouca, mas nítida. – Não sei o que fazer. Ele está com dificuldade para respirar. Ele respira bem e, de repente, parece que pára completamente, depois fica muito difícil até voltar ao normal. E não consigo acordá-lo.

– Você chamou sua enfermeira – a Maria, não chamou? Ou ligou para o número da clínica de repouso?

A voz de Sônia ficou baixa e contrita. – Não, acho que devia ter ligado para eles antes de incomodar você. E numa noite de domingo, para coroar. Desculpe.

– Não, não, não tem problema. Por que você não fica com o Peter? Vou ligar pra Maria, ou quem quer que esteja de plantão, e depois vou pra aí –. Chris olhou para ela de baixo das cobertas, as sobrancelhas erguidas numa interrogação. Miranda sussurrou, "É Sônia" e foi recompensada com um gesto de assentimento compreensivo.

Rolou para fora da cama e vestiu as calças jeans, a camiseta e um suéter deixado ao lado da cama menos de quatro horas antes. Quando saiu do banheiro, Chris entregou-lhe uma caneca de louça com tampa e um saquinho de chá pendurado. Miranda trocou-a por um beijo. – Obrigada, amor. Não sei quanto tempo vou demorar. O que Sônia está descrevendo parece ser a respiração Cheyne-Stokes –. Chris lançou-lhe um olhar perplexo. – Sabe, são respirações laboriosas seguidas de longas pausas entre elas, em geral bem... bem, ela mostra... que não há muito tempo... –. Engoliu em seco. – Eu tinha certeza... ao menos eu pensei que ele teria mais algumas semanas –. Miranda virou-se de repente e marchou em direção à porta. – É melhor eu ir lá. A Sônia vai precisar de muito apoio. Eu me pergunto para quem mais eu devia ligar, talvez...

– Ei, espera aí! – Chris alcançou-a, pegou seus ombros e sacudiu-os delicadamente. – Lembra que, nesse caso, você não é só a profissional da clínica de repouso. Tudo bem você ter os seus sentimentos. Eu sei que você gosta muito do Peter. Ajudaria se eu fosse com você?

Miranda encostou-se no amante. – Você se importaria?

– Não, nem um pouco. Só me dá um tempinho para eu me vestir –. Chris começou a voltar para o quarto.

– Espera –. Miranda cerrou os dentes e olhou pela janela. A vidraça refletiu a imagem de uma mulher parada, de pé, como uma árvore fazendo de conta que não há ventos no mundo capazes de fazê-la vergar.

– Não... é melhor você ficar. Não posso levar alguém que não conhecem justo agora –. Virou-se para Chris, os lábios apertados numa linha firme, os ombros empurrando todo o ar dos pulmões para fora do corpo. – Obrigada por se oferecer –. Forçou a boca a dar um sorriso amarelo. – Se eu demorar demais, talvez telefone e peça para você levar o café da manhã.

– Seu desejo é uma ordem culinária. Mas, olha aqui, ao menos leve esses formulários de admissão. Pode precisar –. Chris entregou-lhe também uma caixa de lenços de papel e depois lhe deu um abraço e sussurrou: – Não se esqueça de se cuidar. Tudo bem mesmo, se você chorar.

Miranda suspirou enquanto saía para pegar o carro. Abriu a porta e jogou a caixa de lenços no banco de trás. *Eu gostaria que o Chris tivesse vindo comigo. Mas não seria justo com Sônia e Peter. Ao menos não houve briga porque eu tinha de sair. Acho que dez anos finalmente nos ensinaram a administrar as esquisitices da carreira de ambos. Se ao menos Chris fosse compreensivo e me apoiasse desse jeito quando os guias aparecem em horas impróprias...* Tomou um gole do chá que Chris preparara para ela. – *Isso não é legal. Estou sendo ingrata. Eu devia ser mais paciente quando o Chris fica com medo ou com ciúme por eu estar com meus guias.*

Depois de colocar a caneca no prendedor que havia entre os bancos, Miranda deu ré e saiu da garagem. Ligando o corpo no piloto automático para o percurso familiar até a casa dos Blooms, ela deixou a mente ensaiar frases de apoio que ajudassem a aliviar o sofrimento de Sônia.

Miranda estacionou e subiu lentamente a pé a trilha de lajotas que levava à porta da frente de Sônia e Peter. Pôs a mão na maçaneta de bronze. Estava fria ao toque e ela esfregou as mãos geladas e úmidas na calça jeans antes de tocar nela de novo. A maçaneta girou com facilidade, permitindo sua entrada na casa e removendo todo e qualquer bom motivo para hesitar ainda mais. Chamou baixinho: – Sônia, é Miranda. Estou aqui –. Nenhuma resposta. Chamou mais alto, lembrando-se da perda de audição de Sônia e da situação atual de Peter, mas ainda não houve resposta.

jan ögren

A casa estava num silêncio pouco natural, como se estivesse prendendo a respiração, talvez para dar a Peter o máximo espaço possível para respirar.

Enquanto Miranda percorria o hall de entrada, reparou que estava sentindo falta dos tradicionais cumprimentos entusiásticos de Duque. Entrou pé ante pé no quarto de hóspedes, onde o leito hospitalar de Peter havia sido montado, e viu o cão silencioso, petrificado. Estava montando guarda do outro lado da cama, encostado em Sônia que observava Peter atentamente.

Sonia virou-se, estendendo uma das mãos. – Não consigo acordá-lo. Não sei bem o que fazer.

Miranda contornou o leito com o maior cuidado e pegou delicadamente na mão de Sônia, e passou a mão em volta dos seus ombros. – Logo, logo Maria vai chegar. Há quanto tempo ele está assim?

– Não tenho certeza. Esta noite ele estava com o seu lado intratável à tona, como de costume, sem querer comer. Mas a dor estava piorando. Eu sei que agora estão lhe dando um monte de morfina. Em geral leva muito tempo para ele acordar –. Miranda apertou a mão de Sônia enquanto ela continuava falando. – Fui para a cama cedo. Eu estava cansada demais para ficar com ele mais tempo. Depois me levantei para ir ao banheiro, voltei para ver como ele estava e reparei nessa respiração estranha. Pensei que estivesse sentindo dor, de modo que tentei acordá-lo, mas não consegui nenhuma reação. Foi quando te liguei –. Sônia virou-se ligeiramente, recostando-se em Miranda.

Miranda levou-a para a poltrona que ficava perto da cabeceira da cama e depois puxou um banquinho para se sentar. Deu tapinhas na mão de Sônia, que ainda estava segurando. – Que bom que você me ligou. Há alguém para quem você gostaria que eu telefonasse agora?

– Você acha... quer dizer... é o fim? Ele está...

Miranda foi distraída por uma agitação no canto do quarto que parecia uma suave brisa de outono, daquele tipo que faz rodopiar as folhas e os cabelos. Fechando os olhos, perguntou:

mundos em divisão

:Há alguém aqui? Está aqui para ajudar o Peter?:

:Sim, eu, que estou aqui.: Um monte de palavras confusas invadiu-lhe a mente.

:Rede do Céu?: A concentração de Miranda teve um lapso quando ela reconheceu a voz etérea de contralto da Avó do Sul. *:O que está fazendo... não... não responda a isso. Pode me dizer se Peter está pronto para deixar o corpo?:*

:Ele, que está partindo. Ele, que saberia. Ele, a quem você deve perguntar.:

:Mas... ah....: Antes de Miranda conseguir decidir o que fazer com essa sugestão, sentiu um cutucãozinho no punho.

Virou-se e percebeu que Sônia estava olhando para ela. Por um momento, não viu a pele enrugada e os cabelos brancos de sempre, e sim uma mulher jovem num vestido primaveril de estampa floral, de cabelos negros e um sorriso cativante. Era a mulher do retrato que Peter sempre mantinha em sua mesinha de canto, tirado quando começaram a namorar, aquele para o qual ele estava sempre apontando quando se referia à sua princesa de contos de fadas.

– Miranda? O que está acontecendo? O que os seus guias estão dizendo?

Miranda piscou, os olhos agora só enxergando a Sônia que ela sempre conhecera, mas seu coração ainda via a jovem esposa que estava começando a vida com o novo marido, uma vida que duraria mais de 60 anos. E então a consciência de Miranda registrou que Sônia, a autora de *Conversas com os espíritos,* tinha acabado de lhe fazer uma pergunta sobre os seus guias.
– Meus guias?

Agora foi a vez de Sônia dar um tapinha na mão de Miranda. – Sempre me lembro do que você disse quando nos conhecemos durante aquela conferência, o que você disse sobre conversar com os guias. Eu nunca quis trazer o assunto à baila quando Peter estava presente –. Fez uma pausa, lançando um rápido olhar para a figura macilenta em cima da cama. – Isto é, quando ele podia me ouvir... Eu tinha esperanças de que, se eu não me concentrasse na sua capacidade de ouvir os espíritos, que talvez ele se sentisse seguro para conversar com você sobre o mundo espiritual, pois ele nunca estava aberto para fazer nada além de zombar de mim por causa disso. Se ele não tivesse sido tão contrário, poderíamos ter conversado sobre isso... mas não estou me queixando. Ele foi o melhor dos maridos. Ele é – é o melhor dos maridos do mundo –. Sônia parou de falar e começou a balançar a cabeça de um lado para o outro.

Miranda imaginou que ela estava oscilando entre as decepções e o amor, entre o passado e o futuro, entre a esperança e o medo. A moça pôs de lado o próprio nervosismo e a própria tristeza enquanto se concentrava em tranquilizar Sônia. – Ele conversou comigo sobre os espíritos, verdade. Chegou até a me dizer que esperava que você vencesse a discussão sobre a existência ou não de outras realidades. A sua conexão com o mundo espiritual foi para ele realmente muito reconfortante, mesmo que não reconhecesse isso para você. E o que me diz sobre os *seus* guias? O que estão lhe dizendo sobre Peter neste exato momento?

– Não consigo entrar em contato com eles agora. Estou com medo demais do que vão dizer. Você provavelmente vai achar que é uma bobagem. Aqui estou eu, uma "especialista" em guias que não consegue sequer encontrar calma suficiente dentro de si para entrar em contato com eles quando Peter está morrendo –. Sua voz enfatizou as duas últimas palavras.

– Compreendo. Se fosse o Chris, eu não teria a presença de espírito necessária para ouvir quem quer que fosse dizer o que quer que seja, ainda mais telepaticamente. O que meu guia sugeriu foi que eu perguntasse ao Peter.

Ambas as mulheres se viraram para olhar para Peter quando Duque começou a ganir. Houve uma imobilidade no ar e, em seguida, uma voz masculina familiar entrou no campo de consciência de Miranda. :*Acho que você tem razão. Vai haver algo mais.*:

– Peter? – exclamou Miranda com a voz entrecortada.

:*Parece que sou eu. Ou tão perto de mim quanto consigo agora.*:

mundos em divisão

– Você está ouvindo Peter? – a voz de Sônia estava rouca de ansiedade e esperança.

– Acho que sim – não, estou sim –. Miranda repreendeu-se por entrar no seu interrogatório de costume num momento crucial que tanto Peter quanto Sônia precisavam dela. – Sim. Parece ser bem ele. Disse que eu tinha razão ao dizer que haveria algo mais. Procure se abrir e ver se consegue ouvi-lo.

As lágrimas estavam escorrendo pelo rosto de Sônia. – Não sei se consigo. Sempre quis que ele tivesse experiências com o mundo espiritual. Mas, agora, tudo quanto eu quero é que ele acorde e se levante e desqualifique tudo o que está acontecendo com as suas racionalizações. Me diz que esse negócio de morrer era só a minha mania de ver catástrofes por toda parte... É assim que ele definia os meus medos e ansiedades. Se ao menos ele se sentasse e me dissesse que vai ficar tudo bem...

– Eu sei. Eu quero a mesma coisa. Mas talvez você se sinta melhor se se conectar com ele agora. Tente, é só respirar fundo. Ele ainda está aqui –. Miranda fez um gesto na direção do corpo familiar sobre a cama. – Ele não consegue falar fisicamente agora, de modo que está falando telepaticamente. É só você se abrir, como fez com os guias toda a sua vida.

:Está dando à minha esposa uma aula sobre a maneira de falar com os espíritos?: A voz de Peter chegou tingida de humor. :Bom, se é que eu vou começar a fazer esse negócio místico, acho que seria mais que justo ela parar com ele e se tornar toda racional a esse respeito.:

– Sônia, Peter está zombando de você por precisar da minha ajuda.

– Acho que o ouvi dizer que agora ele está no papel de místico e que estou me fechando para isso.

– É, é isso mesmo que estou ouvindo.

Sônia lançou a Miranda um olhar suplicante. – Pode lhe perguntar se a sua hora chegou? Eu... eu não consigo. E pergunte também se há alguma coisa que eu possa fazer... ou alguém para quem eu deva ligar... que ele deseja que esteja aqui.

Miranda franziu a testa ao se concentrar e perguntou:

:Peter? Você escutou o que Sônia disse? Há alguém cuja presença você queira? Alguma forma de podermos ajudá-lo?:

:Daqui consigo sentir o amor de todas as pessoas por mim. Elas não precisam estar no quarto. Mas, de alguma forma, sei que o carro de Maria quebrou – portanto, não se preocupem se ela não aparecer. Acho que seremos apenas nós.:

– Escutou alguma parte do que ele acabou de dizer? – perguntou Miranda a Sônia.

– Algo sobre Maria e o carro? Eu estava me perguntando onde estaria ela. Devemos chamar alguém para ajudá-la? Detesto pensar que ela está no acostamento da estrada em algum lugar a essa hora da noite.

– Tenho certeza de que ela está bem. Provavelmente é só porque ela não devia estar aqui neste momento.

Sônia enxugou o rosto com um lenço de papel e depois estendeu o braço e pegou na mão frouxa de Peter. – Meu bem, sei que você consegue me ouvir. Portanto, tudo bem ir embora. Você sente dor há muito tempo. Sempre estaremos conectados e não vai demorar para eu estar a seu lado.

:Meu amor, eu sei que sempre estaremos juntos. Mas agora vou deixar você. Vou nessa sozinho.: Peter gemeu e ambas as mulheres levantaram-se de um salto enquanto ele se debatia, virando a cabeça de um lado para outro.

Sônia inclinou-se sobre ele depois de lhe passar a mão na testa.

– Peter, o que há de errado? Eu magoei você? Desculpe.

– Não... não –, disse um murmúrio rouco e precário vindo da cama. Peter endireitou a cabeça para olhar para Sônia. – Estou deixando você agora. Fui muito egoísta, pensando só nos meus medos.

– Vou ficar bem, meu amor.

Peter apertou forte a mão de Sônia. – Não minta para mim. Não há como você ficar bem. Eu sei que o luto é... é terrível –. Virava a cabeça de um lado para outro, examinando o teto. – Não estou vendo o Sam. Sempre

mundos em divisão

esperei que, quando chegasse a minha hora, eu o veria. Onde está o Sam? Não consigo ver o Sam.

– Ah, meu amor, nem sempre acontece desse jeito. Talvez você se encontre com ele depois. Mas não fique tão chateado assim por causa disso. Solte-se na direção do amor, só isso. Eu vou estar bem, vou me virar. Você deve só relaxar. Tudo bem. Pode ir. Eu sei que você andou sentindo dores terríveis. Vá na direção do amor –. Sônia continuava passando a mão na testa de Peter enquanto ele parava lentamente de se debater.

Miranda limpou a garganta. – Você não devia dizer a ele para ir na direção da luz?

Sônia virou-se para Miranda. – Pode dar confusão as pessoas ouvirem dizer que é para ir na direção da luz –. Sônia endireitou os ombros e falou com sua voz de palestrante. – Alguns estudos mostraram que, às vezes, quando as pessoas têm uma experiência de quase morte, elas se encontram num lugar escuro, como se fosse um útero. De modo que é melhor encorajá-las para irem na direção do amor e da paz; dessa forma, se se encontrarem num lugar escuro e acolhedor, sabem que estão em segurança lá.

:*Bom, não estou vendo nenhuma luz ou escuridão. Mas também não me sinto mais muito apegado a meu corpo. Parece que ainda estou por aqui.*: Miranda e Sônia olharam atentamente para Peter, cujos olhos estavam fechados e o rosto imóvel, exceto os lábios, que continuavam se mexendo com sua respiração irregular.

– Está ouvindo o que ele está dizendo? – perguntou Miranda a Sônia.

– Sim. Parece que ele está mais em paz agora –. Sônia estava pronunciando estas palavras da maneira professoral que a própria Miranda usava quando só queria ser ouvida no Mundo-N. – Graças a Deus, ele está bem. Não quero chateá-lo agora. Não agora.

A voz de Peter se fez ouvir, soando como a de um menino pego com a boca na botija. :*Devem ter sido todas aquelas doses de morfina que injetei em mim mesmo. Me mandaram direto para fora do corpo. Não quero incomodar vocês falando da dor que senti esta noite, mas eu apertei aquele botão um monte de vezes.:*

Peter continuava divagando, e Sônia parecia ouvi-lo, pois fazia gestos de assentimento com a cabeça, de modo que Miranda afastou-se da cama. Respirou fundo, lembrando a si mesma que precisava ser forte e que Sônia era quem precisava de apoio naquela hora. Sua tarefa era fazer tudo o que pudesse para estar presente para Sônia e Peter. Acalmando as emoções, ela precisou de um momento para se reconectar a Rede do Céu.

:Você ainda está aí? Pode me dizer alguma coisa sobre Peter que ajudaria a Sônia? Pode ajudar o Peter?:

:Sim. Não. Sim. Ajuda já está.:

A frustração de Miranda só fez aumentar com as respostas enigmáticas de Rede do Céu. *:Por que está falando como Adnarim? Por que não pode me dar uma resposta direta? Seja como for, o que está fazendo aqui? Pensei que todas as avós estavam amarradas ao bosque de cedros. Não sabia que você podia viajar pelo Mundo-N. Por que não entrou em contato comigo antes? Poderia ter me explicado a divisão dos mundos e me contado o que vai acontecer.:*

:Eventos similares. Sim, sou direta. Ajuda Peter. Outras avós, sim. Agora vou aonde você vai. Sempre em contato. Explica, sim.:

As palavras flutuaram em volta de Miranda enquanto ela tentava juntá-las para compreender o seu sentido. *:Está dizendo que você está sempre comigo em toda a parte? Por que é a única que aparece agora?:*

:Sim, sempre presente. Sou parte de você.:

:Você é eu?:

:Sou parte de você, que é transições.:

Miranda concentrou-se interiormente, tentando manter seus pensamentos seguintes só para si mesma. *Por que todos os meus guias estúpidos têm de ser tão literais em suas respostas? Por que não podem conversar normalmente? Tá bom, certo – como se isso fosse normal. Eu já devia estar acostumada a essa altura do campeonato. E estou perdendo tempo! Preciso ajudar o Peter e a Sônia neste exato momento em vez de ficar me perguntando por que é que Rede do Céu nunca me ajudou a descobrir por que tenho de fazer os mundos se dividirem sem entrar no mundo errado. Droga de guias! É óbvio que ela pode falar comigo aqui. Por que então as avós sempre deram a impressão de que eu tenho de ir até o morro para conversar com elas? E de que estou me queixando? Eu devia estar ajudando o Peter!* – Respirou profunda e lentamente, respondendo por fim à mensagem de Rede do Céu. Concentrou nela os seus pensamentos e perguntou:

:O que você quis dizer com "você é parte de mim e que sou transições?:

:É sua orientação ajudar nas transições. Somos parte de uma totalidade maior. Estamos conectadas, você, que é transições.: As palavras de Rede do Céu rodopiavam à sua volta, sussurrando para sua mente.

:Então você é um aspecto de mim? Como Adnarim?:

:Sim. Não.:

:Você com certeza fala agora como Adnarim. E se ela é a parte de mim que não encarnou no Mundo-N quando nasci, então que parte minha você é?:

:Espera, com quem você está conversando?: A voz de Peter intrometeu-se na conversa. *:É você, Miranda? Mas parece haver duas Mirandas espirituais aqui.:*

Miranda concentrou-se, tentando enviar seus pensamentos a Peter; mas o que realmente desejava era escutar a resposta de Rede do Céu. *:Eu só estava checando umas coisas com uma de minhas guias. Esta é aquela que sugeriu que eu falasse com você. E você, como está?:*

:Estou me saindo muito bem, mas não consigo mais ouvir a Sônia.:

Miranda desviou novamente a atenção para o Mundo-N, onde Sônia estava debruçada sobre o corpo de Peter, os ombros sacudindo-se ligeiramente a cada respiração.

– Sônia? – Miranda estendeu o braço e esfregou as costas da amiga. – Peter ainda está aqui, mas disse que não consegue mais te ouvir.

Sônia levantou-se e endireitou o corpo, mostrando um rosto marcado de lágrimas. – Engraçado eu sempre ter dito a mim mesma que o espírito é o mais importante de tudo, por ser eterno, mas estou tão apegada a este velho corpo aqui – não suporto pensar que ele vai ficar frio e duro.

– Eu também vou deixar de ouvi-lo.

O corpo de Peter tremeu com mais duas respirações rápidas e difíceis, e depois ficou imóvel.

– É isso? – perguntou Sônia com a voz sumida, lembrando Miranda da visão da jovem esposa que ela vira antes.

Miranda controlou o tremor e falou com sua voz mais calma e compassiva: – Não, mas a respiração dele vai ficar muito aleatória, parando e começando de novo. E é... é um sinal de que ele logo vai deixar o corpo. Vai firme e continue conversando com ele, vê se consegue escutá-lo de novo. Ele está bem aqui do nosso lado.

Sônia segurou a mão de Peter, falando baixinho, lembrando o marido de sua longa e fantástica vida a dois. E ambos entraram num ritmo difícil: a respiração dele parava e depois recomeçava, a voz dela embargada pelas lágrimas vinha depois, muito nítida.

Miranda gostaria de poder ligar e pedir a Chris para vir, para ela poder chorar nos braços do amante. Em vez disso, foi para a sala de visita ligar para Maria. Seu carro quebrara e Miranda informou-a de que não havia urgência em chegar ali, e que ela ficaria com Sônia o tempo que ela precisasse. Quando voltou ao quarto, Duque estava perto do rosto de Peter, choramingando.

Sônia ergueu os olhos, o pesar e o alívio lutando em seu rosto. – Ele disse que está pronto.

Miranda foi para o lado oposto e pegou a outra mão de Peter, adicionando o seu próprio encorajamento. :*Tudo bem ir embora. Sônia tem apoio aqui e há muito amor para guiar você na sua viagem.*:

:Dá para sentir. Meu sobrinho acaba de acordar. Está na costa leste e está pensando em mim. Há uma ex-aluna minha que está acrescentando meu nome às suas orações. Acho que toquei mesmo um monte de vidas. E a minha não está acabando – só se transformando, como você disse.: Miranda conseguiu perceber que Peter estava sorrindo. *:Sônia ganhou a discussão, afinal de contas. A única coisa que eu não podia imaginar era que esta realidade é muito similar a ser físico. Ainda estou pensando e conversando como antes. Eu não esperava isso.:*

– Não vai durar muito –. Miranda falou em voz alta, olhando para Sônia, que concordou com um gesto da cabeça, reconhecendo que estivera acompanhando as palavras de Peter. – Você ainda está ligado a este mundo físico. E é por isso que ainda estamos conversando como em todos aqueles dias em que eu vim e falei com você. Mas essa capacidade vai desaparecer aos poucos, à medida que você se afasta do seu corpo. Afinal de contas, você ainda está respirando mais ou menos uma vez por minuto. É só você se dar algum tempo que vai saber que tanto Sônia quanto eu estamos aqui –. Enquanto tranquilizava Peter, ela própria se acalmava.

A voz de Peter chegou forte e clara: *:Quem é a outra você? É como se o seu espírito gêmeo estivesse aqui.:*

:Não tenho certeza sobre a forma como estou conectada a essa parte minha. Você acha que ela parece minha irmã gêmea?: Miranda passou a falar telepaticamente na esperança de que Rede do Céu participasse da conversa e desse mais explicações.

Mas a voz de Peter se fez ouvir novamente, parecendo divertida e satisfeita de si. *:Você quer dizer que há alguma coisa da qual tenho consciência e que você mesma não sabe? Olha só, eu pensava que você sabia de tudo a respeito desse lance espiritual.:*

:Já me encontrei com essa guia antes – mas não sabia de que forma se conectava a mim. Ela disse alguma coisa a respeito de fazer parte de mim durante as transições, de modo que talvez ela esteja aqui para a sua transição. E há uma outra transição que vou ajudar e com a qual ela também está ligada.:

:Uma transição grande. Estou tendo uma vaga ideia dela. Algo grande está acontecendo. Uma cura está próxima.:

– Peter –, disse Sônia, com a voz rouca e lenta. – Não consigo mais te ouvir. Você finalmente está encontrando o mundo que eu sempre jurei que haveria para você.

:Sim, amor. Ele está aqui. Eu o sinto. Estou nele.: Sua voz espiritual chegava forte e alegre.

– Vai... vai em paz... e... –. Sônia lutou para dizer mais algumas palavras enquanto a voz lhe sumia cada vez mais. Debruçou-se e beijou o rosto de Peter e depois pôs a cabeça ao lado da dele.

O coração de Miranda apertou quando ela sentiu a enormidade de mais de 60 anos de amor enchendo a cama. Seus olhos ficaram cheios de lágrimas, que borraram as imagens como se ela estivesse folheando muito depressa as páginas de um álbum de retratos que Peter lhe mostrara muitas vezes. Lembrou-se dos retratos de Sônia jovem e Peter viajando, divertindo-se, sorrindo, muitas vezes de braço dado com sua mulher. Havia imagens de uma jovem a quem ele chamava de princesa de contos de fadas ao lado de um homem igualmente jovem e malicioso que tinha os olhos reluzentes de Peter. Enquanto assistia às cenas, que iam se transformando em versões mais velhas de Sônia e Peter, ela notou que já haviam se passado vários minutos desde que seu velho corpo respirara pela última vez. Enxugou os olhos, fechando o álbum de lembranças e trazendo-se de volta ao momento presente. – Acho que agora ele se foi por inteiro.

Elas ficaram ali sentadas em silêncio, submersas nas ondas sobrepostas de tristeza, alívio, espanto e sofrimento, ambas ainda segurando uma das mãos de Peter como se segurassem um salva-vidas que estava se afastando delas lentamente.

Miranda perdeu a noção do tempo enquanto estava ali sentada, lembrando com prazer de sua amizade breve demais com Peter. Depois reparou que havia uma leveza e uma sensação de amplidão no quarto e sentiu a paz familiar que transcende e momentaneamente substitui o pesar enquanto o espírito de Peter deixava o corpo que usara durante 85 anos.

Peter não estava mais se comunicando com palavras, mas ela sentiu sua alegria quando ele começou a explorar de outra forma o seu adorado universo. Levantou-se e contornou a cama, sentou-se ao lado de Sônia e pôs os braços em volta da amiga. Sônia recostou-se mais, recebendo o abraço e entregando-se à enxurrada irresistível de lembranças e à exaustão dos últimos longos meses de cuidados intensivos com o marido.

Ouviram uma batida na porta e Miranda levantou-se para abri-la para Maria, que pediu muitas desculpas por todos os atrasos estranhos que fizeram com que se demorasse tanto. Miranda descartou com um gesto a culpa que cercava a enfermeira, insistindo em dizer que o momento de sua chegada foi perfeito e que, agora que Maria estava ali, ela ia embora. Abraçou Sônia e prometeu continuar vindo para as suas visitas.

16

O lobo vai ao Colorado

– Expresso Espécies Extintas, pois não? – disse uma voz abafada no celular de Miranda.

– Susan? – Miranda recostou-se no sofá, segurando o telefone a fim de verificar de novo o número que acabara de digitar.

– Aqui é EEE. Há alguma espécie extinta que você gostaria que voltasse à vida?

– Susan, não é hora de brincar. Liguei para te dizer que Peter morreu ontem.

– Puxa, Miranda, sinto muito –. A voz de Susan chegou nítida e contrita.

– Tudo bem –. Miranda ficou mal com o abrupto de sua notificação e tentou abrandá-lo. – Peter teria gostado do seu senso de humor. Se entendi bem, o lobo voltou à vida quando você chegou ao Colorado?

– Acertou na mosca. Aconteceu uma hora depois do pôr-do-sol. Estávamos na área do camping. Só nós três. Paul, eu e a cabeça do lobo. Dessa vez, Paul nem chegou a dizer "Pode parecer loucura, mas acabei de ver um grande lobo preto sorrir e balançar a cabeça para mim num gesto de assentimento quando entrou na floresta." Ele só me disse que se recusaria a acampar comigo de novo se eu trouxesse um crânio de tigre de dentes de sabre. Ao menos fomos espertos dessa vez: não pusemos a cabeça do lobo dentro da barraca junto conosco.

Miranda folheava preguiçosamente o jornal. – Não vi nenhuma reportagem sobre as Montanhas Rochosas do Sul dizendo que o lobo apareceu de novo no Colorado.

– Espero que eles sejam bem espertos. Afinal de contas, não há legislação nenhuma para protegê-los. E aposto que nenhum estado vai querer redigir, nem simbolicamente, um decreto de lei que proteja espécies extintas –. Houve um assobio no telefone. – Olha, caso a ligação caia, estamos voltando agora de carro e estamos nas montanhas, o sinal aqui não é dos melhores. Ou, para ser mais específica, estou dirigindo e Paul está dormindo no banco de trás. E passando por um cenário esplendoroso! Que bom que ele largou pra lá essa ideia de namorada, seríamos um casal infernal. Mas chega de falar de mim. Você, como está?

– Ótima –. Miranda respondeu mais rispidamente do que gostaria. Estava se sentindo em conflito. Tinha ligado para Susan para informá-la da morte de Peter, mas agora não queria falar sobre ele, nem sobre seus sentimentos. – Mas eu li num lugar qualquer que o juiz não vai fazer a lei da Califórnia valer contra aquele caçador estúpido que matou o urso. O que que foi isso?

– Loucura do Mundo-N e um número exagerado de granhos, o que mais? – Susan fez uma pausa; mas, como Miranda não disse nada, ela continuou. – Foi um veredito bem ambíguo o que o juiz deu – multas, um tempo de prisão e prestação de serviços à comunidade. É claro que todas as diferentes interpretações dessa lei vão manter os defensores dos direitos dos animais pagando seus iates durante anos a fio –. Susan continuou falando sobre interessantes casos jurídicos e depois fez uma pergunta aparentemente casual. – Então Peter teve um vislumbre de outros mundos no fim?

– Sim, teve sim. Ficou muito eloquente depois que seu corpo começou a se fechar.

– Eloquente?

– Sim, descobriu que há alguma coisa além do Mundo-N. Conseguiu conversar conosco telepaticamente antes do corpo morrer.

– Nossa, que coisa boa! E Sônia, como ela está?

– Sentindo uma falta terrível dele. Eu também. Não consegui entrar em contato com ele de novo. Mas, quando liguei pra Sônia hoje de tarde, ela disse que sentiu a presença dele várias vezes, embora suas palavras não estejam chegando com tanta clareza quanto chegavam quando ele estava morrendo.

A linha ficou muda. – Susan? Susan? Está me ouvindo? – Miranda esperou vários segundos mais e depois fechou o telefone, colocando-o a seu lado enquanto olhava a garoa noturna pela janela.

17

UM JANTAR INTERROMPIDO

Chris tinha acabado de pôr uma toalha branca em cima da mesa de jantar quando o telefone tocou. Miranda olhou a bina. – É a Sônia –. Chris fez um gesto relutante de concordância e Miranda atendeu a chamada.

– Oi, Sônia, sinto muitíssimo não ter podido passar aí ontem. Tive muitas reuniões, mas ia...

– Miranda, desculpe incomodá-la. Você provavelmente está no meio do jantar. Eu só não sabia direito para quem ligar... eu...

– Ainda não começamos a comer, o que que há? – Miranda prendeu o telefone embaixo do queixo e continuou ajudando Chris a pôr a mesa.

– É o Duque. Ele...

Miranda pôs cuidadosamente uma vela vermelha num castiçal em forma de coração que estava no meio da mesa. Começou a pôr os pratos quando percebeu que não estava ouvindo mais nada ao telefone. – Sônia? O que está acontecendo? O que houve com o Duque?

A voz de Sônia soou longínqua e Miranda teve de apertar o telefone contra a orelha para não perder as palavras que Sônia estava tentando dizer. – Ele não voltou depois que o deixei sair hoje de tarde... Chamei e chamei, mas ele não apareceu. Nem para jantar. Saí para procurá-lo... –. Miranda começou a protestar. – Eu sei, eu sei – eu não devia sair sozinha, mas tinha de encontrá-lo. Olhei bem em todos os lugares... e então, lá estava ele, embaixo da azaleia – completamente duro – como se fosse um cão de madeira. Meu Duquinho... Ele – ele se foi.

Miranda pegou o telefone quando ele começou a escorregar de sua mão e colocou-o rapidamente perto da boca. – Já estou indo. Nada de sair de novo. Estarei aí em 20 minutos –. Miranda desligou o telefone, sentindo o chão abrir-se sob os seus pés, mas ela ainda não tinha caído. Virou-se para o amante que estava olhando para ela como se fosse um filhote de cão que tivesse sido deixado sozinho em casa por muito, muito tempo.

– Bom, o que é *dessa* vez? – A voz de Chris estava tensa, cada palavra saía como uma pedra jogada num lago raso.

Miranda olhou através do amante, os olhos fixos num espaço vazio na parede da sala de visita. *Não. Não. Duque não. Ele foi tudo quanto restou a Sônia. Não o Duquinho.*

Chris estava andando entre ela e a parede. – Está conversando com seus guias de novo?

Miranda afastou os olhos de Chris, imagens de Duque pulando para cumprimentá-la enchendo a sua mente. *Meus guias – boa ideia. Talvez Mirau saiba de alguma coisa – ou possa fazer uma magia qualquer. Talvez Duque ainda não esteja definitivamente morto.*

– Miranda! Pára de falar com esses intrometidos paranormais e olha pra mim. Você prometeu que essa refeição seria sem guias! O que está fazendo? Planejamos esse jantar há semanas e eu acabo de ouvir você prometer a Sônia que vai pra lá imediatamente. Não estou nem aí se ela escreveu ou não *Conversas com os espíritos;* mas, se escreveu mesmo, pode muito bem administrar o seu luto ao menos uma noite desta semana –. Chris olhou para Miranda, que ainda estava com um olhar vago fixo na parede, depois voltou para a mesa e começou a bater os talheres nos pratos.

Miranda começou a andar pela sala e sentou-se no sofá. *Tenho de fazer alguma coisa. Sônia está contando comigo.* Fechou os olhos e apertou os lábios, pensando da forma mais clara que podia. :*Mirau? Você está aí?*:

mundos em divisão

Uma nuvem indistinta de pelos apareceu ao lado de Miranda, que olhou para ele cautelosa. *:Mirau, é você?:*

:Tão certo quanto a minha entrada no Mundo-N nesse exato momento. Você precisa de mim?:

:Na verdade, é a Sônia que precisa. Ela encontrou o Duque deitado embaixo da azaleia e acha que ele está morto. Mas não pode estar. Não era muito mais que um filhotinho.:

Um rabo ergueu-se no meio daquela nuvem cinza, debatendo-se como um peixe fora d'água. *:Ela provavelmente está certa. Cortar aquelas árvores foi uma péssima ideia.:*

:Eles não tiveram escolha – aqueles vizinhos idiotas obrigaram os dois a mandar cortá-las.:

:Todos nós temos opções; as pessoas simplesmente dizem não quando não gostam das opções.:

– Mirau não está aqui, está? Estou vendo uma neblina peluda a seu lado –. Uma voz irritada trouxe Miranda de volta ao Mundo-N. – O que ele quer? Não dá pra pedir para ele ir embora?

Prefiro mandar você embora. Miranda escondeu os pensamentos bem no fundo de sua consciência, com medo de que eles vazassem. *Você está com raiva de mim outra vez. Por que não pode ser um cara bacana ao menos de vez em quando? Eu não queria atender aquele telefonema antes do jantar.* Miranda fechou os olhos de novo, forçando as lágrimas a descerem. *O que devo fazer? Duque seria o apoio de Sônia depois da morte de Peter. Ah, cara... não posso desmoronar agora. Preciso ser forte por causa da Sônia. E não estou sendo justa; Chris não sabe o que está acontecendo – como de costume.* Ergueu os olhos para Chris. – É o Duque. Ele... ele... Sônia não estava conseguindo encontrá-lo. Saiu e... ela acha que ele está morto.

– Ai, não, coitada da Sônia! – Chris pareceu imediatamente contrito e, jogando-se no sofá ao lado de Miranda, abraçou-a e tranquilizou-a, dizendo que o jantar podia esperar, que o fariam na noite de amanhã, ou por que não iam juntos e não levavam o jantar para curtir junto com a Sônia, assim ela não teria de ficar sozinha. Ainda sentindo que estava oscilando à beira de um abismo, Miranda concordou. Sua mente lógica instruiu o corpo a pegar casacos e ajudar Chris a embalar a comida; o resto de sua pessoa foi junto, entorpecido demais para fazer qualquer comentário.

Enquanto se dirigiam para a porta, Miranda parou, bloqueando o caminho. *Ai, meu Deus, Chris não pode ir comigo na Sônia. E se ela me oferecer vinho? Sônia espera que eu beba e Chris espera que eu não beba. Ainda não tive uma hora propícia para explicar a ele que agora bebo socialmente – e esta certamente não é uma delas.* – Chris, acabo de me dar conta de que não é uma boa ideia você vir comigo. Você nem conhece a Sônia pessoalmente e acho melhor eu ir sozinha.

– Eu a conheci no enterro de Peter – não se lembra? Ela fez questão de me convidar para ir visitá-la com você uma hora dessas. Reconheço que esta não é a melhor hora para uma primeira visita, mas não haveria problema nenhum se eu fosse. Ou *você* não quer que eu vá junto? – Chris esperou, fechando a cara para Miranda.

Não posso dizer não, agora – que motivo eu daria? Droga, ela sempre me oferece alguma coisa para beber. Talvez, se eu sugerisse um chá logo de cara... Eu poderia até sugerir preparar um pouco para nós. É chá ou vinho. Se ela me oferecer um conhaque junto com o chá, posso recusar porque já fiz isso antes. Não vou beber nenhum destilado – só vinho e cerveja. Virou-se para Chris. – Você tem razão. Eu me esqueci. Mas tem certeza de que quer ir? – Chris fez que sim com a cabeça. – Tudo bem, eu só queria ter certeza –. Continuaram andando até o carro, para onde levaram a comida, e estavam na casa de Sônia em menos de 20 minutos.

Miranda entrou na casa antes de Chris, como um batedor num campo minado. – Sônia, estamos aqui. Não se dê o trabalho de se levantar, vou preparar chá para nós –. A moça entrou na sala de visita. Havia um bule de chá à espera deles na mesinha de centro. Miranda tropeçou quando seu corpo perdeu a rigidez induzida pelo pânico. *Graças a Deus! Não vou ter de explicar nada para nenhum dos dois.* Deu um rápido abraço em Sônia e depois ajudou Chris a pôr o jantar na cozinha. Voltou com um casaco de Sônia e ambos a ajudaram enquanto ela manobrava para sair do andador e entrar na trilha de terra que terminava na azaleia. Miranda manteve o feixe de luz da lanterna no espaço à frente de Sônia para ajudá-la na caminhada e evitar expor qualquer coisa que ela não quisesse ver, como o corpo de um cão morto. Quando chegaram ao fim da trilha, um canteiro de margaridas brancas refletiu a luz como se elas soubessem que os seres humanos precisam de luz e calor.

Sônia cutucou o braço de Miranda. – Eu o encontrei bem no lugar onde os galhos quase tocam o chão –. Miranda movimentou lentamente o feixe de luz e deu um pulo quando ele caiu em cima de um poodlezinho cor de caramelo. A luz acentuou os ângulos frágeis que as pernas de Duque fizeram ao se esticarem. Até o pelo parecia gelado e duro, como se ele tivesse morrido de medo.

Miranda ajoelhou-se a seu lado. – Como pode ter acontecido uma coisa dessas? Um cãozinho tão doce... sempre tão simpático, tão... –. Começou a estender a mão para ele, mas sentiu a terra abrir-se ao reparar que estava morto realmente. Abraçou o próprio corpo e começou a chorar. Chris passou um braço em volta do seu ombro, enquanto o outro braço apoiava Sônia, que começara a tremer. Depois de alguns minutos, insistiram com a viúva enlutada para que voltasse para dentro de casa.

Enrolaram-na numa manta e esquentaram seu chá enquanto ela se deixava cair na sua poltrona, parecendo perdida e indefesa. Miranda trouxe a caixa de lenços de papel, esperando que a realidade da morte de Duque começasse a se fazer sentir.

Sônia ergueu os olhos e interrogou ambos, viu a triste confirmação nas lágrimas que estavam escorrendo pelo rosto dos dois e começou a chorar. Miranda agachou-se e pôs um braço em volta dela enquanto os soluços começavam a sacudir-lhe o corpo. Chris puxou uma cadeira para ela se sentar e foi sozinho para o sofá, olhando para o arbusto de azaleia lá fora.

Miranda manteve o braço ao redor de Sônia enquanto a cabeça rodopiava em círculos. *Isso não pode estar acontecendo com a Sônia. Suas perdas estão grandes demais. Não é justo! O que aconteceu com o Duque? Estava com uma aparência terrível. Será que alguns gremlins entraram aqui? Não foi dali que Mirau pulou na alameda e foi atacado por eles? Onde está Mirau agora? Ele disse que foi um erro cortar as árvores. Eu devia ter usado a Visão de Gato lá fora. Por que não pensei nisso? Não quero voltar lá agora. Além disso, Sônia precisa de mim aqui.*

Depois de muitos minutos longos, Sônia fez várias respirações rápidas. Miranda reconheceu o tipo que as pessoas usam quando estão tentando afastar o medo ou o choro. A respiração forçada da amiga interrompeu os pensamentos distorcidos de Miranda. Ela se virou para olhar para Sônia quando esta começou a falar. – Você acha... –. Fez uma pausa para enxugar os olhos e assoar o nariz. – Como ele escolheu aquele lugar para morrer, você acha que devíamos enterrá-lo ali?

Chris levantou-se do sofá de um salto, como se a ideia fosse um bote salva-vidas num mar opressivo. – Vou procurar uma pá na garagem e ver se há espaço embaixo do arbusto para cavar um buraco sem machucar as raízes. Venho buscar vocês depois que abrir o buraco.

Depois que Chris saiu, Miranda ajoelhou-se ao lado da cama de Duque e pegou a colchinha de crochê que Sônia fizera para ele, mas que raramente foi usada, pois ele preferia os colos. – Devemos usar essa colcha para enrolá-lo?

Sônia fez que sim com a cabeça. – Eu nem imagino o que possa ter acontecido a ele. Estava correndo por aí hoje de manhã, seguindo-me por toda parte. Latiu quando o entregador bateu na porta. Tentou subir na mesa para ver o que havia no pacote. Eu o deixei sair depois do almoço, em seguida tirei uma soneca –. Fez uma pausa, engolindo com dificuldade as lágrimas que lhe escorriam pelo rosto. – Dormi mais do que tinha planejado. Em geral, não o deixo lá fora muito tempo. Peter sempre o deixava entrar assim que ele latia. Quando não conseguia mais fazer isso sozinho, sempre me pedia para não deixar o Duque sozinho lá fora por muito tempo. Eu não queria deixá-lo tanto tempo assim lá no quintal –. Sônia olhou para Miranda como um viajante numa tempestade de neve em busca de um ponto de referência familiar.

mundos em divisão

Miranda ajoelhou-se na frente dela e segurou suas mãos. – Ah, Sônia, não foi culpa sua. Às vezes os animais morrem, só isso. Tive a impressão de que ele simplesmente se deitou naquele lugar e soube que era o fim. Não havia nada que você pudesse fazer. Não parece que ele lutou, ou algo do gênero. Ele não morreu diante da porta dos fundos tentando entrar.

Sônia balançava a cabeça num gesto de concordância durante toda a explanação de Miranda. – Acho que tem razão –, disse Sônia suspirando. Miranda não sabia se devia ou não dizer mais alguma coisa e acabou se distraindo analisando todos os chavões possíveis e imagináveis que dizemos quando queremos consolar alguém. As duas ficaram em silêncio, ambas enxugando os olhos e assoando o nariz quando necessário, até Chris entrar e anunciar que havia espaço embaixo da azaleia e que o buraco estava pronto. Sônia lutou para se levantar, fazendo caretas enquanto jogava o peso para a frente.

– Por que não fica aí mesmo? – sugeriu Chris rapidamente. – Miranda pode me ajudar a enterrar o Duque agora. Amanhã é domingo, podemos voltar quando estiver claro e fazer uma cerimônia.

Sônia deixou-se cair na poltrona. – Meu coração quer estar com o Duque, mas os meus joelhos me dizem para ficar aqui –. Ela suspirou. – Não sei bem o que fazer.

Miranda examinou a sala de visita. Sua mente procurava uma sugestão útil para Sônia enquanto suas vísceras queriam que ela ficasse dentro de casa e não visse de novo o corpo rígido de Duque. Reparou num bloquinho de anotações e numa caneta, e entregou-os a Sônia. – Por que não começa a escrever o que vai dizer amanhã durante a cerimônia?

Sônia concordou com um gesto de cabeça, mas deixou o papel cair-lhe no colo enquanto via os dois jovens saírem para pôr seu querido amigo dentro da Terra fria.

Assim que se afastaram alguns passos da casa, Chris virou-se para Miranda e sussurrou: – Que bom que a Sônia resolveu ficar lá dentro. Descobri uma coisa e queria mostrá-la pra você primeiro.

Chris foi na frente até a cerca, o feixe de luz da lanterna cortando a escuridão até aterrissar num pedaço de carne comido pela metade.

Miranda estendeu o braço para tocar a carne, mas Chris segurou-lhe a mão. – Não toque nisso. Acho que está envenenada.

– Envenenada?

– Ouvi dizer que tem gente que usa carne envenenada quando quer matar um animal. É o veneno que deixa o corpo todo duro e pouco natural –. Ambos se viraram e olharam para a cerca e para o outro lado onde havia uma construção alta encarapitada em cima de uma garagem deteriorada.

Miranda cerrou os punhos até as unhas penetrarem na pele. – Que se ferrem! – Agachou-se e pegou aquele pedaço de carne repugnante e jogou-o na casa, onde ele aterrissou com uma pancada forte.

– Por que fez isso? – perguntou Chris.

Miranda deu de ombros. – Que diferença faz? Eles fizeram o que queriam. De novo. Primeiro mataram as árvores, e agora, o Duque. Se Peter não estivesse de câncer, eu os acusaria de terem envenenado a ele também.

– Mas agora não podemos provar nada. Poderíamos ter levado aquele pedaço de carne a uma clínica veterinária e mandar testá-lo. E então, se estivesse envenenado, chamaríamos a polícia. Agora não saberemos ao certo se Duque só se engasgou com um pedaço de carne, se foi envenenado ou se morreu por algum outro motivo.

– Ai –. Miranda castigou-se por mais um ato intempestivo. Não que eles fossem muito frequentes, mas sempre pareciam ser a escolha errada que a levava às suas reações hesitantes, mais habituais. – Não podemos levar o Duque para saber se ele foi envenenado? Assim saberíamos.

– Lógico, podemos fazer isso. Mas aí não poderemos provar *de que forma* ele foi envenenado. Sem a carne, não temos prova.

– Acho melhor pular a cerca e ver se consigo encontrar aquele pedaço de carne.

mundos em divisão

– E ser presa por invasão de domicílio? Por entrar na casa dos outros à noite? O que você está pensando? Isso só vai causar mais problemas.

– E então o que é que *você* sugere? – O tom de voz de Miranda irradiava sarcasmo implícito e raiva reprimida. Na verdade, a raiva era de si mesma, mas foi toda canalizada contra Chris, que recuou.

– Olha, eu só estou tentando ajudar. Eu podia ter ficado em casa, ou insistir para você não vir correndo pra cá de novo e aí estaríamos jantando aquela refeição romântica que passei o dia todo preparando.

– Ai, que bom! Culpa! Taí uma coisa que sempre ajuda muito. Estou tão satisfeita por você ter se lembrado de trazê-la junto... É seu tempero favorito – combina com todo e qualquer tipo de comida.

– Miranda? Chris? – a voz de Sônia se fez ouvir atrás deles. – O que há de errado?

Ambos se viraram, a luz da lanterna mostrou Sônia mancando pelo quintal na direção deles, o andador inclinando-se precariamente na trilha irregular. – Sônia! – chamou Chris, correndo para ela e amparando-a. – O que está fazendo aqui fora? Pensei que você ia esperar até terminarmos de cuidar do Duque.

– Não consegui ficar lá sozinha esperando. Abri a porta só para ouvir e escutei vocês brigando, de modo que saí para saber o que estava acontecendo.

Chris e Miranda trocaram olhares culpados até que Chris começou a falar. – Não estávamos brigando. Só estávamos tentando resolver o que fazer.

– O que fazer em relação a quê?

Sônia, com a ajuda de Chris, chegou ao lugar onde Miranda estava olhando para o chão. – Eu... eu não tenho certeza de que deveríamos sobrecarregá-la com isso...

Sônia apoiou-se no andador. – Bem, agora vocês podem continuar numa boa, já estou aqui.

227

Miranda olhou para Chris, que estendeu a mão e tocou o braço de Sônia. – Encontrei um pedaço de carne. Um belo pedaço de carne estava aqui no chão, ao lado da cerca. Não tenho certeza, mas há uma possibilidade de que Duque tenha sido envenenado.

– Ai, meu Deus! – Sônia cambaleou e Chris impediu que ela caísse. – Onde está o pedaço de carne?

– Sinto muitíssimo. Eu o atirei para o outro lado da cerca. Eu... eu fiquei louca de raiva pensando no que os vizinhos fizeram e não parei para pensar. Eu só queria que ele desaparecesse daqui, que ficasse longe do Duque. Mas agora não podemos provar que eles fizeram isso. Sinto muito mesmo –. Miranda abaixou os olhos de novo.

– Obrigada.

– O quê? – Miranda levantou a cabeça num gesto brusco e olhou fixamente para Sônia.

– Obrigada. Estou satisfeita por essa carne ter sumido. Eu teria me sentido na obrigação de mandar examiná-la, mas agora ela sumiu e não preciso me preocupar com ela.

– Mas você não vai conseguir provar que os vizinhos fizeram isso.

– Não gosto de pensar nessa possibilidade.

– Mas podemos deixá-los sair impunes dessa vez. Fizeram tanto mal a você e a Peter... e... agora, ao Duque.

– É este o buraco que você abriu, Chris? – Sônia espiou embaixo do arbusto um ponto ao lado do corpo de Duque. – Parece perfeito. E você ainda tomou o cuidado de não machucar as plantas à sua volta.

Chris ajudou-a a se posicionar ao lado do buraco, do tamanho de um cãozinho. – Obrigado, e fiz o possível para ele ser do tamanho certo. Podemos enterrá-lo agora, se você quiser.

Miranda aproximou-se dos outros dois. – Mas... não deveríamos levá-lo ao veterinário para ele ser examinado?

mundos em divisão

Sônia pôs a mão no braço de Miranda. – Não, querida, agora não adianta mais. Ele está morto. Que descanse em paz. Foi um cachorro muito bom. Embora latisse quando havia uma tempestade. Mas ele estava sempre ali, pulando atrás de mim em todo lugar para onde eu ia –. Ela puxou um lenço de papel do bolso e assoou o nariz.

Miranda começou a protestar de novo, ainda lutando com a culpa devida às consequências do seu arremesso irado do pedaço de carne; mas de sua boca só saíram monossílabos ininteligíveis. – Ummm... mas... ummm.

Por fim, Miranda ajoelhou-se ao lado de Duque e pegou-o. *Pobre filhotinho, mal posso esperar até esses vizinhos perversos serem chutados para fora deste mundo. Eles não merecem viver perto de alguém como Sônia. Além de perder o Peter – agora você também se foi.* Tentou aninhá-lo nos braços, mas em vez de suas contorções habituais, daquela fofura cheia de lambidas e amor, sentiu como se estivesse segurando um tronco espinhoso, com quatro galhos projetando-se para fora no lugar das pernas. Chris ajudou-a a enrolar o corpo de Duque na colcha macia feita à mão e colocou-o no buraco.

Ergueram os olhos para Sônia, para ver se ela queria dizer alguma coisa, mas ela balançou a cabeça numa negativa, os lábios formando uma linha fina e irregular que lhe cortava o rosto.

Miranda levantou-se e passou um braço em torno da amiga. – Vamos voltar amanhã e fazer uma cerimônia de verdade para ele. – Sônia concordou com um gesto da cabeça, parecendo muito frágil e insegura. Chris encheu o buraco de terra e depois ambos ajudaram Sônia a atravessar o quintal vazio e voltar para casa.

Ninguém expressou desejo de comer; mas, quando Chris trouxe o jantar, todos se serviram em silêncio, silêncio quebrado apenas por tentativas vagas de iniciar uma conversa. Como acender o fogo com madeira molhada, as palavras começavam a adquirir vida, mas logo morriam.

18

FOGO E BISCOITOS

Chris estava dando um curso de massas italianas nas quintas à noite, de modo que, depois do trabalho, em vez de ir para casa, Miranda foi visitar Sônia. Estava se sentindo culpada por não ter voltado lá desde o domingo, quando fizeram a cerimônia para Duque. Relutara em sugerir outra visita ao Chris depois de terem passado quase todo o fim de semana com Sônia; mas, quando Chris lhe falou sobre o curso que resolvera dar, ela decidiu aproveitar a oportunidade e passar a noite com a autora que era o seu ídolo.

O percurso entre a clínica de repouso e a casa dos Blooms levou-a a passar por uma adega. Miranda resolveu parar e comprar uma garrafa de conhaque, pois sabia que a de Sônia estava no fim e estava muito difícil para ela fazer compras com a dor que sentia nos joelhos. Depois de enfiar a garrafa na mochila, voltou para o carro. Quando abriu a porta, lá estava uma figura translúcida no banco do motorista, usando suspensórios e calções. Um boné estava flutuando em cima do lugar onde deveria haver uma cabeça.

– Aff! Rand! Você me assustou! *Droga, será que alguém me viu gritar no carro?* Ela se virou, mas não havia ninguém à vista, de modo que ela pediu a seu coração que deixasse de disparar enquanto ela se concentrava em dividir os pensamentos entre os pessoais silenciosos e os telepáticos claros. :*Saia daí, por favor. Preciso entrar no carro.*: Jogou a mochila em Rand, tentando empurrar o interlocutor imaterial para o banco do passageiro.

Em vez de sair, Rand materializou-se por completo, arregalando os olhos quando a mochila passou pelo lugar que estava ocupando. :*Tô veno qui cê tá carregando uns isprítos líquidos com cê traveis.*:

:*Essa garrafa é pra Sônia, para ela poder tomar as suas gemadas.*:

:*Ah, me faiz alembrar de conhaque quente. Ia me esquentar numinstantinho. Quando eu carregava um corpo, quer dizer. Por que cê num abre ela agora pra eu tomá um golinho daquela garrafa que tá com cê?*:

:*Você não tem como beber. É um fantasma. Você mesmo acabou de dizer isso.*:

:*Num tô falano de quentá o corpo. Quero quentá o ispríto. Cê pó bebê pur mim se eu num pó bebê.*:

:*Como assim?*: Miranda sentiu o coração apertar e ficou agudamente consciente de ainda estar no estacionamento de uma adega, uma loja que vende *bebidas*. Lançou um rápido olhar aos carros que passavam, rezando para que ninguém que conhecesse Chris a visse ali.

Rand flutuava em cima do banco do passageiro, o que permitiu a ela deslizar lá para dentro e fechar a porta. :*Num tem nada mais fácil dum ispríto compartilhá que os ispritos do álcool. É só cê bebê que eu vô ficá sintino com ocê.*:

:*Já te falei, essa aqui é pra Sônia. E eu não sabia que você sentia os efeitos do álcool quando uma pessoa bebe.*:

:*Não calquer pessoa. Só aquelas qui tomaram um gosto especial plo ispríto do álcool:*

:*Bom, eu não estou mais entre eles. Não sou alcoólatra. Superei esse negócio. Não há nada de errado no fato de eu beber. Só estou acompanhando a Sônia.*:

:*É, e cando cê tá sozinha, cê tá cumpanhando os ispritos. Munto bacana isso de tê tanta consideração. Eles devem de ter sintido sa falta nesses últimos oito anos.*:

:*Esses espíritos estão te enganando a meu respeito. Não tenho problema nenhum com a bebida. Paro a hora que quiser. Só quero sentir o sabor do vinho e da cerveja, só isso. E não estou bebendo muito.*:

Rand inclinou a cabeça e levantou uma sobrancelha. :*Tudo bem, eu tomei, sim, conhaque com a Sônia. Mas foi só porque ela pôs no meu chá antes de eu poder lhe dizer que não queria. Só para provar que não tenho problema nenhum com a bebida, não tomei nada hoje. Gostou dessa? Satisfeito?*:

Rand baixou os olhos para a mochila que estava aparecendo através do seu abdome. :*Tadinha da garrafa. Té parece qui ela vai cabá com cê hoje di noite. E eu tamém num vô tá bebeno nem uma gotinha.*:

Rand soltou um suspiro dramático e desapareceu. Exceto pelo boné, que ficou flutuando em cima do banco do passageiro durante todo o trajeto até a casa de Sônia. Miranda tentou ignorar aquele lembrete alado do Rand quando pegou a mochila com a garrafa e dirigiu-se para a casa.

Sônia levou-a para a cozinha, onde as aguardavam dois pedaços de bolo e dois copos de vinho do Porto em cima da mesa. – Eu sei que você veio direto do trabalho pra cá e provavelmente ainda não jantou – e por que não começar pela sobremesa? – Sônia apontou a garrafa que estava em cima da mesa. Eu estava arrumando um armário, tentando limpar um pouco a bagunça que a gente vai acumulando com o passar dos anos, quando encontrei esta garrafa. Nós a compramos em Portugal, quando fomos lá num congresso internacional de física. Deve ter sido há uns 20 anos. Dizem que a idade é benéfica para os vinhos que acompanham a sobremesa; mas, se não for do seu agrado, a gente faz um chá.

Miranda olhou para a garrafa. *Droga, eu prometi pro Rand que não ia beber hoje à noite. E agora a Sônia preparou todas essas delícias pra nós.* – Você não precisa fazer nada para mim. E eu estava pensando em tomar chá hoje, em lugar de vinho, tudo bem pra você?

– Sem problema. Não tenho mais ninguém para quem cozinhar. E é gostoso sentir pela casa o aroma de um bolo acabado de assar –. Ela começou a mexer no fogão. – Vou pôr água para ferver para o chá; mas sente-se e ao menos me diga se vale a pena ou não guardar esse vinho.

Miranda sentou-se à mesa. *Essa vai ser fácil. Não gosto de vinhos doces, de modo que só vou provar por educação e depois não tomo mais.* Tomou um golinho experimental do vinho, preparando-se para colocá-lo de lado, mas parou quando sentiu o sabor da bebida. – Nossa, que bom isso! Não é doce demais. Tem um sabor bem encorpado.

Sônia sorriu. – Ah, bom. Eu estava com medo de que tivesse estragado.

– A idade só lhe fez bem. Nunca tinha provado um vinho do Porto como este. Em geral, não passa de um xarope. Mas este é muito suave –. Miranda fez o vinho girar de novo na boca. – Tem uma pitada de carvalho e avelã e outra de cereja.

– Que bom que você gostou. Toma mais um pouquinho.

Sônia estendeu o braço e encheu de novo o copo de Miranda. Miranda brincou com o bolo, achando que estava doce demais, mas o vinho foi uma bela surpresa que a ajudou a relaxar de um dia de trabalho estressante. Finalmente tivera coragem de demitir Stephanie, a recepcionista fofoqueira que não gostava de trabalhar. Adiara essa decisão o máximo possível porque o pai dela era o vice-presidente da diretoria da clínica.

Agora sentada ali e bebendo sossegadamente com Sônia, sentiu meses de tensão se dissolvendo. *Mereço um agrado por finalmente ter me livrado de Stephanie.* Levantou a garrafa, dirigindo-se a Sônia para lhe servir mais vinho, mas então se deu conta de que o copo de sua amiga ainda estava cheio. Antes de pôr novamente a garrafa na mesa, Miranda serviu-se mais uma vez e ergueu o copo para fazer um brinde. – À competência profissional – à capacidade de resolver problemas e de limpar armários velhos –. Fez tintim no copo de Sônia – Que muitos outros tesouros sejam encontrados! – Ao levar o copo aos lábios, deixou o líquido escorrer para dentro de si, inclinando a cabeça para trás para saborear as últimas gotas.

– Ah, vou encontrar, sim, com certeza! Há caixas e caixas de coisas que preciso examinar. Guardamos muitas delas, prevendo um momento em que faríamos juntos uma boa faxina, mas a vida continuou acontecendo... –. Sônia sorriu forçado para Miranda, um daqueles sorrisos do tipo estou-me-saindo-bem. – Me dá o que fazer. E não quero deixar essas caixas para os amigos abrirem –. Miranda concordou com um gesto da cabeça, escondendo a necessidade de encher o copo de novo.

Por fim, aceitando a desculpa de Miranda de que ainda não jantara como razão para não comer o bolo, Sônia terminou seu pedaço e depois se levantou e começou a tirar a mesa. – Vou embalar o seu pedaço e acrescentar um outro para o Chris, assim vocês podem comê-lo depois do jantar –. Sônia colocou o pacote ao lado de Miranda e depois se dirigiu à sala de visita. Miranda esvaziou o resto da garrafa de vinho do Porto no seu copo e depois seguiu a amiga viúva.

Depois de se acomodar em sua poltrona, Sônia começou a puxar uma manta para o colo, mas parou quando seu olhar foi atraído para o lugar vazio onde ficava a cama de Duque. Jogou a coberta em cima do sofá, deixando as mãos caírem no colo. – Simplesmente não me acostumo com a ideia de que ele se foi. Às vezes, durante o dia, acho que o escuto ganindo para mim. Fico querendo pensar que ele está me dizendo que ambos estão bem, tanto ele quanto Peter. À noite é que é difícil. Fico acordada, pensando que preciso deixá-lo entrar em casa. Aí eu me lembro e não consigo conciliar o sono.

– Ele foi um bom cachorro –. Miranda estremeceu ao ouvir as próprias palavras. *Putz, essa foi de doer. Por que será que não consigo pensar em nada melhor? Há quantos anos trabalho na clínica de repouso? E tudo quanto consegui dizer foi "ele foi um bom cachorro."*

Aquelas palavras liberaram uma enxurrada de lágrimas e Sônia soluçava com o rosto escondido atrás dos lenços de papel que Miranda começara a lhe entregar. Depois de vários minutos chorando, Sônia recostou-se na poltrona e suspirou, fechando os olhos enquanto a tensão desaparecia do seu rosto.

Miranda ficou ali sentada num silêncio reverente, observando o peito de Sônia erguer-se e cair com suas respirações lentas. *A Sônia é tão incrível!*

Tão sábia no que diz respeito aos espíritos e, ao mesmo tempo, tão completamente no Mundo-N também... Não dá para acreditar que realmente a conheço e estou aqui sentada com ela. A cabeça de Sônia caiu sobre o peito e sua respiração ficou ruidosa.

Miranda olhou para o relógio. Eram apenas 6h00 da tarde. Não queria incomodar Sônia, nem ir embora; além disso, como Chris só voltaria para casa dali a algumas horas, ela examinou a sala, em busca de alguma coisa para ler.

Depois de pegar um livro intitulado *Há espíritos na sua vida?*, ela se acomodou no sofá, puxando inadvertidamente a manta sobre as pernas, já à espera de que Duque pulasse em cima dela. Olhou a seu redor quando se deu conta de que nenhuma bola de pelo contorcionista estava correndo para ela. *Droga, agora sou eu quem está se esquecendo de que ele se foi. Está muito vazio sem ele, aqui, verdade. Não sei como a Sônia está administrando tanto a morte de Peter quanto a de Duque.*

Seu olhar foi atraído pela janela. Havia luz suficiente para identificar a azaleia embaixo da qual Duque estava enterrado.

Miranda deslizou para fora do sofá e foi até a porta corrediça que dava para o quintal.

Preciso sair para ver se nenhum animal violou o seu túmulo. Abriu a porta e apoiou a mão na balaustrada para se firmar ao sair. Dando passos cuidadosos para manter o equilíbrio, caminhou lentamente até o arbusto de azaleia. O monte de terra estava intacto, exceto por um biscoito para cães colocado exatamente embaixo da placa de madeira com os seguintes dizeres: "Duque: o melhor amigo de Peter e Sônia Bloom. Descanse.em.Paz. *A Sônia deve ter saído e vindo até aqui hoje para pôr aquele biscoito no chão, senão com certeza os gatos da vizinhança teriam ao menos tentado comê-lo.*

Agachou-se perto do túmulo de Duque, estendendo a mão e correndo os dedos pelos diamantes falsos de sua coleira velha, que eles tinham posto ao lado da placa de madeira. Lançou um rápido olhar para o lado esquerdo do monte de terra, onde havia três tocos que estavam sofrendo a ação do tempo. Pensamentos furiosos martelavam-lhe a cabeça. *Não é justo. A Sônia já teve perdas demais. Como puderam fazer uma coisa dessas? Eles são imitações desprezíveis de seres humanos. Não, são seres humanos típicos, é por isso que este mundo está detonado desse jeito. Granhos! Gremlins humanos – isso é o que eles são.* Miranda sentiu orgulho da equiparação inteligente que fez dos dois termos.

Inclinou-se para a frente, sentindo um movimento às suas costas, e percebeu que, antes de sair da casa, havia posto a mochila nos ombros automaticamente.

Quando mexia os ombros, a garrafa de conhaque movia-se para trás e para a frente nas suas costas. Irritada, puxou a mochila das costas e livrou-se daquele incômodo desagradável. Com um movimento rápido, tirou a tampa da garrafa e ficou pasma quando um vapor amarelo saiu lá de dentro. Esfregou os olhos e ficou olhando fixamente até se convencer de que não vira nada escapar da garrafa.

– Se houvesse um gênio dentro de você –, disse ela à garrafa de conhaque, que colocou em cima do toco mais próximo – eu saberia muito bem o que pedir. Pediria que Duque voltasse à vida. Nossa, eu pediria que Peter também ressuscitasse. Talvez pedisse até para o filho deles estar vivo –. Miranda balançou a cabeça num gesto de desalento, sentindo uma leve tonteira, provocada pelos muitos copos de vinho do Porto que bebera com Sônia. – Bom, como não posso pedir nada disso, que tal pedir para os vizinhos desaparecerem? Ou que sua monstruosidade de três andares nunca tivesse sido construída? Nesse caso, ao menos as três árvores estariam vivas.

:*Peça o que bem entender.*: – sussurrou nitidamente uma voz sedutora.

– O quê? – Miranda olhou a seu redor no quintal. Não vendo nada, passou para a Visão de Gato, que lhe mostrou um vapor amarelo-esverdeado flutuando perto da garrafa.

:*O poder é todo seu. Faça o que quiser.*: – continuou a voz.

Miranda pegou a garrafa, brandindo-a contra a nuvem de vapor. – Vá embora! – sibilou ela. – Seja quem for, caia fora!

:*Você me conhece. Você me alimentou com energia no passado, e muitas vezes. Agora você a está dando a mim outra vez, e por livre e espontânea vontade. Além de absorver a sua essência vital sob a forma de energia, também posso lhe conceder poder para você fazer o que quiser com os vizinhos.*:

– Não quero fazer nada com esses nojentos... –. sua voz foi diminuindo até sumir enquanto a mentira grudava-lhe na garganta. Apertou a garrafa com mais força. – Você não é nenhum gênio que realiza desejos. É o espírito do álcool que está falando –. O vinho que estava no seu sangue parecia um ímã que a puxava para a garrafa e suas promessas. *Por que será que comecei a beber de novo? A Sônia não teria se importado se eu tivesse lhe dito que sou alcoólatra. Ela é maravilhosa... Mas, depois que voltei a beber, não posso mais lhe contar. Só posso continuar a beber.* A mão de Miranda começou a levantar a garrafa até a altura do rosto.

Uma parte quase sóbria dela fez um apelo: *Não. Não beba agora.*

:*Jogue a bebida no chão, se achar que é o caso.*: O espírito do álcool falou com uma voz extremamente sensata.

Usando de novo a Visão de Gato, Miranda olhou diretamente para a neblina sinistra em volta da garrafa. – Posso fazer isso? Se eu jogar a bebida no chão, você vai embora?

:*Se você parar de me dar energia, eu desapareço. Nunca a forcei. Mas venho sempre que você me oferece a sua essência vital.*:

Miranda fez um gesto de assentimento e tentou movimentar a mão, que ainda apertava com força o gargalo da garrafa. Os dedos tremeram ligeiramente e depois ficaram imóveis. Ela tentou de novo fazer o braço girar, mas sentiu como se ele não estivesse mais ligado à mão. Ainda na vertical, apertada na mão, a garrafa parecia lisa e convidativa. Um leve calor emanava dela, encorajando Miranda a soltar alguns nós de tensão nos ombros.

:*Está certo, relaxa, sinta como se sente segura comigo. Estou aqui para te ajudar. Conheço você melhor do que ninguém jamais conhecerá.*:

mundos em divisão

Miranda engoliu a saliva e depois sentiu o estômago revirar enquanto olhava fixamente para o vapor amarelo-esverdeado. – Será que daria para você entrar de novo na garrafa, por favor?

:*Não estou na garrafa. Nunca estive na garrafa. Mas entro em você quando você bebe da garrafa.*:

Miranda começou a se virar na direção da voz, que vinha de um dos seus lados, mas se distraiu quando o vapor começou a se mexer. Flutuou na direção da boca da garrafa, depois deslizou pelo lado de fora e, em seguida, condensou-se em volta do braço da moça. Miranda sentiu um conforto familiar com aquele toque, o braço e o ombro relaxando enquanto a garrafa percorria lentamente a distância até a boca. *Ninguém vai morrer se eu me aquecer um pouco. Está frio aqui fora. Vou tomar só um golinho. Estou com a garganta seca.* O primeiro gole desceu redondo, aquecendo-lhe a barriga e dissolvendo o último grão de hesitação. Sua resistência se desfez completamente enquanto ela derramava mais líquido garganta abaixo.

Dez minutos depois, Miranda pôs em cima do toco a garrafa vazia pela metade. *Havia uma bela árvore aqui. Será que era nela que Sam se balançava? Não consigo me lembrar.* Oscilou levemente, um zumbido na cabeça enquanto estendia a mão, tocando a cerca que separava os dois quintais. Sua memória levou-a de volta à noite em que se sentara perto dos tocos quando Duque viera latindo, correndo em volta do toco em cima do qual Mirau estava sentado. Lembrou-se do vizinho gritar que mataria o cão se ele não calasse a boca.

Ela cerrou os punhos, apertando os dedos até sentir a pressão se acumulando nas palmas das mãos. Esticou a mão direita. Olhando para ela com a Visão de Gato, conseguia enxergar a energia rodopiando à sua volta, aquela energia que viera da garrafa de conhaque. Laranjas e vermelhos turvos obscureciam os dedos enquanto aquele vapor denso dançava em torno de sua mão. *Pergunto-me se conseguiria transformá-lo numa bola de energia pura.* O vapor dançante condensou-se numa bola irregular que flutuava acima da palma de sua mão. *Será que consigo injetar mais energia ainda?* A bola aumentava à medida que um volume maior do vapor saía do álcool, percorrendo-lhe o corpo até chegar à palma. Estendeu a mão esquerda, levantou a garrafa e tomou um longo gole. Depois de colocá-la outra vez em cima do toco, aproximou a mão esquerda da direita.

Mais vapor alaranjado escoou-se de seu corpo, correndo por ambos os braços até chegar à bola, que agora estava brilhando como um grande olho aberto e imóvel no meio da escuridão.

Uma vozinha de dentro de Miranda sussurrou: *Isso está ficando de arrepiar. E se os gremlins passassem por ali? Poderiam ser os que mataram o Duque. Você devia ir para dentro de casa. Arranje alguma coisa para comer. Tudo isso está acontecendo porque você está bebendo com o estômago vazio.*

A voz do espírito do álcool fez-se ouvir clara e direta. *:O poder é seu para você usar. Faça com ele o que bem entender.:*

O olhar de Miranda foi atraído para a garrafa. Só então reparou no toco em cima do qual estava. *Não foi gremlin nenhum que matou o Duque. Foram esses vizinhos desgraçados. Granhos nojentos. É isso que eles são.* A bola radiante que flutuava começou a ficar mais brilhante à medida que o ódio de Miranda pelos vizinhos se intensificava. Seu corpo começou a tremer, e aquela partezinha sua que estava implorando para ela entrar em casa foi afogada por outro gole de conhaque. Os dedos curvaram-se, como as garras de um tigre flexionando os membros. A bola respondeu dançando mais alto no ar.

Aposto que eles estavam rindo lá do outro lado da cerca enquanto estávamos enterrando o Duque. Merecem conhecer o sofrimento que infligiram a Sônia. Uma faísca voou da palma de sua mão, girou no ar e desapareceu. Outra seguiu-se, e depois outra. *Fogo. Eles merecem o fogo.*

Uma chama em miniatura acendeu-se na palma de Miranda, queimando intensamente, mas sem machucar sua pele. Pulsava e cantava: – Sim, somos fogo. Deixe-nos sair. Vamos te ajudar. Vamos te vingar.

Imagens da casa dos vizinhos em chamas apoderaram-se da mente de Miranda. *Eles merecem. Merecem! Vou fazer o fogo queimar aquele puxado monstruoso que eles construíram. Depois vou pô-lo abaixo, de modo*

mundos em divisão

que eles só vão ter aquela garagem deteriorada que havia antes. Danem-se, granhos estúpidos!

Miranda sorriu pensando em Susan e que aquele termo servia nos vizinhos como uma luva. – Mal posso esperar para contar tudo isso pra Susan –. Miranda falou em voz alta para a chama, que subiu mais, estendendo-se na direção do alto da cerca.

Susan. O nome ecoou na mente de Miranda. Susan. Não posso contar isso pra ela. O que eu diria? Que usei meus dons para queimar uma casa até os alicerces? E se eles estiverem lá dentro? São tão nojentos que provavelmente estão sentados na sala de visita nesse exato instante, um par repugnante de consumidores de batata frita que ficam o dia inteiro na frente da televisão.

A chama avolumou-se, fazendo uma última tentativa de chegar à casa e depois desapareceu quando a cabeça de Miranda apoiou-se em suas mãos e ela caiu no chão.

Ai, meu Deus. O que eu ia fazer? Nunca poderia contar nada disso pra Susan. Nem pro Chris. Nem pra Sônia. Ela está bem aqui. Deve saber do que fiz. Nunca vai me perdoar por evocar os espíritos do fogo contra os vizinhos. E as avós, então! É evidente que vou acabar no mundo errado por incendiar uma casa.

:Bom, amiga, agora cê pode contá preles todos gente boa que que cê feiz.: Miranda levantou a cabeça num gesto brusco ao ver a silhueta escura de um homem sentado no toco vizinho àquele onde estava a garrafa, fumando um cachimbo. Em vez da fumaça flutuar e desaparecer no ar, ia diretamente da ponta do cachimbo para o gorro que estava na cabeça de Rand. Assim que Miranda enxergava o vapor delicado que saía do cachimbo e fazia círculos em volta da cabeça de Rand, o ciclo começava de novo.

: O que você está fazendo?:

:Cumo num consigui fazer ocê dividi seu ispirito do álcool cumigo, achei que ia sê uma boa voltá a fumá. Taí um hábito muito relaxante. Talvez cê devesse de exprimentá uma hora dessas. Cê tá parecendo um cadinho chateada esta noite. Rand ofereceu o cachimbo a Miranda, que começou a estender a mão para pegá-lo, mas depois a recolheu.

:Não posso tocar nele. Não é real.:

:Real? Pode num sê tão real qui nem essa garrafa é pro cê, mas ao menos eu posso tocá meu cachimbo.: Rand dissolveu o cachimbo na palma da mão e depois começou a dar socos com ambas as mãos na garrafa de conhaque que estava em cima do toco a seu lado, mas as mãos passavam por ela. E suas mãos continuavam passando pela garrafa sem que ela se mexesse, mas deslocaram resíduos de cor vermelha e laranja, que começaram a dançar em volta da garrafa de conhaque. O estômago de Miranda apertou quando ela sentiu o álcool dentro dela empurrando-a na direção da garrafa. Uma imagem de Susan passou-lhe pela mente como um relâmpago e a moça olhou para ela com confiança e gratidão. Foi seguida por uma lembrança de Chris em lágrimas depois que tiveram de aguentar um feriado inteiro de visita ao pai alcoólatra e violento com que Chris crescera.

Miranda respirou fundo e encheu a mente com uma imagem dos olhos bondosos e compreensivos de Sônia. *Tenho de tomar uma decisão. Não posso continuar fazendo isso com eles.* Esticou a mão abaixo do corpo, tateando o chão. A mão tocou um galho quebrado, um remanescente das árvores que agora já haviam sido cortadas há muito tempo. Pegando a madeira com os dedos, atirou-a contra a garrafa de conhaque como se estivesse se afogando e tentando lançar uma corda salva-vidas para si mesma. O galho bateu na garrafa, derrubando-a de lado e fazendo com que o líquido cor de âmbar escuro escorresse pelo toco.

Miranda enfiou as mãos nos bolsos para se impedir de pegar a garrafa e colocá-la de novo em posição vertical. Enquanto o líquido escorria na sua direção, Rand levantou-se do toco molhado e começou a flutuar no ar, uma perna cruzada sobre a outra como se estivesse sentado numa cadeira. Foi flutuando até o toco vizinho até estar bem embaixo dele; então desceu até ele, enxugando as mãos nas calças como se estivesse limpando um vazamento. *:Amiga cuidadosa, cê quase qui me cubriu cum os ispritos do álcool. Que que as pessoas iam dizê? Eu cherano álcool, nessa idade.:* Rand balançou a cabeça de um lado para outro, repetindo várias vezes o seu tsk, tsk, tsk. *:É isso aí queu ganho conviveno com ocês, gentes sólidas. Num me dão* *nem uma gotinha de um bom isprito d'álcool, mas num se importam nadinha de derramar tudo im cima de mim.:*

Miranda recompensou seu bom humor com um meio sorriso forçado. *:Cara, estou satisfeita por você ter aparecido. Não sei como foi que me meti nessa confusão.:* Rand inclinou-se para a frente, prestes a falar de novo. *Tudo bem, eu sei, sim, o que aconteceu. Eu te disse que não ia beber e que podia parar a hora que quisesse – mas não parei. Continuei bebendo com a Sônia e aí quase me meti numa confusão daquelas.:* Miranda estava se sentindo completamente sóbria, mas uma parte racional de sua mente estava refletindo sobre a impossibilidade de todo aquele álcool ter saído do seu organismo tão depressa. De modo que pegou a mochila e tirou lá de dentro uma bolsinha onde havia uma concha, fósforos e um pouco de sálvia. Ela a usava sempre que precisava limpar seu campo energético, e estava se sentindo particularmente necessitada naquele momento. *:Ao menos você é o único que sabe disso.:*

:Ah, é, dexar as coisas assim – um segredinho entre ocê e nós, ispritos – com toda certeza vai garantir que num vai acontecê nada no futuro que nem quase aconteceu hoje di noite.:

Miranda acendeu a sálvia, observando-a inflamar-se por um momento, o que a fez se lembrar da bola de fogo; depois as folhas acabaram de queimar e começaram a soltar uma fumaça que acalmava e limpava. Pôs as folhas na concha, que colocou em cima do toco para poder usar ambas as mãos para passar a fumaça no corpo. Imaginou a nuvem de fumaça limpando seu campo energético de todo o álcool que havia consumido.

Concentrando-se nos seus pensamentos, enviou-os a Rand. *:Suponho que essa seja sua forma de sugerir que eu converse sobre isso com alguém. E tem razão. Eu me meti nessa enrascada por não contar à Sônia que sou alcoólatra e depois por não dizer a Chris que estava bebendo de novo.:*

Estremeceu ao se lembrar de todas as perguntas e eventuais acusações de Chris sobre o quanto ela "mudara" desde a conferência, quando voltara a beber.

Recapitulando os últimos meses, parecia que a maior parte de suas brigas aconteceu depois que ela consumira um pouco de álcool. E os temores de Chris sobre sua mudança poderiam ter sido apaziguados facilmente se ela tivesse sido honesta a respeito da bebida. *Preciso mesmo pedir desculpas. Meu Deus, oito anos e recaí com tanta facilidade! Será que Chris vai conseguir me perdoar algum dia? Será que vai voltar a confiar em mim algum dia? Não dá nem pra esperar uma coisa dessas. Dessa vez eu entornei o caldo pra valer.* Esse pensamento despertou a vontade de beber e o desejo de voltar à negação. *Não. Aconteça o que acontecer, tenho de ser honesta e enfrentar as consequências – não vou continuar me escondendo atrás do álcool.*

:*Taí, amiga, esses são pensamentos bons de se ter. Cê vai discobrir até que seu companheiro é mais cumprensivo que cê maginava, e nem vai sumir da sua vida.*: Com essas palavras finais, Rand desapareceu. Miranda ficou sentada ao lado da garrafa vazia e de um túmulo silencioso. Resolveu se dar um pouco mais de tempo para retirar do corpo o álcool que ainda estava lá, mas as preocupações com Sônia não paravam de lhe invadir a mente.

Levantou-se cambaleando ligeiramente. Um espírito roçou-lhe o braço, injetando-lhe força. Virou-se e, com o canto do olho, percebeu uma figura alta e ereta: nenhuma curva, só linhas retas e firmes delineavam o espírito. A figura estava vestida com um quimono âmbar liso que chegava ao chão. Miranda sentiu tanto o familiar quanto o desconhecido. Pensando com cuidado, perguntou:

:*Quem é você?*:

Mirau falou lá dos seus calcanhares. :*Se você sentir melhor, vai reconhecê-lo.*:

:*Mirau! Que bom te ver!*: Miranda deu um passo e teria caído se o espírito alto e esbelto não lhe tivesse dado apoio e ajuda para se manter de pé. Olhou bem para ele, balançando a cabeça de um lado para outro enquanto tentava descobrir quem seria. Um gancho de energia servia de ponte entre ambos e ela sentiu o poder férreo daquele espírito.

Cambaleando, Miranda deu alguns passos para trás e levantou os braços, o coração apertado de medo. – Você é o espírito do álcool. Pensei que tinha me livrado de você.

mundos em divisão

O pilar de energia aproximou-se dela, emitindo uma enorme força limpa. :*Não sou o espírito do álcool. Eu sou o Poder. Estou aqui para o que você desejar, seja o que for. Acumulo energia toda vez que você a doa. Dou energia quando você precisar. A escolha é sempre sua.*:

A memória de Miranda disparou para oito anos antes, para a primeira vez em que Mirau a ajudou a mudar sua relação com o álcool. Depois que parou de beber, tinha a sensação de que havia um espírito que lhe sugava a energia sempre que bebia. :*Você é aquele espírito de antes, não é? Eu me esqueci de você, pois não estava bebendo. Mas é quem você é, certo?*:

:*Sim, você me deu energia antes. Depois parou de me oferecer sua essência vital. Por isso é que fui embora. Agora você está me dando energia outra vez. Mas você também pode pedir a mim o que quiser. Dou energia. Pego energia. É isso que eu faço.*:

Miranda baixou os olhos para o gato listado de cinza, que agora estava encarapitado em um dos tocos. :*Mirau? É seguro receber alguma coisa desse espírito? Ele quase arruinou a minha vida diversas vezes, inclusive esta noite.*:

Antes de Mirau ter chance de responder, o Poder declarou:

:*Aquelas foram opções suas. Eu não arruíno a vida de ninguém. Acumulo energia a fim de ter energia para dar quando você ou outros pedirem. Quando certas pessoas bebem, elas me dão sua essência vital por livre e espontânea vontade, de modo que eu a acumulo. Você me deu muita energia esta noite. Deseja parte dela de volta agora?*:

Miranda olhou para o gato que era seu guia espiritual e que começara a se lamber. *Ele parece não ter o menor interesse por tudo isso. Mas ao menos ainda está aqui, caso eu arranje uma boa encrenca.* Virou-se para o espírito alto. :*Tudo bem, eu gostaria que me ajudasse.*: Miranda apertou os lábios enquanto tentava pensar em outra coisa. *Entrei nessa fria por causa da raiva que senti dos vizinhos. Mas simplesmente não posso deixá-los continuar atormentando a Sônia. Tenho de tomar uma providência qualquer...* Livrou-se daquele último pensamento, sentindo a lembrança do fogo e do que quase fizera restringindo a sua respiração com ataduras de medo.

:Se desejar proteger, posso ajudá-la a construir fronteiras intransponíveis.:

A segurança com que o Poder falou fez Miranda se lembrar de que nunca conseguira escapar dessa capacidade que ele tinha de controlá-la. Ou, como ele diria, de sua capacidade de se apropriar de sua essência vital quando ela bebia. *:Você é forte, de modo que posso imaginar as fronteiras sólidas e seguras que poderia construir. Você com certeza nunca me deixou vencê-lo quando eu estava bebendo. Inclusive hoje!:*

A figura esbelta inclinou a cabeça num gesto de concordância. *:Sim, isso é verdade. Aqueles que respeitam a verdade – que meu poder é maior que o deles – podem participar mais facilmente da minha solidez. Aqueles que ignoram essa verdade me dão o seu poder.:*

:Você poderia construir uma proteção para a Sônia, de modo que esses vizinhos horríveis não possam mais fazê-la sofrer?:

:É isso o que ela quer?:

:É. Bom, para falar a verdade, não sei. Mas tenho certeza de que deve querer, sim. Miranda fez uma pausa, consciente de que, se quisesse o apoio do Poder, tudo teria de se basear na verdade. *:Acho que sou eu mesma quem quer isso. Não posso falar por ela.:*

:Então vou ajudá-la a construir uma barreira para si mesma. Use a sálvia para criar um círculo de fumaça em volta do lugar que sua amiga afirma ser propriedade dela. Vou pôr minha energia nele.:

Miranda olhou para a conchinha com folhas semicarbonizadas que havia usado. Depois pegou a mochila, tirou lá de dentro um maço de sálvia que um homem lhe dera por ajudá-lo a se conectar com seus guias espirituais. Acendeu a erva e depois a sacudiu à sua frente até só restar a fumaça.

Mirau veio andando e sentou-se na sua frente. Ela o envolveu na fumaça e sua forma foi ficando cada vez mais densa e nítida. E então ele pulou e desapareceu no meio do salto. *:Boa sorte, Mirau! Espero que não se trombe com nenhum gremlin.:* Virou-se e ofereceu o maço de sálvia ao Poder.

Enquanto a fumaça subia, o espírito começou a se dissolver. Desfez-se, transformando-se num vapor que rodopiava e dançava com a fumaça da sálvia. Miranda caminhou ao longo da cerca que marcava os limites do quintal dos Blooms, tendo o cuidado de fazer a sálvia criar ondas de fumaça à sua frente.

Depois de percorrer duas vezes toda a extensão da cerca, Miranda ajoelhou-se na frente dos três tocos de árvore, deixando a fumaça envolvê-los e liberando a energia atormentada que acumularam durante os últimos meses.

Miranda suspirou quando a fumaça levou o sofrimento embora e deixou que imaginasse os tocos como lugares cheios de paz onde ela e Sônia poderiam se sentar. :*Obrigada, espírito. Vou tentar não ignorá-lo mais. Prefiro quando me ajuda a usar a energia, mas não gosto nem um pouco quando a está tirando de mim.*:

O espírito não voltou a se materializar, mas sua voz se fez ouvir com muita clareza na mente de Miranda. :*Tenho muita energia para dividir com você. Sempre que precisar da minha ajuda, peça.*:

Miranda levantou-se, limpou as cascas de árvore das calças e examinou o quintal à sua volta. A Visão de Gato mostrou-lhe uma barreira tranquilizadoramente nítida de luz vermelho-escuro ao longo da cerca. *Muito melhor. Embora eu não tenha certeza de querer me envolver de novo com esse espírito. Certamente não por meio da bebida. Lembrar-me de hoje à noite vai me manter sóbria por uma semana no mínimo.*

Sentindo-se centrada e segura de si, ela caminhou lentamente de volta à casa. Ao abrir a porta, o aroma de biscoitos acabados de assar envolveu-a. Entrou na cozinha e descobriu que Sônia acordara da sua soneca e que as bancadas estavam cheias de tigelas vazias e assadeiras cheias de biscoitos fumegantes.

– O que vamos comemorar? – perguntou Miranda.

– Ah, você está aí! Pensei que estivesse lá fora –. Sônia deu-lhe um sorriso de boas vindas, mas depois o sofrimento estampou-se no seu rosto. – A Sara, que mora do outro lado da rua, ligou. Acho que acabei dormindo, porque o telefone me acordou. Estava ligando para saber como eu estava e se eu já sabia da notícia sobre os vizinhos.

Fez um movimento com a cabeça, indicando os odiosos assassinos de árvores que viviam do outro lado da cerca. – A Sara encontrou-se com a mulher na farmácia e ficou sabendo que o marido está com câncer.

Miranda sentiu um jato de alegria dentro dela, acompanhado de pensamentos de vitória. Controlou sua expressão para ela se harmonizar com a gravidade do rosto de Sônia. – Lamentável. Você sabe se é sério?

– A Sara não entrou em detalhes, só disse que ele está de câncer e que ela estava comprando um monte de remédios, e que estava muito chateada –. Sônia passou a mão em cima da bancada lotada. – Por isso estou fazendo uns biscoitos para levar pra eles.

Miranda olhou fixamente para ela como se ela tivesse dito que estava assando biscoitos para os gremlins. – Você não pode estar falando sério! Vai levar biscoitos para aqueles babacas? Depois do inferno pelo qual te fizeram passar?

– Miranda, querida, se Peter estivesse aqui, estaria encorajando você a encontrar palavras melhores para se expressar.

– Mas foram eles que envenenaram o Duque. E estão mantendo você refém em sua própria casa. Você sabe que só podem ter sido eles que chamaram a polícia para lhe tirar a carta de motorista.

– Seja como for, eu não devia estar dirigindo.

– Mas não cabia a eles tomar uma decisão dessas.

– E se eu tivesse passado no teste ainda estaria dirigindo. Eles estavam certos.

– Mesmo assim, você não precisa fazer biscoitos para eles! E o Duque? Você devia estar fervendo de raiva deles. Não merecem nada de bom. Merecem todo o mal que te causaram –. Miranda prendeu a respiração ao sentir que o álcool que ainda estava nadando no seu corpo começara a alimentar sua fúria, incentivando-a. *Calma, presta atenção. Não quero cair nessa armadilha de novo.* Uma campainha tocou.

mundos em divisão

– Ah, a última fornada deve estar pronta –. Sônia abaixou-se e abriu a porta do forno.

Miranda ficou olhando enquanto ela retirava outra assadeira fumegante e cheia de bondade. – Simplesmente não entendo. Eles mentiram pra você, te intimidaram. Nem sequer lhe deram os pêsames quando Peter morreu. Como é que pode você ainda levar biscoitos pra eles? Você deve ser uma manifestação da bondade absoluta.

Sônia descartou essa possibilidade com um gesto da mão. – Não olha pra mim como se eu fosse uma espécie de santa. Eu só me cansei de odiá-los. Quando tiver a minha idade, vai saber o quanto o ódio pesa. Não vou levar biscoitos pra eles se sentirem bem – vou levá-los para eu me sentir bem. Nada vai trazer o Duque de volta e nada pode impedi-los de fazer mais uma coisa horrorosa contra mim. As únicas opções que eu tenho são ficar aqui sentada com medo do que vai acontecer em seguida, ou assar biscoitos. E resolvi assar biscoitos.

Miranda ficou em silêncio enquanto Sônia estava ocupada, arrumando os biscoitos quentes no prato. Quando terminou, pôs a mão no braço de Miranda. – E se você soubesse que a única filha deles foi morta por um motorista bêbado, exatamente como o Sam?

Miranda sentiu suas emoções mudarem na mesma hora. – Puxa, eu não sabia. Acho que isso poderia explicar parte da brutalidade deles.

– E se você soubesse que ela tem uma artrite terrível e sente dor todos os dias e que agora ele está com câncer?

– Talvez isso explique parte dos motivos de ela ser tão má. A dor crônica é um horror. E ambas sabemos o que é o trauma de alguém que você ama estar de câncer. Tudo bem, acho que consigo sentir uma certa empatia por eles. Se está decidida a ir lá, vou ajudá-la a levar esses aqui –. Miranda pegou o prato de biscoitos e dirigiu-se para a porta enquanto Sônia vestia o casaco. – Como ficou sabendo de tanta coisa a respeito deles? Pela Sara?

Sônia pôs o andador em movimento atrás de Miranda. – Ninguém me contou. Eu simplesmente inventei.

Miranda virou-se, olhando bem nos olhos de Sônia. – Você inventou!? Por quê?

– Não a parte sobre o câncer. Essa é verdade. O fato é que a dor e a morte da filha poderiam ser verdade. Ou até mesmo algo pior ou mais difícil ainda de enfrentar. Desde que Sam morreu, sempre tentei ser amorosa em seu nome. Ele era a mais bondosa das almas. Tento fazer coisas que ele nunca teve a oportunidade de fazer. E quando tenho dificuldade em abrir meu coração para alguém, tudo quanto tenho de fazer é imaginar que essa pessoa perdeu um filho – aí fica fácil –. Ela bateu delicadamente as rodas do andador na perna de Miranda, e apontou para os vizinhos. Miranda virou-se e, em silêncio, segurou para ela a porta aberta.

Quando voltaram, Miranda foi para a cozinha pôr água para ferver para o chá enquanto Sônia se dirigia para o armário de bebidas e tirava de lá uma garrafa quase vazia de conhaque. – Quer um calorzinho extra no seu chá? Estava mais frio do que eu pensava durante a caminhada até lá.

Miranda sentiu um beliscão de culpa, lembrando que havia dito a Rand que o conhaque que havia comprado era para Sônia. – Não, obrigada, hoje vou tomar o chá sem nenhum aditivo. É claro que, se eles tivessem tido a gentileza de nos convidar para entrar, em vez de nos deixarem esperando lá na varanda, não estaríamos com tanto frio. Levo um prato de biscoitos para acompanhar o nosso chá?

– Acho perfeito. Vou descansar meus velhos ossos aqui na minha poltrona.

Miranda arrumou a cozinha enquanto a água fervia e depois foi para a sala com uma bandeja e o lanche.

Sônia pegou sua xícara e derramou nela uma dose minúscula de conhaque e depois pôs a garrafa de lado.

Miranda ficou maravilhada com sua atitude *laissez-faire* com o álcool. *Se eu estivesse tomando aquele conhaque, teria deixado a garrafa bem perto e me servido de uma dose bem maior.*

mundos em divisão

Sentiu o Poder acomodar-se no sofá a seu lado.

:A mulher que é sua amiga não é ninguém que eu conheça. Ela não joga fora a sua essência vital quando bebe. O que Rand te falou é verdade. Os espíritos só conseguem absorver energia de certos seres humanos quando eles estão bebendo, dando-nos o poder de afetar o reino físico.:

:É, você estava me usando, sim, com toda a certeza. Você me marionetou de novo.: Foi gostoso usar um susanismo depois do choque da descoberta do quanto ela chegara perto de acabar com a sua amizade.

:Não uso você. Só recolho a energia que você desperdiça quando bebe.:

:Pra mim, não há diferença.:

:Não.: A palavra chegou muito nítida, fazendo Miranda prestar mais atenção ao que o Poder estava dizendo.

:É por sua livre e espontânea vontade que você bebe, toma drogas, fica com raiva ou age com violência. Todas essas atitudes são escolhas suas. Depois que decidiu permitir que a essência química do álcool entre em seu corpo físico, ela encoraja você a continuar bebendo porque faz o seu corpo querer mais substâncias químicas. Você estimula a própria raiva e trama violências contra os vizinhos. Minha única reação foi lhe oferecer poder. E, enquanto esbravejava, eu suguei de você toda a força vital que pude, assimilando sua energia na forma mais poderosa que ela pode assumir.:

:Credo! Você pega minha energia, depois se oferece para devolvê-la, depois pega de novo? Você faz tudo parecer uma simples operação comercial.:

:Sim, agora você está entendendo. Eu sou o Poder. Sou eficiente para detectar, armazenar e dar energia.:

:E então o que era aquele vapor feio que vi em torno da garrafa? Pensei que era você.:

:O vapor era o álcool. Algo com poder suficiente para alterar seu corpo vai ter uma forma energética. Se a procurar, vai conseguir vê-la.:

– Miranda? – Sônia pegara o prato de biscoitos e os estava oferecendo a ela. – Quer um? Ou prefere esperar o jantar? Se quiser, pode levar alguns pra casa, pra você e pro Chris.

Miranda estendeu a mão e pegou um biscoito, incapaz de resistir às lasquinhas de chocolate que estavam sorrindo pra ela naquele rostinho redondo. – Ah, só vou comer um ou dois. Depois é melhor eu ir pra casa.

Sônia reacomodou-se na sua poltrona reclinável. – Obrigada por ficar e me ajudar a ir até lá esta noite. Foi bom.

Miranda olhou para Sônia, semicerrando os olhos para tentar ver que magia a deixara tão bondosa diante de tamanha brutalidade. Balançou a cabeça de um lado para o outro. – Bom? Como pode dizer uma coisa dessas? Eles foram grosseiros e desagradáveis. Mal te agradeceram pelos biscoitos e nem sequer nos convidaram a entrar.

– Não estava me referindo a eles. Estava me referindo ao que senti. Desde que eles construíram aquele puxado em cima da garagem que há tensão entre nós. Eu não queria mais saber daquilo. Agora consigo pensar neles como os vizinhos que tiveram grande sofrimento na vida e para quem posso levar meus biscoitos.

– Você é uma santa, Sônia –. Miranda lembrou-se da imagem de Sônia oferecendo os biscoitos a duas pessoas frias, de cara amarrada, vestidas com roupões manchados e suados, na frente de uma casa que estava uma verdadeira barafunda. – Estou me perguntando o que é que eles estão pensando a seu respeito agora.

– Provavelmente nada muito bonito. Infelizmente, nunca pareceram muito felizes.

Miranda escaneou mentalmente a imagem da casa dos vizinhos, reparando nos pratos por lavar, nos papeis espalhados e na proliferação de garrafas vazias. Parecia uma casa onde havia tanto sofrimento quanto chuva em Seattle. *Eu com certeza sei o que é embrulhar a vida com álcool todos os dias.*

O espírito a seu lado ficara mais alto ainda e sua voz soava muito nítida. :Sim, eles me oferecem sua força vital há muitos giros da Terra.:

Miranda olhou com o canto do olho para Sônia, que parecia enrolada num lençol de contemplação, de modo que resolveu se concentrar em enviar seus pensamentos ao Poder. :*Acho que isso explica parte do comportamento deles. Se eu quase pus fogo na casa deles quando estava bebendo, suponho que tenho de entender porque eles tiveram forças para envenenar um cãozinho. Não que eu esteja concordando com o que eles fizeram!:* Olhando para o Poder, tentou vê-lo como algo maléfico, mas ele não parecia nada maléfico. :*Como pode levar as pessoas a fazerem essas maldades terríveis?:*

:*Eu não faço nada. Ofereço tudo – relaxamento, coragem, poder, a capacidade de fazer o que bem entender. É e sempre foi opção sua. Induzo você a relaxar e induzo você a usar o poder para o que quiser, seja lá o que for.:*

Miranda tentou repassar mentalmente a noite de bebedeira para se lembrar do que o Poder dissera quando ela pensou que ele era o gênio da garrafa. Era uma lembrança incoerente, desagradável, e logo desistiu dela, reconhecendo pura e simplesmente a existência dele.

:*Você tem razão. Fui eu quem ficou bem "esquentada", querendo vingança contra essas pessoas. Mas isso não explica porque você pega toda a energia que pode de mim e de outros que bebem.:*

:*É assim que ganho energia e depois dou pra você e pros outros. Você não gostou de eu ter poder para lhe oferecer, já que desejava proteger o quintal da sua amiga?:*

Miranda usou a Visão de Gato para examinar o fulgor delicado que estava cercando a propriedade de Sônia. Relaxou, sentindo-se segura dentro dela. :*Sim, você com certeza me deu apoio para deixar Sônia mais segura.:* Sorriu e pensou consigo mesma: *E adoro você que está usando a energia dos próprios vizinhos para proteger a Sônia da maldade deles.:*

:*Sim. É eficiente usar a força vital mais próxima para criar uma barreira.:* Miranda levantou-se de um salto, dando-se conta de que o Poder ouvira nitidamente o que ela acreditava ter sido um pensamento muito particular. Ele continuou, lendo mais dos seus pensamentos íntimos. :*Conheço seus pensamentos, de modo que posso pegar sua energia quando você está considerando a possibilidade de beber, lutando com a bebida, tomando álcool de fato e condenando-se depois de beber. É assim que recolho a força vital de todas as* pessoas e é por isso que sempre sou mais poderoso que qualquer pessoa isoladamente. Quem luta comigo alimenta-me com sua energia.:

Miranda contorceu-se na cadeira. :*Por que está me dizendo tudo isso quando acaba de admitir que rouba minha energia até mesmo quando penso em beber?:*

:*Pego energia; dou energia. A opção é sua.:*

:*Isso me dá muito o que pensar. Vou precisar de um tempo para refletir sobre isso.:*

:*Reserve todo o tempo de que precisar. Estou sempre com você.:*

Miranda lançou um rápido olhar ao relógio e depois limpou a garganta para chamar a atenção de Sônia. – É melhor eu voltar pra casa.

Sônia acenou, indicando a cozinha. – Não se esqueça do seu bolo, nem de levar uns biscoitos para o Chris também. Venha me ver sempre que puder. Adoro as suas visitas.

– Estou de volta na quinta-feira. *Se conseguir ficar longe da garrafa e de fazer alguma coisa bem estúpida.* Miranda abaixou-se e abraçou sua mentora; depois foi andando até o carro com o maior cuidado.

19

Sônia e a ursa

Quando Miranda chegou à casa dos Blooms na próxima quinta-feira à noite, encontrou Sônia ocupada na cozinha, preparando um prato de minissanduíches.

Olhou para os petiscos enquanto o estômago a fazia lembrar que havia pulado o almoço. – Obrigada por preparar esses aqui; mas não precisava ter tido todo esse trabalho só por minha causa.

– Bobagem, eu os preparei pra mim mesma –. Sônia pegou o prato, equilibrou-o no assento do andador e foi para a sala de visita. – Pensei que seria mais saudável para nós duas do que comer bolo e biscoitos hoje à noite –. Olhou por cima do ombro para Miranda, que a estava seguindo obedientemente. – Bom, agora, por que você não nos serve um pouco de vinho? Assim podemos ter um lanche bem gostoso enquanto conversamos.

Miranda voltou à cozinha e abriu o familiar armário de bebidas. Quando estendeu a mão para aquelas taças elegantes, pegou somente uma.

Tirou a rolha da garrafa de vinho e derramou um pouquinho na taça. Depois foi ao armário que ficava ao lado da pia, pegou um copo de vidro simples e encheu-o de água. Voltou para a sala e entregou a Sônia a sua taça de vinho.

Olhando para o copo de Miranda, Sônia perguntou:

– Você não vai tomar vinho?

Miranda sentou-se ao lado da autora que era o seu ídolo. Abaixou a cabeça, olhando para o seu copo de água. – Eu... ããã... na verdade, não posso beber. Eu... hummm... não queria que pensasse mal de mim. Mas...

Miranda sentiu a mão de Sônia no seu braço. – Você quer dizer que não queria que eu soubesse que é alcoólatra?

A cabeça de Miranda disparou. – Você sabia? Como foi que...?

– Eu poderia jurar que era pelo jeito de erguer a cabeça nesse exato momento. E pelo fato de você conseguir ouvir o que os espíritos dizem. Parece que faz parte do pacote. Antigamente eu achava que havia alguma coisa errada comigo por eu não ser alcoólatra.

Miranda olhava para Sônia muda de espanto, enquanto sua mentora continuava falando. – Acho que praticamente todas as pessoas que conheci com dom para falar com os guias ou para ver coisas que acontecem em reinos que não são físicos também são vulneráveis ao alcoolismo, principalmente os místicos nativos do nosso país. Ouvi alguns deles comentarem que há bons motivos para se usar o termo *spirits* em inglês para se referirem ao álcool –. Sônia sorriu e Miranda fez com a cabeça um gesto desanimado de concordância.

– Então você não sabia de nada sobre o meu problema com a bebida até agora?

– Meu Deus, não. Você com certeza não deu a entender a nenhum de nós que tinha uma doença ligada ao álcool. Mas aí, pelo que me disseram, essa é a marca do alcoólatra: a capacidade de ser um bom ator e de não chamar a atenção para o seu copo.

– Isso é verdade. Esconder e negar – temos talento pra isso. As relações afetivas – bem, não temos talento pra elas.

– Por que está dizendo isso?

– Chris ameaçou me abandonar oito anos atrás se eu não tomasse uma providência qualquer a respeito do meu problema com a bebida. Pensei que tinha resolvido a questão. Pensei que estava tudo bem. Consegui convencer até a mim mesma, quando voltei a beber no outono passado, de que agora eu podia beber socialmente numa boa. Escondi do Chris que voltei a beber, dizendo a mim mesma que estava reservando a notícia para lhe fazer uma surpresa, para uma ocasião especial onde pudesse lhe mostrar que eu tinha condições de controlar o meu copo. Mas isso foi tudo, no que diz respeito a mim e à bebida. Tudo quanto Chris queria era honestidade.

Miranda fez uma pausa, baixando os olhos para a sua água enquanto fazia o líquido cristalino girar lentamente no copo. – Na semana passada, depois que saí daqui, fui para casa e admiti tudo: que tinha voltado a beber outra vez, que andei escondendo as garrafas e mentindo em relação a ficar até mais tarde no trabalho por causa de reuniões. Eu estava apavorada, com medo do Chris ficar louco de raiva e ir embora. Mas você não vai acreditar se eu lhe disser o que estava realmente preocupando o Chris! – Sônia ergueu as sobrancelhas e lançou-lhe um olhar encorajador. – Chris estava com medo de que *eu* estivesse prestes a ir embora, com medo de que eu quisesse alguém que conseguisse se comunicar com os espíritos, que pudesse participar do meu trabalho com os guias. Se ambos conversássemos com os guias teríamos o dobro deles por perto para administrar. A última coisa que eu precisava! – Miranda balançou a cabeça de um lado para o outro, num gesto de descrença. – E lá estávamos nós, cada qual no seu próprio mundo, ambos preocupados em perder o outro.

– E o que aconteceu depois?

Miranda suspirou. – Por sorte, admitir tudo ajudou. Juntos conseguimos rever as brigas que tivemos este último ano, olhar para a tristeza do Chris por se sentir excluído, os temores dele em relação a meu trabalho com os guias e as preocupações de que estivesse acontecendo alguma outra coisa. E havia uma outra coisa acontecendo: a bebida. Depois que a peça chamada álcool foi posta no seu devido lugar, as outras começaram a se encaixar. Alguma dessas coisas faz sentido para você?

Sônia apontou para os minissanduíches no prato de Miranda. – Não se esqueça de comer, querida –. Fez uma pausa, esperando enquanto Miranda mastigava um sanduíche e tomava um gole de água. – Sim, faz sentido para alguém cuja vida também tem sido complicada pelos espíritos que falam só com ela, e não com seu companheiro. Acrescente a bebida e, bem, muita gente já me falou sobre o quanto as coisas ficam emaranhadas... a palavra é essa mesmo? Sim, acho que as peças se encaixam. Principalmente quando você considera a vergonha que as pessoas sentem quando têm a doença do álcool e como reagem a essa vergonha. Isso faz com que as coisas fiquem emaranhadas – e confusas também, não é?

– É, eu com certeza aprontei a maior confusão na minha vida amorosa. Que bom o Chris preferir honestidade à perfeição. Acho que morreria se perdesse o Chris depois de todos esses anos. Mas é incrível, ficamos mais próximos esta última semana que durante todo o ano passado.

Sônia sorriu. – Ah, eu faria qualquer coisa para ter uma boa briga com o Peter outra vez.

– Vocês dois brigavam? Vocês pareciam se amar tanto...

– Brigávamos. É por isso que brigávamos. Porque gostávamos um do outro. Mas não é fácil. Principalmente com o Peter sendo o típico cientista. Ao menos o seu companheiro parece mais aberto para a ideia de que os guias existem. Às vezes eu achava que a missão de Peter nessa vida era me salvar de meus "delírios".

– É mesmo? Ele me parecia bem aberto. Gostava muito de falar sobre... –. Miranda ficou tensa, tentando engolir as últimas palavras.

– Tudo bem, minha querida. Fico satisfeita por ele ter se aberto e conversado com você –. Sônia afastou o olhar de Miranda e fitou serenamente a poltrona vazia de Peter.

O coração de Miranda apertou. *Agora fiz com que ela se sentisse pior ainda. Como pude ser tão insensível? Só fiquei falando do Chris e da minha relação amorosa. É claro que ela deseja poder fazer qualquer coisa com Peter – até brigar com ele de novo. E agora, o que que eu faço?*

:Aí, tá tudo ruinado, amiga. A única coisa a fazê é se preocupá purque cê sempre tá lá no meio ruinando tudo.:

McNally! Miranda ficou horrorizada ao ver o fantasma irlandês sentado na poltrona reclinável de Peter, fumando despreocupadamente o seu cachimbo. :*Cai fora do lugar do Peter! Como pode ser tão desrespeitoso com os mortos?*:

McNally olhou para ela, levantando as sobrancelhas até todo o rosto começar a se alongar, fazendo com que o topo da cabeça flutuasse a vários metros acima do pescoço. E depois, bem devagar, seu corpo começou a levitar, erguendo-se da cadeira e tentando aproximar-se da cabeça. :*Minhas disculpas, amiga. Eu num queria sê desrespeitoso cum os mortos.*:

:*Como pode brincar numa hora dessas? Deixei a Sônia triste, e você fazendo palhaçada por aí.*:

McNally virou-se e olhou para Sônia. :*Parece que ela tá se saindo bem comigo?*:* Miranda seguiu o olhar de McNally e percebeu que Sônia estava olhando lá para fora, pela janela da sala de visita.

– Sônia? – perguntou ela delicadamente enquanto a autora que idolatrava virava-se para ela. – Para o que está olhando?

Ela apontou o quintal. – Para elas.

Miranda olhou para os tocos de árvores e para o tumulozinho que dominava a vista. – Um horror os vizinhos arruinarem o seu quintal e te causarem tanto sofrimento.

Sônia não respondeu e Miranda sentiu aumentar o silêncio da sala. *Diga algo reconfortante! Ela precisa de você agora.*

– Você as viu? – perguntou Sônia, interrompendo a diatribe interna de Miranda.

– O quê?

– As fadas. Há uma fada terrestre em cima do toco do meio.

Miranda olhou pela janela e ficou espantada ao ver uma criaturinha morena, metade ser humano, metade urso, caminhando em cima do toco, usando uma folha de grama como se fosse uma vassoura. *Ai, meu Deus!*

Tem uma fada ali! Por que será que nunca as vi antes? E eu pensando que a Sônia estava entrando em depressão por causa do meu comentário idiota sobre os vizinhos! E ela olhando para as fadas. – Sim, estou vendo! Sim, ela está varrendo o toco.

Ficaram em silêncio outra vez, mas agora ambas as mulheres estavam observando as fadas que corriam pelo quintal. Duas fadas, com asas verdes e amarelas, acomodaram-se em cima da placa que indicava o túmulo de Duque. Várias outras estavam correndo por cima da cerca, o fogo erguendo-se de seus braços estendidos enquanto elas corriam em cima da barreira que o Poder criara para proteger o quintal e a casa.

Que coisa incrível! Sônia vê e compreende tanta coisa! Aposto que ela tem condições de me ajudar a entender o que as avós querem que eu faça, já que conseguiu me mostrar as fadas com tanta facilidade... – Por que será que nunca vi as fadas antes?

– Não sabia onde procurá-las – esta é a resposta fácil. Nosso cérebro não acredita que elas existam, de modo que filtra qualquer coisa que possa sugerir a possibilidade de haver outros mundos. A nossa capacidade de filtrar é crucial, senão ficaríamos sobrecarregados com tanta informação e não conseguiríamos funcionar direito, mas também dificulta muito as coisas para criaturas como as fadas e os guias que querem ser vistos por nós.

Sônia fez uma pausa, dando a Miranda uma chance de lutar com as ideias. *Se a Sônia tem razão, e parece que tem mesmo, deve ser sobre isso que Mirau estava falando. As pessoas estão fazendo filmes e jogos nos quais os gremlins parecem normais e é por isso que eles entraram no Mundo-N. Por que as pessoas não preferem acreditar nas fadas, em vez de acreditarem em gremlins? Daqui a pouco vão estar permitindo a entrada de ogres e vampiros!* Miranda afastou esses pensamentos e olhou expectante para Sônia, querendo mais de sua mentora.

– Ver fadas é uma questão de percepção, não de realidade. Só porque você não consegue ver uma coisa não significa que ela não existe. Há muitos outros mundos, e não estou usando nenhuma metáfora, nem estou falando de metafísica.

mundos em divisão

Miranda afastou o olhar das fadas e focou-o na cerca que separava o quintal dos Blooms do quintal de seus vizinhos. *Como parece que ela não se importou com o fato de eu ter mencionado os vizinhos antes, talvez eu possa usá-los para lhe fazer perguntas sobre a divisão dos mundos.* – Esses seus vizinhos são de outro planeta, com certeza. Eu gostaria que o nosso mundo e o mundo deles pudessem se separar, que o mundo deles pudesse ir para longe e deixar o nosso em paz, que nunca mais tivéssemos que vê-los ou interagir com eles.

Miranda prendeu a respiração, perguntando-se se Sônia responderia algo que dissesse respeito a divisão e separação de mundos. *Eu gostaria de poder lhe fazer perguntas diretas sobre as avós. Mas não quero fazer com que ela se sinta mal. Não posso deixar que saiba que havia espíritos presentes naquela conferência que conversaram comigo, e não com ela. Se a Sônia não as ouviu, talvez seja porque elas não existem de verdade. Não entra nessa! Mirau as trata como criaturas reais, e Adnarim também. Ela até me obrigou a ir à conferência para poder conhecê-las. Mas por que será que Sônia não sabe da existência delas?*

– Miranda? Está conversando com seus guias?

– O quê? *Ai, não, será que a Sônia me ouviu? Em que eu estava pensando? Será que pensei alguma coisa desagradável sobre ela?*

– Perguntei se você estava conversando com seus guias. Se estiver, continue. Eu não queria atrapalhar você.

– Não, eu não estava conversando com os meus guias. Provavelmente seria algo mais inteligente para eu fazer. Na verdade, estava discutindo comigo mesma.

– Sobre o quê? Posso ajudar?

:*Que tal sobre mim?*: BB chegou e sentou-se no tapete entre Sônia e Miranda. :*Será que eu também posso ajudar?*:

Miranda olhava ora para Sônia, ora pra BB. *Fala alguma coisa!* – repreendeu-se ela. *Este seria um momento perfeito para fazer perguntas à Sônia sobre as avós e seus planos de divisão do mundo.*

:Com certeza, se for da sua vontade.: BB ergueu-se nas patas traseiras, alisou os pelos da barriga como uma pessoa alisaria a blusa; depois virou-se e falou com Sônia.

:Miranda gostaria de saber se você conhece os espíritos que vivem no bosque de cedros, onde aquele negócio farmacêutico pensa que tem a propriedade da terra. Ela está com medo, porque acha que, se as ajudar com seus planos de curar, o mundo vai ser preciso sacrificar a própria vida.:

Miranda gelou quando Sônia se virou para BB e sua voz suave e delicada entrou na cabeça de Miranda. *:E quem é você? É um dos guias de Miranda?:*

BB deu-lhe um sorriso cheio de dentes. *:Bem, seria – se ela se deixasse guiar para algum lugar.:*

:BB! – Miranda engoliu em seco e depois falou em voz alta. – Sim, é um dos meus guias. É uma ursa.

Sônia manteve o foco em BB, mas aceitou a sugestão de Miranda e passou a falar em voz alta. – Muito prazer em conhecê-la. O meu nome é Sônia. E o seu?

:BB.: – disse a ursa, fazendo uma meia reverência para Sônia.

– BB? É uma sigla?

Miranda agarrou os braços da cadeira, tentando manter a conversa a três.

– Você a ouviu? Ah, desculpe. É claro que você tem condições de ouvi-la, você sabe tudo sobre conversas com espíritos. Só não estou acostumada a ver pessoas ouvindo os meus guias de forma tão clara e direta. Na maior parte do tempo, elas sentem uma coisa qualquer e eu ajudo, mas...

Miranda deixou as palavras em suspenso ao ver BB virar-lhe as costas e dirigir-se a Sônia. *:Obrigado por perguntar. Na verdade, é BeBê.:* A ursa abanou o rabo curto para Miranda, mas continuava prestando atenção em Sônia.

– Que nome lindo! – Sônia bateu palmas e fez uma pequena reverência para a ursa.

– Espera aí. Do que vocês dois estão falando? BB é só BB, certo? O que você quer dizer ao perguntar se BB é uma sigla?

Sônia sorriu para ela. – Bê-Bê, ou BeBê – criança recém-nascida, pequenininha.

– Ah! *Não acredito que conheço essa ursa* há mais de dez anos e nunca soube o que o seu nome significava.

– Agora me conta o que sabe sobre aquelas guardiãs. De que coisa farmacêutica o BeBê está falando? O que elas estão lhe pedindo para fazer? E por que você acha que talvez precise se sacrificar por elas?

Miranda estava ali sentada com a boca aberta, mas não saiu nenhuma palavra lá de dentro. BeBê suspirou dramaticamente e depois virou-se para Miranda e fez com a pata um gesto teatral na direção de Sônia, como se dissesse que agora era a vez de Miranda lhe dar as informações de que dispunha.

– Hummm... Lembra-se de quando nos conhecemos? Naquela conferência patrocinada pela Farmacêutica do Futuro?

– Sim, querida. Foi uma bênção conhecer você lá. Foi tão reconfortante saber para quem ligar quando tive de providenciar uma clínica de repouso para o Peter. Você deu tanta força pra nós dois durante todo o processo... –. Sônia estendeu a mão e deu um tapinha no braço de Miranda. – Então há espíritos que vivem lá. Sempre achei que aquele lugar tinha uma atmosfera deliciosa, sem nenhuma relação com o fato da FF ter construído sua fábrica ali.

Enquanto Sônia falava, Miranda sentiu os ombros relaxarem um pouquinho. – Os espíritos da FF falaram comigo naquela noite que conheci você. Não sei porque não falaram com você. Você é que é a especialista e...

– Ah, besteira. – Sônia descartou com um gesto os protestos de Miranda. – Se todos os espíritos falassem só comigo, seria um absurdo completo. Foi por isso que escrevi aquele livro. Eu sempre quis que houvesse muita gente com quem os espíritos pudessem falar.

Uau. Faz sentido. Por que fiquei preocupada com a possibilidade de ela ficar chateada se soubesse que as avós falaram comigo, e não com ela? Agora me sinto uma idiota por nunca ter conversado antes com a Sônia a respeito delas.

– Está falando com o BeBê, querida?

– Não. Só comigo mesma. Estava me sentindo uma boba por ficar constrangida imaginando que faria você se sentir mal se eu lhe dissesse que os espíritos da FF conversaram comigo, e não com você.

– Este é um dos motivos pelos quais eu gosto de conversar com os espíritos. São conversas muito melhores e mais saudáveis que aquelas que tenho comigo mesma. Dentro da minha própria cabeça eu sempre sou distraída por preocupações materiais, mundanas. Conversar com fadas, espíritos e guias me ajuda a manter uma perspectiva mais abrangente.

:*Feliz por poder ajudar.*: BeBê materializou uma cartola, que usou para fazer uma reverência para Sônia.

– Sim, você é um guia maravilhoso, BeBê. Agora ajude Miranda a parar de discutir consigo mesma e me diga o que é que esses espíritos querem que ela faça.

BeBê começou a se virar para Miranda, mas ela descartou o seu guia. – As avós – este é o nome que os espíritos guardiães de lá usam – pediram minha ajuda. Deve estar chegando um momento de cura, quando o planeta vai ser dividido em dois mundos separados: um para os sernates, que são seres humanos ligados à natureza, e um mundo para os granhos, que são seres humanos obcecados pela ganância. Susan, minha amiga advogada da Califórnia, acha que terei de me sacrificar para a cura poder acontecer. Tenho esperanças de conseguir identificar o lado certo para onde ir e acabar no mundo certo para mim quando o planeta se dividir. Mas os lados parecem iguais dentro da caverna para onde as avós me levaram e onde a divisão deve se dar.

Sônia ficou em silêncio por um momento. – Dividir o mundo – que ideia interessante! E Susan acha que você vai ter de morrer para isso acontecer? Que idade ela tem?

mundos em divisão

– Vinte e dois. Eu a conheço desde que ela estava no ensino médio. Seu pai achava que estava louca por conversar com anjos, de modo que a trouxe para fazer uma consulta comigo. Em vez de lhe dizer que parasse de se comunicar com os anjos, eu a ensinei a fazer isso melhor.

– Meus parabéns! Tenho certeza de que foi uma tábua de salvação para a Susan. E agora imagino que ela não quer que nada de mal aconteça com você.

– É, ela está preocupadíssima com a possibilidade de que eu precise me sacrificar. Mas valeria a pena se os mundos se dividirem mesmo e todos aqueles seres humanos gananciosos, maus, destruidores da natureza desaparecerem do nosso mundo.

– E foi isso que as avós lhe disseram que vai acontecer?

– Isso foi o que consegui imaginar. Na verdade, uma conversa sobre física com o Peter me deu algumas pistas. Ele me explicou a teoria do universo paralelo. E BB, quer dizer, BeBê, também estava lá ajudando.

– E quando tudo isso deve acontecer?

– Não sei. Talvez quando eu conseguir voltar outra vez à FF.

– Hummm... –. Sônia levantou-se devagar e começou a andar na direção do vestíbulo. Miranda levantou-se e seguiu a amiga. Sônia parou diante da escrivaninha que havia no hall e começou a folhear alguns papéis. – Acho que deixei aqui, em cima da mesa. Ao menos eu tinha esperanças de ter deixado aqui, pois vai ser difícil encontrar.

– Encontrar o quê? O que está procurando?

– O que você precisa, claro.

– Preciso saber como identificar os dois lados diferentes para não acabar no mundo errado. Você está dizendo que a resposta está em sua escrivaninha?

Sônia não respondeu, pois começara a revistar uma segunda pilha de papéis. Miranda espiou por cima do ombro da amiga. Eram pilhas de correspondência antiga cujos endereços dos remetentes Sônia estava verificando meticulosamente, sacudindo a cabeça em sinal de negação e pondo o refugo em outra pilha.

– Sônia, o que você está procurando?

– Chegou no mês passado, para Peter. Lembro que guardei. Pensei que só estava sendo sentimental demais não querendo me desfazer de nada que tenha sido de Peter. Mas agora estou me perguntando se não a guardei para você –. Sônia estava quase no fim da pilha quando se deparou com um envelope quadrado. – Aqui está! Eu sabia que o tinha guardado! – Entregou o prêmio a Miranda com uma expressão triunfante no rosto.

– Que que é isso?

– Abre!

Miranda abriu o envelope, cujo remetente era a Farmacêutica do Futuro, e tirou lá de dentro um papel cor de abóbora com o nome de Peter. – Mas é para o Peter –. Miranda examinou os outros papéis que vieram junto com aquele. – É um convite para um evento na FF. Sem ele não dá pra entrar. Não posso usá-lo.

– Pode, sim. Levei o Peter de carro para eventos lá, muitas vezes. Ele ficava lendo alguma coisa de última hora e me pedia para dirigir. Sempre gostei de ficar caminhando por ali, ou sentada no chão perto do bosque de cedros, e agora que você me falou dos espíritos, faz sentido que eu me sentisse tão bem lá.

Miranda começou a protestar de novo, mas Sônia a fez calar-se com um gesto da mão. – Eles nunca pediram a carteira de identidade, nem sequer olhavam dentro do carro. Eu mostrava o convite para o segurança muito rápido, e entrava. Depois de ver o convite, eles acenavam para entrarmos. Há uma entrada separada que você pode usar, com a placa "Entrada de Serviço". É logo depois da entrada principal. Você não vai ter o menor problema para se introduzir lá.

Miranda olhou de novo para o convite. A data era 18 de setembro de 2021. – Mas é este sábado! Ainda não estou preparada!

mundos em divisão

— Talvez esse evento só lhe dê uma oportunidade de conversar com as avós e esclarecer melhor as coisas com elas. Não significa que você vai ter de dividir os mundos no sábado.

As frases calmas de Sônia ajudaram o coração de Miranda a se acalmar ligeiramente. – Tudo bem. Acho que vai dar certo. No sábado o Chris vai estar na feira de artes culinárias, de modo que vou ter o dia livre. *E vou planejar alguma coisa superespecial para sexta-feira à noite – caso seja a nossa última noite juntos.*

— Eu gostaria de ir com você. Mas talvez você possa levar a BeBê.

:Um convite para um evento no qual não se entra sem convite! Que barato!: A ursa esfregou as patas uma na outra enquanto um tailleur rosa-choque se materializava em cima de seu corpo marrom.

— Ah, sim. Ele vai ser de grande valia –. BeBê enrugou o focinho num sorriso para Miranda e desapareceu. Sônia deixou o convite nas mãos de Miranda e, movimentando-se lentamente no seu andador, voltou para a poltrona, com Miranda nos seus calcanhares.

Retomaram os seus postos e Miranda tentou fazer perguntas sobre a vida de Sônia com Peter, mas sua atenção se desviava toda hora para o sábado e as avós. Depois de dez minutos, Sônia deu a desculpa de que estava cansada e mandou Miranda pra casa.

20

MUNDOS EM DIVISÃO

No sábado de manhã, Miranda ligou o carro e saiu da garagem. *Espero conseguir ver a minha casa de novo. E se eu tiver que dividir os mundos hoje e tudo sofrer uma tal metamorfose que não serei capaz de reconhecê-la? Pára com isso! Não vou ter condições de entrar em contato com as avós se eu estiver completamente presa no emaranhado das minhas preocupações.*

Miranda ativou seu aparelho de som, disse-lhe "suave" e tentou relaxar enquanto o carro se enchia com um jazz calmante. *Seja o que for que as avós queiram hoje – dou conta do recado. Esta noite com o Chris foi tão maravilhosa... Aconteça o que acontecer, sempre teremos este amor... E se a divisão dos mundos alterar nossa memória do mundo anterior? Não entre nessa!*

:É, amiga, issaí significa que cê tamém vai isquecer di mim.: Agora havia um irlandês de terno preto sentado no banco do passageiro.

– McNally, por que está vestido desse jeito?

:Cê paricia tão séria e tal, que pensei que cê ia prum interro, de modo que me visti pra ocasião.:

:Bom, espero que seja uma festa.: – disse BeBê do banco de trás. Miranda lançou um rápido olhar para trás e viu que a ursa estava usando um vestido justo vermelho, o que fazia com seus pelos se projetassem no meio dos enfeites de renda. – BeBê, o que está fazendo nessa coisa?

:Ela está tentando ser engraçada. Claro, o mundo operacional é tentador.: Mirau materializou-se em cima do painel de controle do carro. Suas patas traseiras não se encaixaram direito, de modo que flutuavam no ar acima do colo de McNally. :Esta ursa nunca soube qual é a diferença entre seriedade e burrice e não dá a menor impressão de que vai descobri-la hoje.:

:Olha só quem fala – vestido com seu pelo cinza de sempre. Que monotonia!:

– Agora só falta a Adnarim para ficarmos completos. Completos em que eu não sei –. Miranda tentou parecer irritada à medida que seu carro se enchia de guias; mas, no fundo, estava muito agradecida por sua companhia.

Atendo-se ao pensamento que estava no fundo de sua consciência pessoal e particular, ela disse a si mesma: *A Sônia tem razão. Conversar com os guias é muito melhor do que ficar dando voltas na minha própria cabeça ou, como diria Susan, andar de carrossel.*

Olhou para o convite pessoal cor de abóbora que estava ao lado de Mirau no painel do carro, segundo o qual Peter Bloom estava sendo convidado a participar de um evento na Farmacêutica do Futuro no dia 18 de setembro de 2021, sábado. *Será que isso vai dar certo mesmo?*

:Sim.

Miranda sorriu para si mesma quando a voz de Adnarim se fez ouvir no banco de trás. – Com você sentada atrás de mim, ao menos não tenho de me preocupar em olhar diretamente para você e, com isso, fazê-la desaparecer.

:Mas pode me admirar. Reparou? Mudei de roupa só por sua causa.: Miranda teve de frear num semáforo e aproveitou a chance para se virar e olhar para a metade direita do banco de trás, onde BeBê estava usando agora um vestido amarelo curtinho com um colar de estrelas douradas em volta do pescoço. Estava usando uns brincos enormes que faziam conjunto com o colar e seu peso puxou as orelhas para baixo, fazendo-a parecer um pobre filhotinho patético.

:Ursos, principalmente aqueles que não têm bom gosto, não deviam ter permissão de usar roupas. É uma sorte que só alguns seres humanos consigam enxergar você, senão os guias jamais receberiam o respeito que merecemos.:

:Aí, filhotinho de gato, escutei as suas reclamações. Mas, cum o seu rabo na minha cara, é uma sorte eu ainda num tê puxado ocê daí desse painel.:

Miranda riu, mas depois teve de se concentrar no volante ao passar por um cruzamento movimentado. Mirau, Rand e BeBê continuavam as suas implicâncias e suas brincadeiras, conseguindo impedi-la de encher a cabeça com as preocupações, de modo que, quando chegaram à Farmacêutica do Futuro, ela estava quase relaxada. Passaram pela entrada que Miranda usou quando foi à conferência, e também quando trouxe Susan para sua falsa entrevista. A entrada seguinte tinha um cartaz inequívoco: Entrada de Serviço. *Espero que dê certo. Ou talvez eu espero que não dê certo.*

:Sim. Sim.:

:O quê? O que quer dizer, Adnarim?: Miranda passou a usar a telepatia ao se aproximar do portão, com medo de que alguém pensasse que estava falando sozinha. Diminuiu a velocidade do carro ao entrar na fila dos outros veículos que estavam esperando para entrar na FF, mas a cabeça estava a mil por hora com as suas preocupações. *:Você está dizendo "sim" porque vai dar certo e "sim" porque não vai dar certo?:*

:Não.:

:Não importa! Não tenho tempo para charadas.: Miranda aproximou-se cautelosamente do guarda. Mostrou-lhe o convite cor de abóbora com o nome de Peter e logo ele fez um gesto para que ela passasse. *Primeira parte pronta. E Sônia disse que, se alguém perguntar, é só dizer que eu trouxe uma pessoa para a conferência, que ninguém vai me incomodar. E, se eu puder chegar ao bosque de cedros sem ninguém reparar, lá estarei bem escondida.*

:É possível.: Uma voz pétrea soou na cabeça de Miranda.

Ela olhou para a direita e viu que, no banco do passageiro, em vez de Rand havia agora uma forma humana alta e esbelta. *:Quem é você?:*

Entrou com o carro num estacionamento e virou-se para estudar o recém-chegado. Ampliando os sentidos para ele, sentiu-o introduzir-se na sua consciência. Começou a entrar em pânico, mas o espírito não era ameaçador; mas também não era reconfortante. *:Poder! O que está fazendo* aqui? Não vou beber agora, isso está completamente fora de questão. Não estou sequer pensando nisso.:

:É por isso que estou aqui. Tenho a energia de que você precisa. Para realizar a tarefa.:

:Que tarefa?:

:A tarefa que cabe a você realizar.: – respondeu uma voz etérea.

:Rede do Céu! Você também está aqui!? Miranda mordeu a língua mentalmente e tentou manter seus pensamentos para si mesma. *Idiota. É óbvio que ela está aqui. As avós estão aqui para me ajudar a fazer a escolha certa. Mas a qual guia devo dar ouvidos agora?*

:A todos nós.: A voz calma e nítida do Poder fez com que ela se sentisse tão centrada que, por um momento, sua ansiosa voz interior escorregou para a periferia da sua consciência.

:Tudo bem; mas o que devo fazer?:

:Escalar o morro. Como planejou antes. Voltarei quando for a hora certa, pois você vai precisar da minha energia.:

Miranda deslizou para fora do carro e ficou ali de pé, olhando fixamente para o morro. Ele parecia mais alto e mais visível do que antes.

:Isso não vai dar certo. Os guardas vão me ver, com toda certeza.:

:Não se ocê se tornã invisível.:

Miranda ficou boquiaberta ao perceber que andara pensando em voz alta demais outra vez. Concentrando-se em suas últimas palavras, perguntou:

:Você está sugerindo isso? Ou, na verdade, vai me ajudar a fazer isso?:

BeBê começou a rodopiar em volta da base do morro com seu vestido amarelo. :Vou distraí-los para você. Por que olhariam para você quando têm a mim para assistir?:

:A *ursa* não está totalmente errad*a dessa vez.*: – afirmou Mirau, começando a caminhar sobre o que parecia uma trilha deixada por um animal selvagem, colocando as patas alguns centímetros acima da terra úmida. :Siga-me e concentre-se em não ser interessante, concentre-se em não ser. Saiba *que o olhar humano vai resvalar por você como se você fosse invisível. Os guardas vão continuar pensando que estão vendo alguma coisa lá, enquanto a ursa brinca com aquela roupa idiota. Seus olhos vão tentar seguir o bufão, não você.:*

Miranda seguiu Mirau cautelosamente na sua escalada do morro, pondo um pé em cima de raiz aqui, ali em cima de uma rocha. Fez uma pausa perto do topo e, olhando por cima do ombro, tentou localizar os guardas da segurança. Dois deles contornaram a esquina do edifício mais próximo e ela começou a enviar-lhes pensamentos frenéticos. *:Não vejam nada. Não olhem para mim.:*

:Aí, amiga, esse é que é seu jeito de tá invisível, falar pra eles num olhá procê.: Rand flutuou a seu lado vestido com uma túnica verde bem vivo e acenou para os guardas.

Ela correu atrás de Mirau, depois soltou um longo suspiro quando todos eles se reuniram no topo do morro e entraram no bosque de cedros. A pedra estava exatamente no meio da clareirinha, bem no lugar onde a vira durante sua viagem astral. Ajoelhando-se a seu lado, Miranda passou as mãos por sua superfície áspera. Segurando na sua borda, afastou-a do seu lugar, expondo uma grande abertura na terra. Sentou-se e enfiou as pernas no buraco, deslocando várias pedras, que caíram inaudíveis no túnel. Segurando-se na terra de ambos os lados, cantou: – Dou conta desse recado. Dou conta desse recado.

:Sim. Está na hora. O quando é agora.: As palavras de Rede do Céu iluminaram a passagem quando a Avó do Leste pôs uma mão etérea no braço direito de Miranda e as duas deslizaram para dentro da terra.

A viagem para o fundo foi mais úmida do que antes, a terra mais lamacenta e escorregadia. Miranda sentiu que sua queda se acelerava. *:Espera, mais devagar! Está parecendo real demais. Ainda estou no meu corpo físico? O que está acontecendo?:*

:Nós, que estamos indo, descendo para um onde mais fundo.: Rede da Água tocou seu braço esquerdo e a velocidade aumentou. *:Onde é o centro.:*

:Centro? O centro da terra?:

:O centro de tudo.: As palavras caíram como cascatas a seu redor.

:É fundo demais. Não estou enxergando nada! Parece que estamos indo mais depressa ainda.: Miranda estava sentindo dificuldade para respirar, imaginando o peso tremendo da Terra sobre ela e a pressão maior ainda que ela sabia haver quando os mergulhadores descem os oceanos.

Sentiu mãos no seu peito. *:Você, você que é a única. Respire. Você, que é a única. Não precisa tornar a viagem mais difícil ainda.:* Rede da Terra falou com uma voz calma, sólida, que ecoou na cabeça de Miranda.

Ela obrigou o peito a se mover mais devagar, engolindo uma saliva amarga que estava se acumulando em sua boca desde que a descida começara.

:Sim. Melhor. Você, que é a única, seja.:

Sua velocidade diminuiu quando a câmara se abriu embaixo delas. As quatro desceram devagar, flutuando na direção do centro da grande caverna oval. Quando os pés de Miranda tocaram o fundo da caverna, o túnel fechou-se acima delas, de modo que não havia mais nenhuma abertura, nenhuma saída era perceptível.

:Estamos no onde.: A voz de Rede da Água fluía à sua volta.

:Agora é a hora.: A caverna iluminou-se quando Rede do Fogo falou.

:Sua tarefa é fazer o que é necessário.: Rede da Terra abriu bem os braços, virando-se lentamente enquanto olhava para as paredes de pedra.

Miranda notou que a linha divisória da caverna estava mais nítida que antes. Olhou bem para ela e percebeu que, na verdade, era uma rachadurazinha que percorria toda a extensão da caverna, como se um gigante tivesse tentado cortar o ovo em dois. Só então ela soube que sua tarefa era separar os dois lados – para dividir o mundo. Varreu toda a caverna com o olhar, procurando uma diferença qualquer entre os dois lados, mas eles eram áreas idênticas de rocha cinza enrugada. Como não encontrou nada diferente, virou-se para as avós. *:Tudo bem, estamos aqui, é o momento. Se me ajudarem, acho que posso conseguir fazer o que querem.* As guardiãs concordaram com um gesto da cabeça e deram um passo para trás, um

mundos em divisão

para cada lado, com Rede da Terra de pé em cima da linha divisória, de frente para ela.

Inclinando-se, ela fez as mãos correrem pela rachadura e notou uma leve separação que já começara. Mordeu o lábio inferior, sentou-se no chão e continuou a exploração. Depois de tatear um pouco, conseguiu enfiar os dedos na abertura como se fossem uma cunha. A caverna vibrou enquanto os dois lados se separavam e ela conseguia introduzir as mãos inteiras dentro da abertura. Miranda tentou se ajoelhar num dos lados e empurrar o outro, mas não conseguiu um apoio suficiente para causar muito movimento. A melhor posição seria ficar agachada no centro e empurrar ambos os lados com a mesma força. Depois de afastar os lados, abrindo entre eles a distância correspondente a menos de meio metro, ela fez uma pausa, respirando o cheiro forte e penetrante da rocha. Esfregou os dedos, surpresa por encontrar algumas gotas de sangue provenientes de vários arranhões. *Eu não sabia que o corpo astral sangrava. Não pira! Não dói muito. Mas alguma coisa está diferente, sem sombra de dúvida. Estou ansiosa, mas não sinto como se os meus pensamentos pudessem me empurrar de volta para o meu corpo, como fazem em geral. Estou aqui de uma forma mais física. Seja o que for que significa, espero ter condições de enfrentar essa situação.*

Baixou o olhar para as pernas. A caverna enchera-se de um suave fulgor cor de âmbar, mas a abertura mostrava somente escuridão. Quando enfiou as mãos ali de novo, elas desapareceram no abismo.

– Minha nossa! – seu grito ecoou a seu redor enquanto ela tirava as mãos do buraco num gesto brusco. – Está esquisito demais, estou me ouvindo falar e o som está ricocheteando pela caverna, exatamente como se tudo isso fosse fisicamente real. Se consigo ouvir a mim mesma, então posso me acalmar. Tudo bem, só parece real. Meu corpo está em segurança no alto do morro. Vai ficar tudo bem comigo, só preciso continuar –. Lentamente, introduziu novamente os dedos lá dentro, fazendo-os mexer ao entrarem na abertura para se assegurar de que eles ainda existiam.

Empurrou os dois lados de novo. Um estrondo irradiou-se pelas pernas acima quando os mundos começaram a se separar. Com o suor escorrendo pelas costas, ela continuou empurrando firmemente ambos os lados. Eles foram se separando até ela estar agachada, as mãos nas coxas, as pernas mal conseguindo mantê-la na posição sobre o fosso. É bom eu saber qual lado é o melhor pra mim. Agora! Equilibrando-se cuidadosamente sobre o abismo, ergueu a cabeça para pedir ajuda às avós. Mas estava sozinha. – Não! Avós, onde vocês estão?

Virando-se, examinou a caverna, que aumentara até chegar ao tamanho de um campo de futebol. A pista de uma presença veio do seu lado esquerdo e ela girou rapidamente, esperando ver um guia ou avó. Não enxergou ninguém, mas a força que empregou para girar empurrou ainda mais os dois lados e seus pés começaram a escorregar das bordas. Lançou-se para a esquerda e aterrissou batendo forte com o peito, mas deixando a metade inferior de seu corpo pendurada em cima do abismo. As pernas tentavam agarrar-se ao ar, procurando freneticamente algo sólido que a ajudasse a empurrar o corpo para cima, mas não havia nada embaixo da saliência do rochedo.

Ela parou de chutar e suspendeu o corpo com a força dos braços, os cotovelos pressionando dolorosamente a rocha. *Pensa, pô! Você deve ser inteligente – pense num jeito de sair dessa!* Apalpou com cuidado a área a seu redor, tentando encontrar uma fresta que lhe servisse de alavanca, mas o chão era rochoso e tudo quanto ela agarrava se soltava. Os braços estavam começando a tremer e ela sentiu espasmos nos ombros. *Por que raios não fui mais à academia com o Chris e não consegui um pouco mais de força no tronco?* Pensar no amante encheu seus olhos de lágrimas e as vísceras de raiva. *Granhos amaldiçoados! Eles são a causa de tudo isso. Se metade do mundo não fosse de idiotas eu não estaria aqui tentando dividi-lo.* Imagens dos vizinhos de Sônia e Peter vieram-lhe à mente. Miranda sentiu uma raiva feroz aumentando dentro dela e usou-a para bombear energia para os braços. Levantando-se por meio dos cotovelos, movimentou-se lentamente para cima. Metade do corpo pendurado no abismo, metade fora dele, ela se lançou para a frente agarrando o que esperava que fosse uma saliência firme da rocha. Segurou-se nela por um segundo, mas ela acabou se soltando em meio a uma cascata de pedrinhas que a empurraram para a abertura.

mundos em divisão

Debatendo-se violentamente, ela perdeu a saliência por completo, caindo no vazio e aterrissando na escuridão. – Onde estou? Avós! Por favor, me ajudem! – Ela tinha consciência do coração disparado e do sangue martelando nos ouvidos, mas não havia outros sons. Tentou mexer as pernas, mas não sentiu nada, nem sequer a passagem do ar entre os dedos.

Respirar fundo não trouxe nenhum indício de cheiros e ela não saberia dizer se o espaço era quente ou frio. Levantou as mãos, tocando o nariz e a boca, tranquilizando-se por ainda ter um rosto, um corpo. *Ainda estou viva – acho. Talvez tenha morrido. Talvez este tenha sido o sacrifício necessário e agora os mundos estão se dividindo. Espero que Chris e Susan estejam bem.*

Miranda estava suspensa na escuridão, pensando no mundo que deixara, sem certeza a respeito da passagem do tempo.

Será que os mundos ainda não se dividiram completamente? Ao fazer essa pergunta, reparou num fulgor diminuto e impreciso embaixo do pé esquerdo. Concentrando-se nele, sentiu que estava se movendo na direção dele, que aumentava lentamente à medida que ela se aproximava, e foi então que ela se deu conta de que não era um fulgor pequeno, ele só estava infinitamente longe.

Ela ficou à deriva durante um tempo que poderia ter sido dias ou minutos, não havia pontos de referência em sua realidade presente. Por fim, a imagem expandiu-se, mostrando primeiro o globo azul-esverdeado da Terra, depois o continente da África, até ela estar flutuando acima de uma planície verdejante com aglomerados de árvores espalhados por ele.

Viu um pequeno grupo de homens e foi na direção deles rápida como uma flecha. Tinham peles de animais amarradas em volta da cintura e dos ombros. Todos eles carregavam um pequeno feixe de lanças curtas. Andavam curvados, por baixo do topo dos arbustos.

Ainda existem tribos africanas tão intocadas assim pela civilização? Miranda olhou bem, reparando que as peles haviam sido rasgadas, em vez de cortadas, e que as lanças eram galhos com pontas aguçadas. Um cheiro forte de animal e de suor assaltou-lhe o olfato. Todos aqueles homens usavam uma camuflagem feita de pinturas de gordura cor de azeitona e cobre, que lhes cobriam o corpo. A maioria tinha pedaços de tendões enfiados nos cintos de pele em volta da cintura. *Aquilo ali parece um estilingue primitivo. Devo ter voltado no tempo – isso aí parece antigo, de certa forma.*

Ela desceu flutuando em cima do grupo, que estava olhando para o sol que se erguia lentamente sobre o horizonte. Ele parecia mais jovem e mais brilhante no céu.

O ar estava vivo com o zumbir dos insetos e Miranda ficou aliviada ao ver grandes besouros voadores passarem por seu corpo astral sem a tocar.

Ou estou morta, ou viajando. Gostaria que alguém me dissesse em qual dessas situações eu estou.

Os homens continuaram sua caminhada pela savana, com Miranda os acompanhando do alto. *Deve ser um grupo de caça.*

Viu um rebanho de gazelas pastando à direita, mas os homens não foram na direção delas. Foram até a saliência de uma rocha e pararam. Um deles se pôs de gatinhas e começou uma lenta escalada. Miranda o seguiu, curiosa em saber o que ele estava procurando. Ele espiou cautelosamente pelo alto do rochedo, observando um grupo de seres humanos agachados perto de um grupo de árvores à distância. Fez um som que imitava o trinado de um pássaro e os outros guerreiros se juntaram a ele, mantendo-se colados ao chão.

Eles não estão caçando animais. Estão caçando outros homens! O coração de Miranda apertou-se com essa ideia. *Eles estão longe demais para aquelas lanças conseguirem atingi-los. Esses daqui só vão assustá-los.* O líder jogou-se num rego seco e começou a rastejar na direção dos outros seres humanos. Seu bando o seguiu silenciosamente, conhecendo o terreno e usando-o para se aproximar dos outros sem serem percebidos.

Miranda sentiu-se empurrada pela intensidade dos pensamentos do líder. :*Invasores! Temos de destruí-los. Nosso território! Proteger nossos filhos – matá-los.:* O líder parou e espiou cuidadosamente o outro lado do rego. Agora estavam perto do outro grupo de seres humanos. Ele retirou todo o tendão do cinto e amarrou-o em volta de uma das lanças.

É um estilingue para atirar lanças! Miranda engoliu em seco e lutou para se libertar dos caçadores, mas não conseguiu afastar seu espírito dali. O líder espiou de novo entre os arbustos. Ela viu na mente dele os outros homens, sentiu quando calculava seu número, examinava suas armas, avaliava o seu poder. Satisfeito, fez um gesto de assentimento com a cabeça, depois se abaixou e começou a fazer gestos complicados com as mãos para os outros homens. Eles responderam a seus acenos e depois se separaram, cada um deles procurando um apoio sólido no leito arenoso do rio. Sentiu que o líder estava calculando a distância, equilibrando a lança na correia de tendões enquanto preparava o corpo.

À sua volta, todos os outros estavam fazendo o mesmo: agacharam-se, encontraram posições favoráveis, um braço para trás, uma pilha de lanças posicionadas cuidadosamente a seu lado, todas elas podendo ser alcançadas para um segundo ou terceiro tiro. Os poderosos músculos de suas coxas estavam comprimidos como molas, à espera. Ela viu na mente do líder qual era o alvo: as costas largas e nuas do ser humano mais próximo. E então suas pernas se esticaram e ele se levantou, soltando a flecha. Quando ela atingiu o inimigo, Miranda fugiu.

Encontrou-se de volta à escuridão do vazio. Qualquer que fosse o corpo no qual estivesse, ele estava tremendo. *O que significa tudo isso?* As perguntas martelavam-lhe o cérebro enquanto ela flutuava no meio do nada. Depois imagens de Duque começaram a passar rápidas como flechas por sua consciência, seguidas por outras de seu túmulo entre os tocos das árvores. Suas mãos se fecharam apertadas quando ela se lembrou do momento em que implorara aos vizinhos que tivessem compreensão. *Que desperdício de energia. Aqueles babacas imprestáveis! Não merecem...*

Uma lembrança dos caçadores antigos irrompeu na mente de Miranda e, por um momento, ela estava de volta à savana quente enquanto eles preparavam novamente as flechas e miravam o inimigo; depois todas as imagens desapareceram e ela estava de novo flutuando na escuridão.

Ai, meu Deus, era eu. Eu queria matar os vizinhos exatamente como os caçadores queriam matar aqueles intrusos. Sou exatamente como eles.

:Não. Não é. Seu cérebro é.:

:Adnarim. Graças a Deus! Estou morta? O que aconteceu? Onde estou?: Miranda projetou seus pensamentos para Adnarim, temendo que suas palavras soassem como se ela estivesse tentando falar em voz alta no vazio.

:Não. O que devia acontecer, aconteceu. Você está aqui.:

Miranda sentiu o corpo relaxar e, mesmo sem conseguir enxergar Adnarim, o vácuo não estava mais tão vazio. *E onde é aqui? E por que... não, espera, responda à primeira pergunta antes.:*

:Você está aqui para poder optar.:

:Optar pelo quê? Sentiu Adnarim fazendo gestos à sua volta, mas não via nada. Depois sentiu o toque de pelos. *:Mirau, você também está aqui?:* A sensação desapareceu, mas agora a ideia de usar a Visão de Gato estava na sua cabeça e logo Miranda focou de novo a visão, que lhe revelou uma teia de milhões de fios de luz dançando acima dela. Suspensas acima dela estavam as duas metades da caverna, ambas pulsando com bilhões de pontos minúsculos de luz cor de âmbar. Era como se todas as estrelas tivessem se aglomerado em duas esferas separadas e estivessem conversando entre si por meio dos raios de luz. Os dois lados oblongos estavam ligados por linhas finas e reluzentes que transpunham o fosso que ela tivera tanto trabalho para criar. A seu lado havia uma tira estreita de luz, que pulsava junto com um feixe grosso de cordas. A tira estendia-se até muito longe abaixo dela, e acima também, entrelaçando-se em volta dos dois globos de luz pulsante. Enquanto observava os clarões de luz, ela reparou naqueles que estavam no interior das esferas e que dançavam e brincavam, criando desenhos complexos com suas alternâncias de claro e escuro. Pulsações mais fortes e mais rápidas tinham início no lugar onde ela estava, acima da tira de luz e entre as esferas acima, sobrepondo suas danças a desenhos muito nítidos de luz viva.

:Para o que estou olhando?:

:Para o seu cérebro.:

:O quê?:

:Seu –.:

:Eu sei o que você disse, mas não posso estar dentro do meu próprio cérebro. Não devia estar aí!: As pulsações da tira grossa a seu lado aumentaram e ficaram mais brilhantes, o medo apoderou-se dela quando os fios à sua volta palpitavam com a energia. *:Tem alguma coisa errada! O que está acontecendo?:* As danças lá em cima pararam quando clarões urgentes, vindos de baixo, passaram pelas duas esferas.

:Sim. Sim. Não. O que está acontecendo está acontecendo.:

:Pare de me dar respostas sem sentido e diga-me o que fazer!:

:Pensa.:

:Não consigo pensar. Tenho de sair daqui!:

:Sim. Agora você entende. Agora é o momento.: Ela sentiu as palavras de Adnarim acalmá-la como se fossem uma massagem relaxante no seu espírito. *:Você está onde devia estar. As oportunidades estão aparecendo e você pode escolher ficar com o que era e é, ou preferir mudar.:*

As pulsações à sua volta diminuíram de velocidade e a dança acima dela recomeçou. – Tudo bem, alguma coisa importante acaba de acontecer –. Miranda falou em voz alta, usando as palavras para diminuir a velocidade dos pensamentos. – Se estou dentro do meu cérebro, então aqueles são os dois hemisférios acima de mim, e devo estar no meu velho tronco encefálico.

:Exatamente, você entendeu! Eu lhe daria um "A" se isso ainda tivesse qualquer sentido. Você poderia explicar agora a interação a que está assistindo? E me descrever o seu significado?:

Confusa com a voz clara de tenor, que tinha uma pitada de humor, Miranda perdeu a Visão de Gato e encontrou-se de novo na escuridão. – Quem...?

:O quê? Você não esperava que eu aparecesse quando você precisasse de mim? Uma vez professor, sempre professor – com corpo ou sem corpo.:

– Peter?

:Evidente. E ainda estou esperando uma resposta às minhas perguntas.:

– Suas perguntas? – Miranda balançou a cabeça de um lado para outro. *Primeiro Adnarim é literal demais em suas respostas e agora ele quer que eu apresente as soluções; e eu ainda não sei o que está acontecendo.* Suspirou e tentou focar de novo no desejo de enxergar com a Visão de Gato. – Essas linhas e essas pulsações devem ser os meus nervos e impulsos. Esses desenhos dançantes lá em cima devem ser os meus pensamentos –. Miranda respirou fundo, tentando se acalmar, e foi recompensada vendo as luzes lentas mudarem de um branco intenso como a luz do sol para uma cor de âmbar mais relaxante.

:Você está entendendo direitinho. O que sabe sobre o tronco encefálico?:

– É a parte mais antiga do cérebro, a área que reage. Como aqueles caçadores à espreita de outros seres humanos.

:Exatamente. E foi codificado para detectar "outros" – qualquer coisa diferente que pode ser uma ameaça. Imagine que seja o lar de três necessidades básicas: fugir, lutar ou paralisar-se. Quando percebe uma ameaça, real ou não, ele sobrecarrega o córtex cerebral: seus dois hemisférios acima de você, onde você tem toda a sua capacidade de raciocínio. Ele se apodera do seu corpo e faz você correr, ficar agressiva ou parar completamente na esperança de que a ameaça ignore você. Pense em alguma coisa agradável e segura e veja o que acontece.:

Ela pensou na última noite com Chris e percebeu uma redução da atividade do tronco encefálico.

:Agora pense em alguma coisa que você traduz como ameaça.:

Ela evocou a lembrança de sua chegada à Farmacêutica do Futuro e dos guardas do portão. A luz pulsou mais rápida ainda à sua volta e ela se sentiu alerta, ansiosa. Experimentou mais algumas imagens e depois voltou a se concentrar em Peter. – Tudo bem, acho que estou entendendo isso agora. A que opção Adnarim estava se referindo?

As imagens de seu cérebro desapareceram e ela estava diante de um grande tear antigo. Era de madeira e tinha quatro colunas gigantescas que sustentavam uma grande massa de cordas finas entrelaçadas. Havia um banco simples à sua frente e um conjunto complexo de barras pendurado

mundos em divisão

acima e embaixo das cordas. De ambos os lados havia milhares de pilhas de fios das mais variadas cores e larguras. Peter estava de pé à esquerda do tear, usando um terno marrom e parecendo o professor de meia-idade que fora um dia. Fez um gesto indicando os fios e Miranda pegou um pouco com o maior cuidado, sentindo a maciez da lã na sua pele. E, enquanto misturava os fios, sentiu um formigamento no cérebro. – Ei, o que que é isso?

:Sua chance de progredir. Agora que você já viu como o seu cérebro funciona, não gostaria de experimentar alguma coisa nova e diferente?:

– Não! – Miranda olhou horrorizada para o tear. – E se eu cometer um erro?

:Bom, vamos começar com esse conceito.:

– Não é um conceito. Não sei tecer. Eu faria uma confusão daquelas aqui.

Peter ignorou seus protestos e estendeu o braço. Apareceu na sua mão um ponteiro de relógio que ele usou para acenar para o tear, que se movimentou tanto que agora estava de pé. Outro gesto com o ponteiro e apareceu uma peça no tear. *:Eu gostaria de ter tido esse tipo de apoio multimídia nos meus cursos. Vamos ver... não precisamos do tear neste momento.:* Outro gesto com o braço e o tear teve a gentileza de desaparecer, deixando somente uma tapeçaria de suaves raios cinza suspensa no ar à frente dos dois. *:Vamos examinar aquele medo que você mencionou em relação à forma segundo a qual o cérebro de nossos antepassados era programado.:* Imensas letras vermelhas apareceram no centro da tapeçaria, formando uma palavra – SOBREVIVÊNCIA – e, embaixo dela, num vermelho-vivo como o do corpo de bombeiros, surgiram outros termos: AMEAÇA, OUTROS, ERROS e OSTRACISMO. Formando círculos em volta dessas palavras, numa grinalda de chamas vermelhas, havia centenas de cartazes minúsculos que diziam: MORTE.

Miranda olhou para aquela imagem, sentindo-se nervosa e exposta. – Está vendo? Os erros são sérios. Certo?

:Vamos olhar mais de perto.: Ambos inclinaram-se para ler as palavras menores que haviam sido tecidas entre as maiores. *:Poderia ler para mim o que está vendo aqui?:*

Miranda engoliu seus pensamentos sobre esta ser a aula mais esquisita na qual já estivera e respondeu: – Ataque, escassez, seca, fome, inundações e incêndio. Há algumas outras, mas não consegui descobrir o que dizem –. Esperou, mas Peter não disse nada. – Tudo isso me parece muito real. Você comete um erro, pode não sobreviver. Na época daqueles caçadores, você precisava fazer parte de uma tribo para ter proteção, abrigo e comida. Ser ostracizado pela tribo certamente poderia significar morte.

:Você acha que consegue me explicar o que o ostracismo significa em nosso tempo?: Peter cruzou os braços sobre o peito e repreendeu Miranda.

Ela tentou se lembrar dos momentos em que ele lhe acontecera. – Hummm... Acho que primeiro há uma rejeição, depois vergonha, sentir-se mal consigo mesmo, humilhação. Não sei... será que significa ser impopular?

:Impopular! Agora parece bem perigoso.: Um sorriso malicioso apareceu no rosto de Peter enquanto ele brandia seu ponteiro para ela.

– Ah, sim! Você tentando ser a esquisita da escola com o Sr. Popular por causa de um irmão mais velho –. Ela guardou para si seus outros pensamentos. *Vai catar coquinho! Por que está fazendo isso comigo? Não é justo. Por que está remexendo nisso? Não tem nada a ver com a divisão dos mundos.*

:Sentindo-se ameaçada?: A voz habitual de Peter, calma e bondosa, atravessou o seu turbilhão interior.

– O quê?

:Perguntei se você estava se sentindo agitada, irritada, querendo acabar logo com isso. Fazer com que eu pare de lhe passar sermões?:

– Na verdade, sim, eu estava me sentindo assim. *Como é que você sabe dessas coisas?*

:Eu sei porque estava observando a sua atividade neural.:

Ela se virou e viu o mostrador de luz atrás de si. As pulsações urgentes do tronco encefálico estavam vencendo as linhas mais finas de atividade dos dois hemisférios.

:Tente ser curiosa.:

— Na verdade, eu sou —. Enquanto deixava sua perplexidade e espanto aumentarem, o espetáculo de luzes da parte frontal do seu córtex tornou-se mais complexo e a torrente de impulsos de seu tronco encefálico começou a se acalmar.

— Bem, acho que você está tentando me mostrar como o meu medo de cometer erros, ou de ser criticada e rejeitada, ainda está conectado a um impulso esmagador de lutar pela sobrevivência, mesmo que eu não esteja correndo perigo de vida, como os meus ancestrais —. Peter concordou com um gesto de cabeça encorajador, e ela continuou. — Talvez eu tenha mais segurança na minha vida. Mas isso não se aplica aos outros. Ainda há guerras, preconceitos, doenças, escravidão, principalmente a escravidão econômica. Aqui não vivemos exatamente num paraíso.

:E por que não vivemos num paraíso aqui?:

— Você com certeza mudou, agora que é um fantasma. Você é aquele que me disse que não havia esperança para a humanidade.

:E não vi nenhuma quando estava trancado num corpo e num cérebro como o seu. Deixe-me fazer uma demonstração com o conceito de recursos.: Sua mão se transformou num ponteiro a laser que ele usou no modelo de seu tronco encefálico. *:Concentre-se aqui nas posses materiais. O que sente?:*

— A necessidade de proteger, preservar, acumular. A ideia de perder alguma coisa, ou de alguma coisa ser tirada, é ameaçadora.

:Tudo bem, vamos elevar um pouco mais o conceito.: Ele movimentou o ponteiro a laser para iluminar o modelo de seu tronco encefálico, passou pelo mesencéfalo e acabou parando nos lobos frontais. *:E agora, do que tem consciência?:*

Miranda sorriu para si mesma, não mais ameaçada por Peter ou por suas lições. — Há montes de possibilidades, é simples. Se todos compartilharmos e trabalharmos juntos, podemos fazer com que os recursos incluam todos os seres humanos. Será que estou pronta para o exame final? Ou há mais desvios pelos quais você quer me conduzir?

:Não, acho que já está pronta.: Ele se virou para o tear, que estava mostrando novamente um conjunto nu de cordas, à espera das pilhas de fios que havia de ambos os lados.

– Apesar de toda a sua aula fantástica, ainda não sei tecer.

Peter inclinou a cabeça na direção dela. *:Mas não é uma bela metáfora? Olha, por que você não usa isso?:* Entregou-lhe seu ponteiro. *:É só apontá-lo para o tear e dizer-lhe o que você quer que seja tecido.:*

Ela equilibrou a vareta na mão, virando-a diversas vezes. – Bem, acho que, em lugar de sobrevivência, eu gostaria de pôr SAÚDE. E em vez de toda a minha energia sair em busca de ameaças, que tal nos concentrarmos em CONEXÃO?

Ela brandiu a varinha e no tear apareceu uma tapeçaria de suaves tons de cinza com novas palavras bordadas em ouro e veludo preto, junto com conceitos como COMPARTILHAR, AMOR, RESPEITO, DIVERSÃO e FELICIDADE. – Mas suponho que vou precisar de algum sistema de alarme. A menos que você esteja propondo que todas as plantas se livrem dos seus espinhos e que ninguém vai me fazer mal de novo por engano.

:Sim, é claro que você precisa dessa parte do seu cérebro. Mas o sistema de alarme pode notificá-la e dar-lhe informações e, quando necessário, ajudar seu corpo a se mover rapidamente – mais depressa do que seu pensamento. Mas ele não deve ser o modelo para o resto de seus pensamentos e reações.:

Miranda fez outro gesto com a varinha na direção do tear e, embaixo das palavras centrais, em suaves tons pastéis de rosa estavam as palavras: DANO FÍSICO, DOR e PESAR. Bordado em volta delas havia um círculo azul-esverdeado que dizia: APOIO, COMPREENSÃO, PERMISSÃO PARA SENTIR, CORAGEM PARA PEDIR AJUDA; e, em volta dessas palavras, havia milhares de mensagens minúsculas de CURA e ESPERANÇA.

Ela deu um passo para trás do tear e usou a varinha para erguê-lo, como Peter fizera, e depois deixou os suportes de madeira desaparecerem, de modo que a tapeçaria ficou suspensa no ar. Os fios que constituíam as

mundos em divisão

letras começaram a mudar e a se misturar, criando um conjunto de cores e desenhos em movimento.

Houve um lampejo de sedas de todas as cores do arco-íris à sua direita, cobrindo uma figura alta. *:Você está pronta para escolher agora?:*

– Acho que sim.

:Não.:

– Depois de tudo isso, minha gêmea problemática ainda me envia mensagens capciosas. Tudo bem. O que mais eu preciso fazer?

:Você criou essa situação. Agora escolha.:

– Como? Não tenho energia, nem capacidade de mudar coisas assim.

:Eu tenho sua energia. Andei acumulando energia – a sua e a de outros que me dão sua força vital. Aqui sou eu quem tem o controle.: As palavras eram vigorosas, pronunciadas com convicção enquanto o Poder aparecia a seu lado. Estava usando um longo quimono cor de âmbar com diminutas estrelas douradas dançando no tecido. *:Tenho acesso a suas ações e reações automáticas. Você tem a opção. Compreendo o seu cérebro e sei como funcionam os seus circuitos nervosos. Por isso é que foi tão fácil pegar a sua força vital quando você a ofereceu a mim.:*

Respirando fundo, ela abriu os braços para a tapeçaria, que se aproximou dela e, por um momento, ela sentiu o medo e o pânico crescerem dentro de si; mas depois a tecelagem a alcançou, dissolvendo-se em sua pele. Os fios, agora microscópicos, foram se enrolando no seu sistema nervoso, substituindo e refinando circuitos antigos. Sua cabeça formigou, mas depois se aquietou. Estar no próprio cérebro era como estar num estádio vazio depois que os jogadores já haviam competido com uma ferocidade vívida e milhares já haviam gritado e torcido por seus times prediletos. Agora, tudo quanto restava era um eco silencioso e um anfiteatro vazio.

:Sim. Você escolheu.:

Miranda virou-se para a direita, vendo uma imagem idêntica de si mesma. – Adnarim.

:Sim.: Sua guia, antes escorregadia, estendeu-lhe as mãos. As duas metades ficaram de frente uma para a outra de mãos dadas. *:Agora que você fez isso por si mesma, está na hora de fazer por todos os outros.:*

– Mostre-me como.

Adnarim apontou para o alto. Acima delas havia dois hemisférios em forma de estrela, suspensos no ar. A seu lado estava o tronco encefálico, mantendo a respiração, os batimentos cardíacos e a saúde.

Miranda sentiu-se infinitamente pequena ao lado de sua rede de circuitos nervosos. Como uma gota d'água num rio. Depois ela começou a se expandir, ficando tão grande quanto um galho flutuando na correnteza do rio, depois tão grande quanto um barco.

Estendeu os braços, sentindo como se estivesse se estendendo para além da caverna a fim de tocar os confins da Terra. E ainda continuou crescendo até o universo de estrelas estar agora dentro de seu próprio cérebro, só que não eram mais estrelas, mas consciências individuais, cada uma um ser humano.

Estendeu as mãos para eles e sentiu-os tensos, eram a prova da existência de um perigo. *:Nenhuma ameaça.:* Pensou neles.

:O quê?: – perguntaram-lhe milhões de cérebros programados.

:Nenhuma ameaça. Vocês sobreviveram. Estão vivos. Nenhuma ameaça.:

Da consciência coletiva que ela tocou veio a resposta. *:Estávamos esperando. Durante vinte séculos esperamos essas palavras.:*

Como se aquelas palavras fossem a chave para destrancar os circuitos, eles se abriram para ela. Cada estrela de consciência começou a tomar a SAÚDE e a CONEXÃO como seus princípios norteadores e os estava tecendo num desenho que era único, só seu, particular de cada uma delas.

Ela estava imensa, flutuando com o universo dentro de si. Examinando o próprio cérebro, descobriu que ele estava calmo e curioso. Expandiu-se para além do crânio, sentindo o rosto, o ar entre os lábios era fresco ao ser inspirado, mas lhe aquecia a língua ao ser expirado. Ao despertar, sua língua nadou pela boca, testando a parte de trás dos dentes, das gengivas. Engoliu a saliva, depois mexeu o maxilar. *Nunca me dei conta de que ele conseguia ir com tanta facilidade de um lado para o outro. Eu devia estar com os dentes cerrados o tempo todo.* Seus ombros se flexionaram e fluíram, enviando rios de movimento pelos braços abaixo. Os dedos estavam frios, úmidos. Ela os mexeu, identificando um pouco de grama preso embaixo da mão. *Estou de volta. Estou no meu corpo de novo.* Acariciando delicadamente as folhas de grama, fez com que se soltassem. Massageou as coxas e os calcanhares, ligeiramente doloridos por estar sentada no chão com as pernas cruzadas na posição de lótus. Erguendo as mãos até a altura do rosto, sentiu o aroma das plantas e da terra. Abrindo os olhos, fitou as profundezas escuras do olhar de Rede da Terra. À sua direita estava Rede do Fogo e, à esquerda, Rede da Água.

:*E eu devo ser a Rede do Céu. Deve ser por isso que eu nunca consegui vê-la ou encontrar-me com ela, só escutava a sua voz na minha cabeça.*: Suas palavras foram ouvidas como um sussurro dentro do crânio, pronunciadas pela mesma voz familiar de contralto etéreo que ouvira quando viera pela primeira vez assistir a uma conferência um ano antes.

Rede da Terra falou com sua voz lenta, sólida. :*Não, não exatamente. Todos os seres têm muitas partes. Você, você é parte de Rede do Céu. E Rede do Céu, que é uma parte sua.*:

:*Então eu estava esperando uma parte minha?*:

Rede da Terra concordou com um gesto da cabeça. :*Nós todos estávamos esperando para nos completarmos. Esperando por* quem *somos. Durante tantos giros do sol quanto há folhas numa árvore, estivemos à espera.*:

:*E agora o tempo aconteceu.*: A voz de Rede do Fogo era como uma vela sendo acesa, iluminando o círculo.

:*A tarefa foi realizada.*: Rede da Terra acrescentou sua declaração definitiva.

:*Estamos num lugar novo.*: A voz de Rede da Água fluiu entre elas.

:E agora somos novos seres.: Miranda e Rede do Céu fecharam o círculo de pensamento. Depois as avós começaram a desaparecer de sua vista, mas fixando-se firmemente – e para sempre – no seu ser.

Ela se levantou do círculo e esticou as pernas, testando seu peso de um lado para o outro. Depois de fazer uma reverência ao bosque de cedros, ela recuou, virou-se e começou a descer o morro. Enquanto caminhava, viu um guarda da equipe de segurança andando atrás dela, e acenou para ele. O guarda ergueu os olhos, no começo espantado, depois acenou também e continuou andando na direção de um prédio marrom. Miranda fez uma pausa e olhou todo o complexo de estruturas que era a Farmacêutica do Futuro. – Você não tem a menor ideia –, disse ela à gigante que fabricava drogas. – Você acha que está mudando a química cerebral. Não tem a menor ideia do que significa mudá-la realmente.

Continuou descendo o morro, entrou no seu carro elétrico e foi para casa.

21

UNIDADE

Miranda levou uma visita quando foi se encontrar com Sônia no sábado seguinte. Enquanto subiam o caminho que levava à casa, ela examinou as nuvens que estavam brincando com o sol e as estrelas contra um fundo azul-prateado. As constelações familiares estavam formando pontos brilhantes no céu do meio da manhã.

A porta abriu-se quando ela estava prestes a bater, de modo que ela se lançou diretamente no maravilhoso abraço de urso da amiga.

Miranda deu um passo para trás a fim de fazer as apresentações. – Sônia, esta é Susan: a estudante de direito louca lá da Califórnia sobre a qual te falei.

Susan mostrou a língua para a amiga. – Muito obrigada. Eu também a admiro –. Deu um abraço em Sônia e disse: – É uma honra conhecê-la. O seu foi o primeiro livro que ela – e Susan fez um gesto com a cabeça indicando Miranda – me deu para ler quando eu estava tentando decifrar essa história de espíritos angélicos.

Sua anfitriã fez o andador recuar e convidou ambas a entrar com um gesto. – Muito prazer em conhecê-la. Entrem.

Sônia virou o andador e as moças seguiram-na, entrando no vestíbulo. – Miranda não me disse que viriam me fazer uma visita. O que as traz aqui?

– A Câmara de Deputados da Califórnia chegou à conclusão de que precisa tentar algo novo e reservou certo tempo para conhecermos uns aos outros em vez de sermos membros de partidos opostos. Todos os políticos deram férias de uma semana à sua equipe e estão todos de folga, entrando em contato uns com os outros. De modo que eu comprei uma passagem em um dos novos aviões ecológicos e vim para cá para descobrir em primeira mão a quantas andam as confusões místicas de Miranda no nosso mundo.

Chegaram à cozinha, onde uma bandeja com um prato cheio de bolinhos, um bule de chá e duas xícaras estavam à sua espera. Miranda foi até o armário pegar outra xícara. – E então, o que está achando das minhas confusões até agora?

– Bom, talvez você esteja me fazendo perder o emprego. Afinal de contas, sou paga para administrar as rivalidades entre os políticos. Se os deputados e deputadas começarem a se dar bem, estou no olho da rua.

Sônia indicou-lhes a comida e a bebida.

– Nesse caso, o que você faria, minha cara?

– Eu estava pensando em começar um EEE de verdade dessa vez.

– O quê? Temo não saber o que é isso.

Miranda pôs a xícara extra na bandeja. – Você tem de desculpar a Susan, ela gosta de construir a própria linguagem. Está se referindo ao Expresso de Espécies Extintas.

– Espera aí! Nada de rir de mim. Já tive um certo êxito com ele. Estou pensando em convidar o UC para ser meu sócio, e talvez o Paul também. Agora que ele está namorando uma moça lá do nosso escritório, está mais fácil conviver com ele.

– Não tente compreendê-la, Sônia. UC é um urso cinza, de modo que, na verdade, não queremos saber mais nada a seu respeito. E Paul é um amigo dela –. Miranda olhou para Susan e pegou a bandeja. – Hoje é um daqueles deliciosos dias de outono, ainda quentes. Querem tomar o lanche aqui dentro ou lá fora?

mundos em divisão

– Pus a mesa lá fora, na esperança de podermos comer lá. Pegue mais uma colher e mais um guardanapo e vamos ver se é possível.

Depois de se acomodarem lá fora, Sônia virou-se para Susan.

– Você não é a primeira visita que tenho esta semana. Alice veio ontem com um ensopadinho de cevada. Havia preparado mais do que ela e o Fred conseguem comer e pensou que eu ia gostar. Tivemos uma conversa deliciosa. Embora ela parecesse meio desorientada, mas aí está algo que eu posso entender.

Alice? Miranda escaneou a memória. *Este nome parece familiar, mas não consigo me lembrar qual das amigas de Sônia é esta. Ah, tá bom.* – Quem é Alice?

– Não me surpreende que você não reconheça o nome. Sempre nos referimos ao casal apenas como "os vizinhos".

Susan sentou-se muito ereta na cadeira e olhou para Sônia. – Os vizinhos? Você quer dizer aqueles horrorosos sobre os quais Miranda me falou?

– Psiu, querida. Não fale tão alto, ela pode te ouvir. Sim, esses vizinhos.

Miranda balançou a cabeça de um lado para o outro. – Bom, eis aí mais um indício de que fiz algo que mudou realmente o mundo.

Susan inclinou-se na direção da amiga. – Ah, é? E quais são os outros indícios?

Miranda ergueu os olhos para a árvore solitária, os galhos mexendo-se acima delas. Era nela que Sam gostava de se balançar. Ela se erguia entre os dois tocos e um tumulozinho. As folhas da liquidâmbar estavam mostrando todas as cores do outono. O sol brilhava sobre as folhas e as estrelas piscavam através de seus galhos. *Que engraçado, nenhuma das duas parece achar estranho que essa única árvore esteja aqui, não que haja estrelas durante o dia. Será que devo falar com elas sobre isso, ou não?*

:Não acho que agora seja hora de dar uma aula de física.:

Miranda fechou os olhos, usufruindo o contato familiar de seu professor e amigo e lembrando-se da última vez que estiveram juntos. Ouviu Susan dizer a Sônia que elas bem poderiam ignorá-la, pois ela estava entrando em alfa e excluindo as duas. :*E então, Peter, será que ao menos poderia explicar tudo isso pra mim? Como é que o que fazemos com a mente humana conseguiu mudar as estrelas e ressuscitar uma árvore?*

:*Quanto às estrelas, elas sempre estiveram ali. Bem impressionante como a tendência humana para dividir e polarizar pode literalmente mudar nossa forma de acreditar na aparência do mundo. Fomos vistos literalmente em preto e branco – ou noite e dia. Me faz desejar que eu estivesse dando aulas de física. Eu adoraria ver o que as jovens inteligências podem criar agora em termos de teorias unificadoras.*:

:*E quanto à árvore?*:

:*Você vai ter de perguntar à sua amiga. Talvez ela acabe criando também o EPE: Expresso de Plantas Extintas.*:

:*Tudo bem, então, e o que me diz sobre os aviões que voam sem combustível? Poderia me esclarecer a respeito disso?*:

A voz de Peter chegou suave. :*Vou explicar tudo isso depois.*:

Miranda olhou para Sônia, cujos olhos estavam fechados com um sorriso terno no rosto. :*Nada de preocupação. É bom sentir vocês dois juntos.*: Fez um gesto para Susan e as duas foram até o túmulo de Duque, respeitando a privacidade da viúva.

Susan deu-lhe um cutucãozinho nas costelas e um sorriso malicioso.
– Então a Alice é a vizinha sobre quem você me contou aquelas histórias horríveis. Ela me parece bem legal. Tem certeza de que não era a sua imaginação?

– Você não vai mais conseguir me atazanar desse jeito. Já superei esse tipo de reação.

– Putz, não tenho certeza de que esse novo mundo vai ser tão divertido se eu não puder mais te encher a paciência.

– É melhor – inquestionavelmente – e estou satisfeita por estar livre de tantas dúvidas. Estava mesmo mais que na hora de evoluirmos para além da evolução.

Miranda sorriu e virou-se para olhar para Sônia. Conseguia enxergar uma nuvem escura e suave de amor à sua volta. – Acho que Peter não se importaria. Enquanto espécie, sobrevivemos a um monte de ameaças, mas agora precisamos ir além da sobrevivência para continuarmos como espécie.

:Também diz respeito ao tempo.: Um gato de listras cinzas pulou para cima do toco mais próximo. *:Vocês, seres humanos, eram apegados meio demais a essa sobrevivência dos piores.:*

Miranda sorriu, lembrando-se de uma das visitas a Peter, quando encontrara um livro intitulado *Evolução espiritual – teoria ou realidade?* Peter explicara enfaticamente que o livro era de Sônia, não dele. – Nem todos concordam com a visão científica. Há muita gente que apresentou objeções e repudiou a teoria da evolução. Essas pessoas acreditam que estamos excluindo Deus deste mundo. E talvez estivéssemos – esquecendo nossa capacidade de criar e nos resignar a um tipo aleatório de mutações para crescermos. Não estávamos levando a evolução suficientemente a sério, nem nos pondo na equação de modo a podermos tomar decisões sobre a nossa evolução e começarmos a desabrochar, em vez de só sobrevivermos.

Mirau ronronou suas palavras na mente de Miranda e de Susan. *:Não vou ter mais de me preocupar em viajar pelo seu Mundo-N. Era aquele instinto de sobrevivência equivocado que têm vocês, seres humanos, que permitiu a entrada dos gremlins. Vocês não estavam mais tendo ameaças reais – e como o seu sistema ainda funcionava no sentido de identificar e destruir inimigos, vocês tiveram de criá-los de algum modo. E foi assim que os gremlins entraram e saíram os guias espirituais em forma de gato.:*

Mirau lançou-se para fora do toco, voando pelo ar e passando pela cerca – depois, desapareceu de sua vista.

Susan sorriu, observando o desempenho aéreo do gato. – O Angel também prefere este novo mundo. Mas vocês dois estão errados. O que você fez, Miranda, foi mudar a evolução dos mais fortes para *amorvolução*. Agora aqueles que conseguem amar mais são os que vivem mais.

Miranda sentou-se num dos tocos, passando a mão por sua superfície áspera. – Agora que somos amorosos e estamos conectados, ninguém mais vai sentir o impulso de matar a prole de outra criatura para garantir que seus genes serão aqueles que vão se reproduzir. Agora todas as crianças são filhas de todos nós. E somos pais de todas as crianças.

– Fico satisfeita por já ser adulta. Não quero nem imaginar o que seria crescer com 50 pais e mães me sufocando. Um par já foi mais que suficiente para mim! Na verdade, já foi demais para mim.

– Do que vocês duas estão falando? – perguntou Sônia lá do outro lado do quintal.

– Susan só está exercendo a sua esquisitice de sempre –. Miranda passou um braço pelos ombros da jovem e abraçou-a de lado.

Ficaram assim, encostadas uma na outra, até Susan tirar um lenço de papel do bolso e enxugar os olhos e assoar o nariz. – Só estou feliz por você não ter tido que se sacrificar para tudo isso acontecer.

– Eu com certeza entendi tudo errado. Não tinha nada a ver com divisão. Tinha a ver com superar a divisão: entre as pessoas, entre o Mundo-N e o mundo espiritual, entre nossa mente racional e a parte do nosso cérebro que reage. A abertura sobre a qual as guardiãs não paravam de falar não era para aumentar o espaço entre os mundos, e sim para abrir novas possibilidades. A única coisa que não entendo é porque no começo elas mencionaram o Don e o mundo que nasceu da energia do seu corpo quando ele estava sendo cremado. Pensei que certamente se referiam à minha necessidade de ajudar a construir um novo mundo – para as pessoas "boas" viverem nele. *Engraçado, dizer "boas" agora dá uma sensação desagradável.*

– Acho que você ainda não se deu conta de tudo o que aconteceu. Mas é óbvio agora que as avós queriam que você *convidisse* e não que dividisse os mundos –. Susan sorriu em meio às lágrimas que ainda lhe escorriam pelo rosto. – Sabe como é – convidir: livrar-se da visão que diz que estamos divididos, de modo que podemos nos conectar.

mundos em divisão

Sônia chamou-as de volta para a mesa e empurrou o prato de bolinhos na sua direção. – Isso me faz lembrar quando o Peter e eu inventávamos palavras. Como *sobramor*, que se referia ao nosso sentimento de que não sobreviveríamos sem o amor um do outro. Não estou dizendo que o nosso tenha sido um casamento perfeito. Ele era *muito* irritante às vezes. Mas eu não conseguia mais pensar em magoá-lo intencionalmente do que em decepar a minha própria mão – estávamos conectados.

– Sabe, acho que havia algo do gênero num curso de ciências que fiz em Berkeley sobre essa ideia. Algo sobre estarmos conectados não só àqueles que amamos, mas a tudo. Não consigo me lembrar do termo que usaram. Espera aí, vou ver.

Susan tirou o computador do bolso e desdobrou-o até ele ficar de um tamanho que permitisse que todas três enxergassem o que havia na tela. – Acho que está em conexões nervosas ou talvez em mapeamento universal –. Susan debruçou-se sobre a tela e começou a digitar.

Sônia serviu mais chá, ignorando o aparelho eletrônico. – Você não precisa procurar. O termo era teoria do emaranhamento, querida.

– O quê? – Susan pôs o computador de lado e olhou para Sônia.

– Significa simplesmente que estamos todos conectados. A teoria do emaranhamento era uma das coisas com as quais Peter e eu concordávamos. Era suficientemente científica para ele e suficientemente mística para mim. É uma forma diferente de dizer que somos todos um.

– À *unidade* –. Miranda ergueu a sua e as três fizeram tintim com as respectivas xícaras.

Susan tomou o seu chá e esfregou as mãos. – Agora que conseguimos essa nova consciência das conexões, temos de ficar focadas. Temos a bagunça de um planeta inteiro para limpar. Espécies a trazer de volta. Governos ecológicos a construir. Novos sernates a alimentar...

Enquanto Susan continuava planejando o novo Mundo-N, Miranda reclinou-se na sua cadeira. Sorriu ao perceber que uma forma translúcida estava flutuando acima da árvore solitária do quintal de Sônia.

Rede do Céu estava acima das três mulheres. O ar parecia-lhe mais leve, como se já houvesse menos toxinas nele. Olhando para baixo, as mulheres eram claramente visíveis, os corpos cobertos por desenhos delicados com todas as cores do arco-íris. Soltou um longo suspiro, como uma chuva fina num deserto. Depois começou a se expandir. Sua forma aumentava à medida que ela se fundia com o cosmos, até tocar todas as estrelas, e era parte da rede de todas as luzes do céu que serviam de pontos de referência.

Glossário

Conscientizar-se: um processo ativo de expansão da consciência.

Seridade: acrescentar o sufixo (i)dade para tornar uma pessoa ou uma coisa maior e mais abrangente. *Mirandidade* refere-se ao estado ou qualidade de ser Miranda.

ILP: Incidente de Livro e Pasta ou Imponderável Limite da Paciência. Quando os guias fazem insinuações vagas em vez de dar instruções específicas, o que torna mais difícil compreender e seguir seus conselhos.

Entrar em alfa: encontrar paz e felicidade dentro de si mesmo.

Tempestade em copo d'água: reação negativa exagerada a algo de somenos importância.

Visão de Gato: técnica extrassensorial que Mirau ensinou a Miranda para ela ver a energia que conecta todos os seres. E também tipo de visão que os cães e gatos usam para saber se alguém está se aproximando de sua casa.

Cossaber: quando quem conhece e o conhecido estão interrelacionados. Termo inspirado na forma pela qual a luz passa de onda a partícula, dependendo do observador. O tipo de saber relacional que depende de ambos os lados conhecerem o outro.

Condivir: deixar de ver as coisas e as pessoas divididas em opostos extremos e passar a ver todas elas interconectadas.

Giros da Terra ou ciclos da Terra: anos.

Eventecimento: quando um evento acontece. Refere-se à sensação de ser arrebatado por um evento místico, quando tudo parece perfeito. São aqueles momentos que acontecem quando você se sente em comunhão com tudo o que existe.

Evento: uma experiência mística muito especial que muda a vida da pessoa.

Orientação: a sensação de ser guiado no próprio caminho, ou de seguir o caminho de Deus. O conceito de tudo estar interconectado e que todos têm um caminho único a trilhar na vida. É tanto substantivo quanto verbo e é útil para designar uma ação que a pessoa *sente* que é a coisa certa a fazer, quando não há motivos racionais que justifiquem a decisão.

Deixa-Rolar: o tipo de aventura onde você só tem de deixar acontecer e ver o que acontece.

Granhos: seres humanos gananciosos concentrados em acumular poder; fazem contraste com os sernates, que são seres humanos focados na natureza.

Acertar na mosca: acertar em cheio.

Essência vital: o campo eletromagnético em volta das pessoas, dos animais, de todas as coisas. Quanto mais inteira no momento presente, tanto mais essência vital a pessoa tem.

Amorvolução: conceito segundo o qual as pessoas com mais capacidade de amar são as que sobrevivem por mais tempo.

Andar de carrossel: deixar as preocupações girarem interminavelmente na sua cabeça.

Sernates: seres humanos naturais que têm consciência de suas conexões com todas as formas de vida. Em geral têm uma sensação de desconforto emocional ou físico quando expostos aos desequilíbrios entre os seres humanos e a natureza (como poluição, extinção de espécies, derrubada de florestas).

Mundo-N: o mundo físico "normal", designa a diferença em relação ao mundo místico dos guias.

Marionetar: quando uma pessoa ou uma substância (como álcool ou outras drogas) controla a vida de alguém.

Para onde o rio corre: ver que rumo as coisas tomam, acompanhar algo para descobrir uma resposta ou compreender um ponto de vista.

Mandar um barco. Não estou na sua.: não estou entendendo e preciso de esclarecimentos.

Essência espiritual: a parte da pessoa que não é física e que pode viajar para fora do corpo. A essência espiritual diz mais respeito à atenção e ao foco do que a uma forma, como um corpo astral.

Sobramor: percepção de que todos precisam de amor para sobreviver.

IPL: apelido que Susan deu a Paul por ele dizer frequentemente, "Isso pode parecer loucura."

Glossário dos amigos místicos

Adnarim: (Miranda de trás para a frente), a problemática alma-gêmea de Miranda. Faz parte da essência espiritual de Miranda que não entrou no Mundo-N quando ela nasceu. Adnarim não conhece os costumes do Mundo-N, mas consegue ver as coisas de uma perspectiva mais ampla, uma vez que se trata de um espírito ligado a ela.

BB ou BeBê: um espírito que gosta de se apresentar em forma de ursa e de usar roupas femininas extravagantes.

Rede da Terra: a Avó do Norte – é ela quem conhece o **COMO** da transformação curativa.

Rede do Fogo: a Avó do Leste – e ela quem conhece o **QUANDO** da transformação curativa.

UC: tanto um espírito quanto um urso cinza que é amigo de Susan.

Guardiãs: quatro seres espirituais que se autodenominam as avós e que protegem o lugar onde a Farmacêutica do Futuro construiu sua fábrica.

Mirau: um espírito felino que já teve forma física, quando Miranda estava no ensino médio. Depois que ele morreu, continuou a ajudá-la como guia espiritual.

Poder: um espírito que recolhe a essência vital (energia) das pessoas quando elas estão usando substâncias que alteram a consciência, ou cometendo atos de violência que as leva a desperdiçar sua essência vital. Mas, se a pessoa que pedir energia ao Poder abusar dele, o Poder retira toda a essência vital desperdiçada por essa pessoa.

Rand McNally: um fantasma irlandês.

Rede do Céu: a Avó do Sul – é ela quem conhece o **ONDE** da transformação curativa.

Ao escrever este livro, alimentei a esperança de ajudar a facilitar uma mudança de consciência global, onde o princípio norteador é a saúde, não a sobrevivência. Ou, como diria Susan, transformar a evolução em *amor-volução*. Já temos o conhecimento e as capacidades necessárias para retecermos individualmente nossos modelos de respostas automáticas, como Miranda fez por si mesma na caverna. Agora é hora de expansão, para que todos tenham a liberdade de seguir sua própria orientação e, juntos, criarem um novo Mundo-N.

Por favor, visite meu website: www.JanOgren.net para dispor de mais informações.

Para se atualizar em relação aos avanços atuais na área da consciência, visite o *Institute of Noetic Sciences* em www.Noetic.org

Se quiser saber mais sobre o Universalismo Unitário, acesse www.UUA.org

Sugestões do editor:

Institut of HearthMath: www.heartmath.org

Pert, Candace. *Conexão corpo mente espírito*, Barany Editora, 2009.

Murakami, Kazuo. *O código divino da vida*, Barany Editora, 2008.

Ihimaera, Witi. *A encantadora de baleias*, Barany Editora, 2012.

Chaplin, Patrice. *O portal*, Barany Editora, 2014.

Wilkins, Catherine. *Fractologia, o poder curativo do holograma*, Barany Editora, 2011.

D'Anna, Elio. *A escola dos deuses*, Barany Editora, 2007.

Menezes, M. R. *A gruta - memórias da Amada Imortal*, Barany Editora, 2008.

Este livro foi composto miolo em Adobe Caslon Pro 12 p, títulos em Segoe Print 14 pt, em papel off set 75g